包君成人文素养系列

经典品读课

世说新语

包君成 编著

现代教育出版社
Modern Education Press

图书在版编目（CIP）数据

经典品读课：世说新语 / 包君成编著 . —北京：现代教育出版社，2023.7
ISBN 978-7-5106-9192-8

Ⅰ.①经… Ⅱ.①包… Ⅲ.①《世说新语》—小说研究 Ⅳ.① I207.419

中国国家版本馆 CIP 数据核字（2023）第 136207 号

经典品读课：世说新语
包君成　编著

出 品 人	陈　琦
选题策划	王春霞　张延延
责任编辑	于文倩
封面设计	璞茜设计
出版发行	现代教育出版社
地　　址	北京市东城区鼓楼外大街 26 号荣宝大厦三层
邮　　编	100120
电　　话	010-64251036（编辑部）010-64256130（发行部）
印　　刷	炫彩（天津）印刷有限责任公司
开　　本	880 mm×1230 mm　1/32
印　　张	10.25
字　　数	222 千字
版　　次	2023 年 7 月第 1 版
印　　次	2023 年 7 月第 1 次印刷
书　　号	ISBN 978-7-5106-9192-8
定　　价	78.00 元

版权所有　侵权必究

自序
当魏晋群星闪耀时

那一日，四十岁的嵇康稳坐于刑场，面对死亡仍容色不改，在落日余晖中挥手弹罢《广陵散》。

那一月，五十余岁的曹操凯旋，登上碣石山，在中年暮色与潮湿海风中悟到了别样的从容与自在，持笔而作《观沧海》。

那一年，二十多岁便已名扬天下的谢安无意仕途，拒绝了朝廷任命，避居东山不出，悠然叹喟："此去伯夷何远！"

那是一个多情而狂放的绝版时代，那是一段难以复制的写意风流。

以美学眼光来看，魏晋时代是独特且崇高的；而从历史角度来看，魏晋时代是短暂而破碎的。学者宗白华曾评价道："汉末魏晋六朝是中国政治上最混乱、社会上最苦痛的时代，然而却是精神史上极自由、极解放、最富于智慧、最浓于热情的一个时代。"这些矛盾、反复、虚实与表里共存于这尊晶莹而脆弱的琉璃盏中，挤挤挨挨的，令人透不过气，而那些超凡的政治家、哲学家、文学家们就生于这样紧凑的低气压时代里，因此他们更是竭尽全力地想要追求精神上的绝对自由与恣意。他们卸下了道德的枷锁，挣脱了礼教的牢笼，活成了闪闪发光又无法复刻的独一无二的灵魂个体。他们被后人统称为魏晋名士。

建安七子、竹林七贤、司马王朝、王谢世家、林下之风……这是一段名士辈出、群星闪耀的岁月，他们中有人天资不凡，有人大智若愚，有人从容优雅，有人洒脱慷慨，有人骄傲痴狂……也正是这一代又一代的光辉之士，一批又一批的耀眼之辈，照亮了整个魏晋的夜空。

这群魏晋名士们实现了中国精神史上最有意义也最具魅力的一次远行，他们孤独地站在历史与哲学的云端，前不见古人，后不见来者。那俯仰天地的情怀、从容坦率的品格、隽永的智慧与玄远的深情，就牵绊在当风的袍袖衣袂上，流动在穿过溪涧的酒觞里，终将随风而逝。

幸而，有这部由南北朝时刘义庆编著的《世说新语》，在历史的夹缝中保存下这些吉光片羽，让我们有机会拜读名士们的趣闻轶事，得以一窥那充斥着美与痛的魏晋时代。

若是不读《世说新语》，我们便不知道有一种"联想"叫"徐孺赏月"，有一种"称赞"叫"小时了了"，有一种"旷达"叫"不卖的卢"，有一种"初心"叫"处之不易"……这些通透简短又充满哲理巧思的只言片语，皆出自这部致敬了整个魏晋时代的著作，承载着三百年的尘埃与风华。

同学们，请跟随包子老师翻开它，倾听它，感悟它，相信那些品读与思考后的所得都会变成道阻且长的劈山之斧，化作溯洄从之的破浪之帆，让我们拥有更强大的精神力量与文化自信，得以突破困境，追光而行。

包君成

注：本书原文、注释以中华书局2011年5月第1版《世说新语》（全二册）为底本、参考。

目录

上 篇　一本读尽世间风流

壹　少年读《世说新语》 002
　　永不过时的魏晋笔记 002
　　多情而狂放的绝版时代 006
　　刘义庆：乱世贤王，简素文人 015
　　版本源流 019

贰　魏晋文化：被低估的中国版文艺复兴 022
　　舌尖上的魏晋·食 022
　　舌尖上的魏晋·饮 033
　　清谈玄学与隐逸之风 042
　　独具一格的魏晋美学 051
　　进入自觉阶段的艺术发展 057

叁　魏晋人物志：真名士，自风流 066
　　建安风骨：星汉灿烂，若出其里 066
　　竹林七贤：生逢乱世，风姿卓绝 079

司马王朝：举目见日，不见长安　　　　　　　093
东晋世家：旧时王谢，江左风流　　　　　　　098
女性风采：林下之风，闺房之秀　　　　　　　106

肆　记言记事：尖锐又文雅的讽刺艺术　　　112

下　篇　"世说"传世，"新语"新解

壹　德行·选篇赏读　　　　　　　　　　　　118
有种"作秀"叫仲举礼贤　　　　　　　　　　118
有种"自贬"叫鄙吝复生　　　　　　　　　　122
有种"气量"叫叔度陂湖　　　　　　　　　　124
有种"荣耀"叫身登龙门　　　　　　　　　　126
有种"纠结"叫难兄难弟　　　　　　　　　　128
有种"不朽"叫舍生取义　　　　　　　　　　130
有种"决裂"叫割席分坐　　　　　　　　　　132
有种"跑偏"叫形骸之外　　　　　　　　　　134
有种"犹豫"叫急不相弃　　　　　　　　　　136
有种"孝顺"叫王祥事母　　　　　　　　　　138
有种"谨慎"叫未尝臧否　　　　　　　　　　140
有种"哀伤"叫王戎死孝　　　　　　　　　　142
有种"乞讨"叫天之道也　　　　　　　　　　144
有种"劝诫"叫名教乐地　　　　　　　　　　146

有种"善果"叫顾荣施炙　　　　　148

有种"清廉"叫周镇漏船　　　　　150

有种"旷达"叫不卖的卢　　　　　152

有种"自责"叫阮裕焚车　　　　　154

有种"懂得"叫四时之气　　　　　156

有种"熏陶"叫谢公教儿　　　　　158

有种"初心"叫处之不易　　　　　160

有种"财富"叫身无长物　　　　　162

有种"肯定"叫纯孝之报　　　　　164

贰　言语·选篇赏读　　　　　166

有种"联想"叫徐孺赏月　　　　　166

有种"赞赏"叫小时了了　　　　　168

有种"清醒"叫覆巢完卵　　　　　170

有种"问题"叫府君何如　　　　　172

有种"反问"叫依据何经　　　　　174

有种"搭档"叫钟氏二子　　　　　176

有种"快乐"叫何晏服散　　　　　178

有种"洞察"叫何必在大　　　　　180

有种"口才"叫期期艾艾　　　　　182

有种"配合"叫向秀入洛　　　　　184

有种"对比"叫五男一女　　　　　186

有种"特产"叫千里莼羹　　　　　188

有种"爱国"叫对泣新亭　　　　　190

有种"巧妙"叫夫子家禽　　　　　　　　193

有种"感慨"叫人何以堪　　　　　　　　195

有种"经典"叫咏絮之才　　　　　　　　197

有种"放手"叫支公好鹤　　　　　　　　200

叁　政事·选篇赏读　　　　　　　　　202

有种"定论"叫其罪莫大　　　　　　　　202

有种"结果"叫久而益敬　　　　　　　　204

有种"手段"叫贺邵为官　　　　　　　　206

有种"大度"叫鱼何足惜　　　　　　　　208

有种"节俭"叫木屑竹头　　　　　　　　210

肆　文学·选篇赏读　　　　　　　　　213

有种"成全"叫郑玄赠注　　　　　　　　213

有种"求学"叫窃听户壁　　　　　　　　216

有种"请教"叫户外遥掷　　　　　　　　219

有种"选择"叫遂不复注　　　　　　　　221

有种"戏谑"叫未得牙慧　　　　　　　　223

有种"坦然"叫夷然不屑　　　　　　　　224

有种"问题"叫何句最佳　　　　　　　　226

有种"才华"叫七步成诗　　　　　　　　228

有种"感受"叫览之凄然　　　　　　　　230

有种"失落"叫从此忏旨　　　　　　　　232

伍　方正·选篇赏读　　　　　　　　　　235

　　有种"失礼"叫过中不至　　　　　　　235
　　有种"操守"叫松柏之志　　　　　　　238
　　有种"从容"叫颜色不异　　　　　　　240
　　有种"回答"叫圣质如初　　　　　　　242
　　有种"复仇"叫吞炭漆身　　　　　　　244
　　有种"预判"叫恐不可屈　　　　　　　246
　　有种"拒绝"叫儿不肯行　　　　　　　248
　　有种"结果"叫亦已幸甚　　　　　　　250
　　有种"表情"叫神意自若　　　　　　　252
　　有种"找茬"叫王敦既下　　　　　　　254
　　有种"实话"叫非臣之力　　　　　　　256
　　有种"担当"叫何为复让　　　　　　　258
　　有种"离场"叫拂衣而去　　　　　　　260

陆　雅量·选篇赏读　　　　　　　　　　262

　　有种"看开"叫豁情散哀　　　　　　　262
　　有种"遗憾"叫广陵散绝　　　　　　　264
　　有种"自夸"叫出牛背上　　　　　　　266
　　有种"硬撑"叫复戏如故　　　　　　　268
　　有种"慷慨"叫随公所取　　　　　　　270
　　有种"磊落"叫状如不觉　　　　　　　272
　　有种"无心"叫东床坦腹　　　　　　　275
　　有种"讽刺"叫入幕之宾　　　　　　　277

有种"掌舵"叫镇安朝野	279
有种"结果"叫乃趣解兵	281
有种"埋怨"叫殆坏我面	283
有种"佳话"叫谢公弈棋	285
有种"失误"叫见谢失仪	287
有种"慨叹"叫长星劝汝	289

柒 自新·选篇赏读 291

有种"醒悟"叫周处自新	291
有种"回头"叫戴渊投剑	294

捌 任诞·选篇赏读 297

有种"风度"叫竹林七贤	297
有种"违礼"叫阮籍丧母	300
有种"美谈"叫刘伶病酒	303
有种"让步"叫阮籍求官	306
有种"要求"叫酒足余年	308
有种"无奈"叫无以留之	311
有种"绝唱"叫雪夜访戴	313

上 篇
一本读尽世间风流

壹　少年读《世说新语》

永不过时的魏晋笔记

"一种风流吾最爱，六朝人物晚唐诗。"

这句流传甚广的名言出自大沼枕山之笔，而令这位明治维新时期的日本诗人不禁赞叹，能与晚唐诗歌并称风流的则是独属于六朝人物的魏晋之风。

魏晋南北朝时期是中国历史上一段著名的混乱时代，政权更迭，硝烟四起，英雄、名士、政客、文人在历史的舞台上如流星一般，带着璀璨夺目的光芒转瞬即逝。

似乎越是在这样动荡的时代，就越容易迸发出文学与艺术的火花，魏晋时代独一无二的艺术追求与美学观念亦深深影响着后世。时至今日，仍有无数人追随魏晋名士的脚步。幸而，原汁原味的魏晋风流早已尽收《世说新语》一书，令后世之人得以一观。

《世说新语》成书于南朝时期，是一部记述魏晋人物言谈轶事的笔记体小说，由南朝刘宋宗室临川王刘义庆组织一批文人编写，梁代刘峻为其作注。全书原八卷，刘峻注本分为十卷，今传本皆作上中下三卷，分为"德行""言语""政事""文学""方正""雅量"等三十六篇，每篇包括若干则故事，全书故事共计一千一百多则，每则文字长短不一，多则数行，少则三言两语，体现了笔记体小说"随手而记"的特点。

尽诉时事曰"世说"，言表时人曰"新语"。从字面上理解，"世说新语"一词指的就是社会上流传的最新鲜的说法、最新鲜的故事。也可以说，《世说新语》就相当于魏晋南北朝时期的网络"热搜"、魏晋名士们的"朋友圈"，随时随地分享魏晋新鲜事。因此，这部与众不同的著作一经问世，就受到无数人的追捧，畅销千年，从未沉寂。

鲁迅先生曾称《世说新语》为"**一部名士的教科书**"，这部著作真实且风趣地为我们记录了魏晋名士们特立独行的一面。他们有血有肉有个性，曾鲜活随性地生活在千百年前，打破了今人对于古人的刻板印象。

相比于仕途不畅、怀才不遇的唐人，魏晋之士生就一股洒脱狂放之气。《世说新语·排调》中写一代名士谢安曾在二十多岁的时候拒绝了所有工作邀约，移居山野，随心所欲地做了个垂钓隐士。

相较于宋人的国仇家怨、哀吟婉转，魏晋之士早早勘破世事无常之理，再不顾及旁人的审视，同样是被迫迁徙，远离故土，时刻面对死亡与分离，他们却可以谈笑生死，追求超脱于肉体之外的永恒精神。《世说新语·雅量》中写嵇康回望落日，奏千古绝响《广陵散》[1],从容赴死。

对比明人的恪守礼教、循规蹈矩,魏晋之士彻底挣脱了脖颈之上的枷锁,他们从不肯戴着面具而活,更不愿放弃自身的个性与情感。《世说新语·任诞》中写王徽之雪夜眠起,饮酒吟诗,棹(zhào)舟访友,至门却返,只求兴之所至,全然不在乎是否合乎常理。

而《世说新语》中记录的魏晋女子亦属林下之风,巾帼不让须眉。她们勇于挣脱礼教束缚,主张婚姻自由,大胆争取女性地位,驳斥性别歧视,与我们印象中古代贤妇淑女的形象相差甚远。

可以说,无论放在哪个时代,《世说新语》都是一部令读者大跌眼镜、大吃一惊的新奇之书。

翻译家傅雷先生在写给儿子的家书中,也曾提到:"你现在手头没有散文的书,《世说新语》大可一读。日本人几百年来都把它当作枕中秘宝。我常常缅怀两晋六朝的文采风流,认为是中国文化的一个高峰。"

《世说新语》作为一部笔记体小说,十分适合古文初学者阅读、学习,书中善用对照、比喻、夸张等写作技巧,留下了许多脍炙人口的佳言名句,为全书增添了无限光彩,其中的人物事迹、文学典故等也多为后世文人墨客所取材,对中国文学的影响极其深远。比如,我们耳熟能详的"管中窥豹""望梅止渴""身无长物"等众多成语典故皆源自此书。在千百年的流传

---

[1]《广陵散》:又名《广陵止息》,中国音乐史上非常著名的古琴曲,著名十大古琴曲之一。嵇康以善弹此曲著称。

过程中，更有无数名家为这本书作注、修缮，一笔一画间更为其增添了些许鲜活之气。

《世说新语》将魏晋名士的风采以文字的形式长久留存于书页之间，他们嬉笑怒骂，饮酒畅谈，俯仰于天地之间，所言皆新语，所行皆风流。可以说，这是一本永不过时的魏晋笔记。

中国有世界上最悠久的民族文化，也有最古老的语言文字，但从古至今，我们追逐的脚步却从未停下。一个民族总要有一群仰望星空的人。他们在浓重的黑夜睁开眼睛，从漫天繁星间找寻出路与归途。《世说新语》所书写的正是这样一群人，他们或是政治家，或是哲学家，或是文学家，或是无名之辈，但都有着独一无二的思想与坚持，在乱世中保持精神的纯粹，在纷杂中坚持灵魂的个性，在名为"世道"的洪流中逆行而上，发出心底的呐喊："我与我周旋久，宁作我。"[1]

---

[1] "我与我周旋久，宁作我"：典出《世说新语·品藻》："桓公少与殷侯齐名，常有竞心。桓问殷：'卿何如我？'殷云：'我与我周旋久，宁作我。'"大意是：桓温年轻时和殷浩同样有名望，难免有竞争之心。桓温问殷浩："你和我相比，谁强些？"殷浩回答："我和自己长期打交道，宁愿做自己就好。"

多情而狂放的绝版时代

荒唐而美好，恣意又妄为，散漫却浪漫。谈到魏晋时代，脱口而出的评价似乎都是一些既褒又贬的双面词汇，这或许要追溯到其本源的矛盾性与复杂性。黄巾之乱、三国鼎立、五胡乱华等令人目不暇接的历史事件，在短暂的三百余年间轮番上演，对于政治、经济、社会、文化的发展均造成严重冲击。毋庸置疑的是，这绝对是中国历史上最多情、最狂放的绝版时代，大抵如同一朵绽放在历史长河上空的烟花，短暂而夺目，激起一片烟尘。

这是中国历史上政权更迭最频繁的时期，连绵不断的战火影响了这一时期的文化发展，其中最明显的是玄学兴起、佛教传入和道教勃兴。三百余年间，各种思想文化互相影响、交相渗透，使得文学的发展也趋于复杂化。这样一个绮丽而多变的时代会孕育出中国古典文学史上的笔记小说代表作《世说新语》，也就不令人感到意外了，其短小精悍、玄理深藏的行文风格正是对魏晋时代文学风貌的总结。

魏晋南北朝又名三国两晋南北朝，顾名思义可划分为三个主要阶段，即三国时期、两晋时期和南北朝时期。这三个阶段虽承前启后、上下贯通，但也因政治局势的诡变莫测，在经济、文化等领域呈现出不同的精神与风貌。接下来，我们将沿着历史的脉络，细述三百年间魏晋南北朝风雨。

三分天下，谁主沉浮

三国时期群雄争霸，逐鹿中原，这是一个烽火连天的乱世，也是一个英雄辈出的盛世。东汉末年，天下大乱，先有张宝、张角黄巾起义，后有董卓掌控政局，各地举兵反抗。汉献帝东逃后，曹操趁机将其迎至许昌，改元建安，在官渡之战中以少胜多，击溃袁绍，大致掌控了中国北方地区，后于赤壁之战中被孙刘联军击败。曹操病逝后，其子曹丕立国号为魏，史称曹魏，正式拉开三国序幕。隔年，刘备称帝，国号续为汉，史称蜀汉。孙权胜于夷陵，将荆州尽收怀中，遂称帝，立国号为吴，史称孙吴或东吴。这便是曹操挟持天子以令诸侯，再经官渡、赤壁、夷陵三场大战，终成魏、蜀、吴天下三分之势。

和我们一贯认为的有所不同，其实《世说新语》远不止一部诉说魏晋风流的趣谈、玄谈之书，书中不乏对于历史的真实记载，只是受记言记行的体裁所碍，其中的史料还需我们一字一句仔细品读，方知其味。比如在西晋陈寿所著的《三国志》中，有南朝宋人裴松之注："世说新语曰：'绍步卒五万，骑八千。'"由此不难看出，古本《世说新语》中曾一语揭露官渡之战中曹操以少胜多的真相。

除了一语带过的侧面描写外，《世说新语》中还有许多对于三国群雄的正面直述，其中关于曹氏父子的文章足有三十余篇，为我们刻画了一个鲜活立体的"治世之能臣、乱世之枭雄"的曹操形象。在《世说新语》的书页间，他傲视群雄，狡诈多疑。但同时他又曾是真实存在过的有血有肉的人，因爱惜早慧之才成全了何晏❶的画地为庐❷，因行军受阻而想出望梅止渴❸之法，也因攻破邺城后错失美人而懊丧。应该说，《世说新语》以其独特的书写形式，极大地还原了这些自带传奇色彩的三国群雄烟火气的一面，让我们知道原来他们也是真实活过一场的人，而非史书长卷中的冰冷姓名。这对于我们学习历史知识，全面认识历史人物与事件，皆有所裨益。

三国时期较为集中的战乱与天灾使得社会经济严重衰退，但也因生活条件的极速退行而促进了交通工具、武器以及医学技术等科技领域的发展。《世说新语》的"术解""巧艺"等篇对此皆有详尽叙述。在文化领域，三国时期无疑以建安文学为最胜，曹魏人士的开阔眼界与宏大格局为中国古典文学注入了一脉豁达与刚劲。《世说新语》中有不少篇幅记录曹魏文人的言行，令我们得以一窥建安风骨，"文学"篇中对于曹植七步成诗

---

❶ 何晏：（？—249年），字平叔。南阳郡宛县（今河南南阳）人。三国时期曹魏大臣、玄学家，东汉大将军何进之孙（一称何进弟何苗之孙）。何晏之父早逝，曹操纳其母尹氏为妾，他因而被收养，为曹操所宠爱。

❷ 画地为庐：典出《世说新语·夙惠》："何晏七岁，明惠若神，魏武奇爱之。以晏在宫内，欲以为子。晏乃画地令方，自处其中。人问其故，答曰：'何氏之庐也。'魏武知之，即遣还。"大意是：何晏七岁的时候就聪明伶俐，像个神童，曹操非常喜欢他，因为何母在宫里，就想收他做儿子。何晏在地上画了个方框，自己站在里面。有人问他怎么回事，何晏答道："这是我们何家的房子。"曹操明白了他的意思，马上就让他回去了。

❸ 望梅止渴：典出《世说新语·假谲》："魏武行役，失汲道，军皆渴，乃令曰：'前有大梅林，饶子，甘酸可以解渴。'士卒闻之，口皆出水，乘此得及前源。"后世据此典引申出成语"望梅止渴"，比喻从不切实际的空想中来宽慰自己。

的记载更是生动地展现了皇权承继背后的血腥与残酷,曹植以豆萁作比,声泪俱下地控诉手足无情,令人无不动容。

直到司马昭发动灭蜀之战,蜀汉亡。两年后司马昭病死,其子司马炎自立国号晋,史称西晋,曹魏亡。西晋继而发动灭吴之战,东吴亡。至此,三国纷争正式落幕,步入两晋时期。若说三国时期是个英雄不论出处的时代,那么两晋时期因相对封闭的门阀世袭制度,给人们留下的更为深刻的印象则是沉默如海的压抑与不堪一击的风雅。

晋之风骨,无问西东

司马王朝登上历史舞台后,初期所展现的态度较为强势,随之确立的世族政治也是隋唐三省六部制的基础。这一时期的经济较之三国时期有了较大的回升,在文化领域呈现多元发展,并逐渐与边疆民族展开交流,可以说是一个汇聚了开创、冲突与融合的时代。而此时的文学发展已经从建安文学转向正始文学,当时的文人备受压抑,难以面对现实,竹林七贤及正始名士们已经被迫放弃建安文人的执着与刚强,变得更为冲淡、玄远,企图在精神世界寻找一片净土。从《世说新语》的相关篇目中也可以看出,在巨大的动荡与变革之下,无论是草根文人抑或世家名士都发出了相似的感叹,命如蜉蝣[1],朝生暮死,而此时的文学正如一根精美的玉琼枝,让这群黄昏末路的飞鸟得以栖息片刻。

---

[1] 蜉蝣(fú yóu):最原始的有翅昆虫,具有古老而特殊的形状,多比喻微小的生命。

西晋统一天下后的平稳局面仅仅维持了十几年，便爆发了著名的八王之乱❶，紧接着又发生了五胡乱华❷，王朝落寞，世家贵族开始东渡。晋朝宗室司马睿于建康称帝，建立东晋。东晋建立后，衣冠南渡❸的狼狈场面使得皇权衰落，先后发生了王敦之乱❹、苏峻之乱❺及桓温❻专政等世族掌权为祸的场面。对于

---

❶ 八王之乱：发生于西晋时期的一场为争夺中央政权而引发的皇族内乱，历时十六年，是中国历史上最为严重的皇族内乱之一。当时的社会经济遭到了严重破坏，导致了西晋亡国以及近三百年的动乱，使之后的中原北方进入十六国（五胡乱华）时期。

❷ 五胡乱华：指塞外众多游牧民族趁西晋遭逢八王之乱国力衰弱之际，陆续建立数个非汉族政权，形成与南方政权对峙的时期。"五胡"主要指匈奴、鲜卑、羯（jié）、羌（qiāng）、氐（dī）五个胡人大部落。事实上，五胡是西晋末各乱华胡人的代表，数目远非五个。

❸ 衣冠南渡：亦作衣冠南度，出自唐史学家刘知几《史通·邑里》。该文原仅指西晋末天下乱，中原士族相随南逃，中原文明或中原政权南迁。后逐渐演化为熟典，代指缙（jìn）绅、士大夫等避乱南方并落地生根的事件。

❹ 王敦之乱：东晋成立初期，皇室与士族之间存在着权力分配的微妙平衡，该局面被称为"王与马，共天下"，然而一山不容二虎，司马氏与琅琊王氏两家都心知肚明。经过长期对峙相持后，东晋开国功臣琅琊王氏成员王敦掀起一场大乱，先后两次起兵造反，史称王敦之乱。

❺ 苏峻之乱：指发生在东晋初年的一次大规模叛乱，叛军直入建康，占领台城（皇宫），时间一年有余，最终在数方势力的合作下被平定。叛乱方苏峻、祖约为流民帅，平叛方的庾（yǔ）亮为掌握政权的外戚，陶侃为白手起家手握重兵的强大方镇，温峤为北方抗胡势力派到江南支持东晋王朝的代表。这几方人物，可谓构成了东晋复杂社会结构的一个缩影。

❻ 桓温：（312—373年），字元子，谯国龙亢县（今安徽怀远）人。东晋时期政治家、军事家、书法家、权臣，晋明帝司马绍女婿，宣城太守桓彝（yí）长子。

遗失的故土，部分当权者仍有恢复之心，前后曾发动几次战争，但由于皇权式微，东晋的帝王始终处于疑心难安之中，他们惧怕野心之士会借此扩张势力，因此对于收回故土大多以消极态度示意臣民。《世说新语·夙惠》中有这样一则故事：晋元帝听闻有人从长安归来，问起洛阳的消息，不觉伤心，潸然落泪。年幼的晋明帝见到父亲哭泣，尚不能完全体会故土难归的心酸苦痛，却已能对曰："**举目见日，不见长安。**"一句童言稚语冰冷无情地敲击在每一位被西晋遗落的旧人的心上，而此时的新都更像是一座孤城，将穷困潦倒、走投无路的司马氏"流浪汉"困在了纸扎的皇位之上，个中艰辛自是难以尽诉。

直到前秦出动举国之师，意图灭亡东晋，面对如此亡国之祸，东晋总算君臣一心，决意出兵反抗，并凭借淝水之战稳定政局，获得了短暂的安宁。此战之后，北府兵[1]声威大振，谢安、谢玄、谢石等人也留名青史，东晋孝武帝司马曜（yào）更借此机会收回权力，成为东晋唯一掌握实权的皇帝。

许是在王朝衰落时有才之士往往也格外多，《世说新语》中关于东晋的篇幅相对较多，从帝王世家到文人名士皆有不俗笔墨，从"文学"篇中有关谢安论诗的记载便可见一斑：在谢家子侄聚会上，谢安问起《毛诗》[2]中哪一句最佳，谢玄答："昔我往矣，杨柳依依。今我来思，雨雪霏霏。"谢安却认为"吁谟定命，远犹辰告"一句乃高雅至极。与史书着重标记重大历

---

[1] 北府兵：东晋孝武帝初年由谢玄组建训练的军队，又名北府军。
[2] 《毛诗》：指战国末年时，鲁国毛亨和赵国毛苌（cháng）所辑和注的古文《诗》，也就是流行于世的《诗经》。

史事件与战争场面的行文方式不同，《世说新语》更多地为读者展现了东晋士人的日常生活，在君臣猜忌、外忧内患、战事频发之外，也有与家人晚辈对坐闲谈的人间烟火，如一卷唯美而细致的工笔画，在世人眼前徐徐展开。

然而，好景不长，东晋后期朋党之争四起，战事频发难平，百姓苦不堪言。最终刘裕❶崛起，平定诸乱，凭借军事力量夺得帝位，历史的车轮也推进至南北朝时期。

南辕北辙，纷争四起

南北朝时期由刘裕建立南朝宋开始至隋灭南朝陈为止，因多方势力长时间对立共存，故称南北朝。南朝包含宋、齐、梁、陈等四朝，北朝包含北魏、东魏、西魏、北齐和北周等五朝。南朝皇族多为寒门或庶族，为了争夺皇位时常发生血腥斗争，北朝承继五胡十六国，为胡汉融合的新兴朝代。《世说新语》的作者刘义庆为南朝宋人，也是宋武帝刘裕的侄子。因避讳时人时事，《世说新语》中对于南北朝时期的记述并不多见，但寥寥数语更显珍贵。

这一阶段，中国南北方经济逐渐趋于平衡。由于大规模且持续长时间的战争多发生在北方，因此至南北朝时期，江南地区迅速得以发展，而中原发展则相对减缓，一改秦汉时以黄河

---

❶ 刘裕：指宋武帝（363年4月16日—422年6月26日），字德舆。祖籍彭城郡彭城县绥舆里（今江苏徐州）人，生于晋陵郡丹徒县京口里（今江苏镇江）。东晋至南北朝时期杰出的政治家、改革家、军事家，南朝刘宋开国君主（420年7月10日—422年6月26日在位）。

流域为经济重心的格局。同时，各民族之间的联系愈加密切，逐渐融为一体。各族相互学习，取长补短，展现出极大的包容性与多元性，为隋唐时期的繁荣与开放奠定了基础。不过，也正因如此，该时期的文化特点难免会存在分裂割据的痕迹，文化差异的增强也造成了南北民歌的迥异风格。《世说新语》成书于南朝宋时期，记人记事，谈玄说理，很大程度上承继了东晋时期的文风，以清雅玄远、言有尽而意无穷的文字为主体风格。而北朝的作品则相对写实，如北魏杨炫所著的《洛阳伽蓝记》❶、北魏郦道元所著的《水经注》❷均以文笔简洁精美、间以骈偶句式的书写形式呈现，对比品读更能发现其中的不同。

  最后由宇文泰❸开创的关陇集团❹，吞并了日趋腐败的北齐。北周武帝去世后，北周静帝即位，杨坚❺掌权，建立隋朝，发兵灭南陈，统一中国。南北朝时期彻底宣告结束，更具开放性与包容性的隋唐时代正式登场。

---

❶《洛阳伽蓝记》：又称《伽蓝记》，为北魏人杨炫所撰，是一部集历史、地理、佛教、文学于一身的历史和人物故事类笔记。

❷《水经注》：我国古代以水道为纲记载区域地理信息最为著名的典籍。

❸ 宇文泰：（507—556年），字黑獭，代郡武川县（今内蒙古自治区武川县）人，鲜卑族。南北朝时期杰出的军事家、改革家、政治家，西魏的实际掌权者，北周政权的奠基者。

❹ 关陇集团：有学者将北魏时期主要籍贯位于陕西关中和甘肃陇山（或称六盘山）周围的门阀军事势力称之为"关陇集团"。

❺ 杨坚：隋文帝杨坚（541年7月21日—604年8月13日），弘农郡华阴（今陕西华阴市）人。汉太尉杨震十四世孙，隋朝开国皇帝，开皇元年（581年）至仁寿四年（604年）在位。

纵观魏晋，可用"风雨飘摇、英才辈出"八字概括，之所以在短短三百年间涌现出数量如此多、涉及领域如此广的英才，除了动荡的政治局势提供了可一展宏图的舞台外，也与魏晋时代开放、融合的思想特点有关。对于魏晋时人而言，虽无缘见盛唐皓月皎皎，却可赏天地浩荡，观宇宙浩瀚。

这个多情而狂放的时代似乎也格外偏爱特立独行的灵魂，哪怕半生流离，卑微如野草，风吹摇动，雪落弯腰，也可在群岭之间野蛮生根，待春风唤醒，便充盈这荒芜的瘠土人间。

刘义庆：乱世贤王，简素文人

"风月平生意，江湖自在身。"这句诗出自宋代的著名理学家朱熹之笔。与我们一贯认为的以严谨、保守著称的理学家们有所不同。朱熹作为宋代儒学集大成者，在一定程度上继承了魏晋玄学中的诸多理论观念。除了闻名于世的理学思想外，朱熹还是一位文学家与文论家，曾在《朱子语类》中对《世说新语》进行点评。

说回诗句本身，这虽是朱熹观西山怀岳麓之时的有感而发，却也因相似的观念与志趣，而穿过时空的界限，与《世说新语》的作者刘义庆相应和。我本江湖自在身，且放云山浩然歌——此一句，便足以概括刘义庆旷然简素的一生。

刘义庆，字季伯，为南朝宋武帝刘裕的侄子，也是长沙景王刘道怜的次子。自幼便展露出过人的才华与聪慧，因此在诸多皇室子嗣中格外出众，也必然得到了皇帝的赏识。十三岁时，刘义庆就被封为南郡公，后又被过继给叔父临川王刘道规，因此袭封临川王。

自古以来便是如此，那些少时颇负盛名的皇室子侄们似乎在长大后总会遭遇更多的坎坷与猜忌，有的因此获罪丧命，

刘义庆

有的受困于此抑郁而终，还有的则想得更为通透，早早地超脱物外，偶寄闲情。刘义庆便选择了后者。

　　十五岁的刘义庆就被任命为秘书监一职，掌管国家的图书著作，因此有机会接触、博览皇家典籍，这为他后来编纂《世说新语》等著作奠定了良好的基础。《世说新语》主要记载了魏晋南北朝时期名士的言行与轶事，书中有相当多的篇幅为杂采众书而成，如"规箴""贤媛"等篇，所记录的西汉时期的人物故事多采自《史记》《汉书》。或许，年少的刘义庆就是在那片书山书海中随心所欲地畅怀着古人的故事，才能令他摆脱对于诡谲朝堂的困惑。四下无人的宫殿之内，在书香的浸染之下，他脚边的灯火也涌向了更为浩瀚的星辰大海。

　　无论怎么逃避，命运中早已写定之事依旧会如期而至。十七岁的刘义庆升任尚书左仆射，相当于副宰相。在此期间，其堂弟宋文帝和刘义康的"主相之争"日益激烈。这要从南朝宋的建国说起。南朝宋是南朝时期建立的第一个正统王朝，也是南朝中存在时间最久、疆域最广的朝代，共传四世，历经十帝。值得一提的是，南朝宋是魏晋南北朝中的首个由寒门庶族建立的朝代，难得出现的"寒人掌机要"[1]的局面打破了晋时期一贯坚持的门阀世家的传统。"寒门皇帝"刘裕在东晋末期的乱世中崛起，先后平定多方势力，又大力推行改革，一度出现了

---

[1] 寒人掌机要：寒人，指出身贫寒之人。南朝时期，掌握国家机要职位的人多是家境贫寒的人。

元嘉之治^❶的繁荣盛景，但也为后来的朝政混乱、帝王更迭频繁埋下隐患。随后，宋文帝刘义隆即位，这位手段狠辣、多生猜忌的皇帝为牢牢掌握实权，刚登基便先后杀了众多曾拥立他的功臣，其中还包括名将檀道济。

刘义庆身居庙堂之中不得不事事小心，步步谨慎，以免遭祸，二十九岁便借故离开京城，乞求外调，解除左仆射一职。如愿远离了是非之地的刘义庆到荆州赴任刺史一职后，心绪舒朗，倒也颇有功绩。加上荆州本就地广兵强，是长江上游的重镇，刘义庆也在此过了八年的安定生活。

后来，他还相继担任了江州刺史与南兖州刺史，无功无过，生活颇为平顺，但帝王的猜忌与疑心始终如乌云压顶一般笼罩在刘义庆的心上，令他心有余悸，寝食难安。既然躲不过，索性放任自己追寻内心真正想要的自由，于是三十八岁的刘义庆开始寄情文史，编撰了《世说新语》这样一部清谈之书。

《世说新语》的编纂自是离不开南朝宋人对魏晋风骨的追慕与欣赏，但也与刘义庆的个人命运息息相关。

刘义庆任江州刺史与南兖州刺史期间，发生了两件值得细品的事。第一件是元嘉十六年，刘义庆开始与当世的文人墨客往来相交，其中包括陆展、何长瑜、鲍照等人。刘义庆崇敬这些文章辞美之人，招致麾下，每日谈玄论诗，好不风雅。第二

---

❶ 元嘉之治：指南朝宋文帝刘义隆在位时期（年号元嘉）。在继承和延续宋武帝刘裕生前推行的多项改革政策的基础上，文帝开创了一个盛世，因其政治较为清明，又努力推行繁荣经济文化的各项政策，从而出现了短期内经济有所恢复、人民生活较为安定的政治局面。

件是元嘉十七年，刘义庆调任南兖州刺史，而前来接任江州刺史职位的正是遭到贬斥的刘义康。兄弟二人在江州见面后一时悲恸难止，这事传到宋文帝刘义隆的耳朵中，不免生出几分责怪之意，这也加剧了刘义庆本就危难、压抑的处境。

天地浩然，万物可亲，刘氏子弟却偏要将自己困顿于孤城中，不得解脱，这是多么荒唐可笑之事。也罢，世间之事大多无趣，不如谈玄作文，方得其解。此时此刻，为寻求解脱的刘义庆与魏晋文人的精神气质达成了共鸣。

可惜的是，《世说新语》一书刚刚撰成，刘义庆就因病离开扬州，回到京城后不久便与世长辞，时年四十一岁。这位乱世贤王终于得到了其追求一生的真正的自由。

除了《世说新语》外，刘义庆还集门客编纂了志怪小说集《幽明录》，亦作《幽冥录》《幽冥记》。《周易·系辞》曰："是故知幽明之故。"书中所记鬼神灵怪之事，变幻无常，合于此意，故取此名。原书三十卷，已散佚，鲁迅所著的《古小说钩沉》中，辑得两百六十五则。书中不少故事与《列异传》《搜神记》有所相似，其对后世文学的影响可见一斑。

刘义庆在后人眼中始终是一个毕生简素寡欲，唯贪恋文学成痴之人，也可以说是一位真正的闲散王爷。他不愿卷入皇室斗争，虽一生历任要职，政绩却乏善可陈，但求无功无过，便可安心度日。

对于刘义庆而言，与其在一片孤城中与血脉相连的兄弟子侄钩心斗角，倒不如掬一捧泉水，看山间大雾四起，落地成诗，拾木枝作画笔，一笔便绘成一个落日。他生于乱世，安于本心，如秋风遇寒寺，至简至素，方得始终。

版本源流

《世说新语》一书传世至今，历经数代，其中所载魏晋时期的逸闻轶事以及名士的活动、性格、追求和嗜好，都为后世广为追捧。纵览全书，便可观魏晋时期几代士人的画像，进而可探知真正的魏晋风骨。

虽然《世说新语》的编纂可称得上顺遂，但论及传世就远没那么顺利了。《世说新语》最初的名字更为简洁，仅有"世说"二字。因汉代刘向曾著《世说》，后人为区别此二书，便称刘义庆所著为《世说新书》，直到宋代后才改称《世说新语》。

《世说新语》虽撰于南朝宋时，但唐以前的传本至今已荡然无存，许是因时间过久，保存不当，以及战火纷扰等缘故。宋代汪藻在《世说叙录》称，唐代以前《世说》便广为流传。现存最早版本为唐写本《世说新语》残卷，于日本明治十年（1877年）的京都东寺发现，后割裂为五份，分别交付五个人收藏。晚清民国时期的著名学者罗振玉设法将五份聚齐，并于1916年影印，这才得以为今人观瞻。

到了宋元时期，便进入《世说新语》的盛行时代。汪藻在《世说叙录》中提到，宋元时有晁（文元）氏本、钱（文僖）氏本、晏（元献）氏本、王（仲至）氏本等十余种版本流传，可惜今皆无存。其中，晏氏本很可能是如今通行三卷本的祖本，而晏氏本的作者正是我们十分熟悉的一位北宋词人——晏殊。晏殊谥号元献，故世称晏元献，被称为北宋婉约词之宗，风格

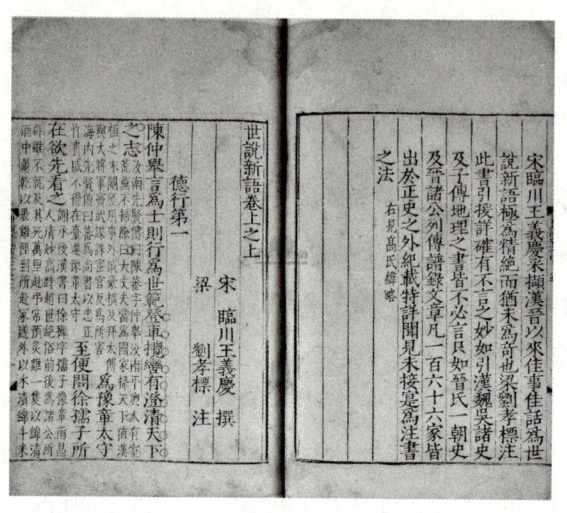

《世说新语》（刘孝标注）书影

含蓄婉丽，又与欧阳修并称"晏欧"。除了极高的文学成就外，他还是北宋著名的政治家，身居要职多年，有着极高的政治素养；并开创了大办教育之先河，扶持书院发展，兴办官学。由此可见，晏氏本为今通行三卷本之祖本还是说得通的。

宋末元初，刘辰翁、刘应登对《世说新语》进行了批点，原书八卷现已无存，唯日本尚有残本。所幸，其评点被明代学者凌濛初保存下来，作为刊本。

明代的《世说新语》达到了空前盛行的局面，保存至今的版本超二十余种。这都要归功于王世贞、王世懋（mào）兄弟将何良俊《何氏语林》与刘义庆《世说新语》删并合刊，大大提高了《世说新语》的影响。另外，凌瀛初、凌濛初兄弟刊行刘辰翁批点本、太仓王氏刊行李卓吾批点本也对此起到了相当大的作用。

明代刊行的《世说新语》，大体可分为三种体系，也被称为明代三系：普通本系、批点本系、《世说新语补》系。明代文学发展整体呈现更为严谨、严肃的风格，因此文学批评之风一时盛行，在明人留下的许多著名中，我们都可以发现与文学批评相关的内容。也正是明代这些学者大儒们对着无数泛黄的书页残本，一字一句细细斟酌推敲，才有了今人能见到的较为工整、完善的古籍。

清代刊行的《世说新语》基本上沿袭了明代三系，既无宋代那样的整理，也无明代那样的增补，也未出现新的批点本，仅做了一些校勘工作，订正了宋明刻本中的讹误。

民国时期曾一度出现文学的爆炸式复兴与革新现象，多种观点并存于世，且随着科技的进步，我们有了更新、更好的保存古籍的方法，比如胶版印刷和影印技术，因此《世说新语》亦有多种印本传世。

时至今日，我们所读到《世说新语》虽为只言片语、三言两语的笔记体小说，但包含的内容和涉及的领域却十分丰富、广泛，从皇室贵族到寒门文士皆有所记，这对于今人复原魏晋时期的生活方式和精神追求都发挥了极大的作用。

除了出众的史学价值外，《世说新语》清谈凝练的语言风格也是广受后人追慕的原因之一。鲁迅曾称赞《世说新语》："记言则玄远冷峻，记行则高简瑰奇。"《世说新语》正如从绵延了整个魏晋的颓唐里取出的一炉精致的灰，记录着那些至真至纯的名士们也曾在世间灼热而灿烂地燃烧过。

贰　魏晋文化：被低估的中国版文艺复兴

舌尖上的魏晋·食

中华美食文化源远流长，五千年历史长河中不乏文人墨客对美食的赞颂与记录，著名的大词人苏东坡就是一位名副其实的美食家。"雪沫乳花浮午盏，蓼茸蒿笋试春盘。人间有味是清欢。"一首《浣溪沙》道尽人间烟火、华夏百味。历史总是越读越饿。

那么古人究竟是怎么解决一日三餐的？中华美食是如何发展成今天的菜式的？魏晋南北朝时期，这群对美食着极致追求的人又是如何驯化食材、炮制食物、满足口腹之欲的？这一切还要从汉代说起。

中国的饮食自汉代开始便彻底告别了粗糠麸皮的果腹时代，踏上了可称为美食文化的正途。随着食物加工技术的改进与西域果蔬的进口，汉朝的宫廷膳食愈加精致讲究，礼制规定："天子饮食之肴，必有八珍之味。"而《史记》中也屡次提到胡瓜、胡桃、胡萝卜等各种西域瓜果通过丝绸之路被引入中原地区。

虽然汉代之后战事频发,四地不合,食品供应变得极为困难,但是王公贵族多年养成的挑剔味蕾又怎能轻易改变? 只能以精巧的加工、丰富的做法来掩盖食材的平庸,因此食材的精加工在这个战火纷飞的年代不退反进,变得更加讲究了。汉代贵族对美食孜孜不倦的追求自然也被魏晋南北朝的士人全盘接纳,文人们以食物为素材,创作了许多流传千古的文学作品。这一时期,有关饮食的著作无论是数量还是范围都远远超过前人,并且呈现出系统性、独立性和总结性的特点。从饮食原料到加工烹饪、从饮食内容到饮食文化,都有较为系统和深入的记述和研究,可以说,饮食作为一种文化在此时已经基本成型。

饮食重巧思

魏晋时期的文人自由洒脱,最讨厌受规矩束缚,喜欢什么便追求什么,活得热烈而坦荡,他们向来不认可"君子远庖厨"❶这种腐朽观念。子曰:"食色,性也。"魏晋文人深以为是。他们才不在乎什么君子的矜持与气度,宁肯丢弃风度,撸胳膊、挽袖子亲自生火下厨,也不肯委屈自己的舌头,谁又能说此番

---

❶ 君子远庖厨:典出《孟子·梁惠王章句上》:"君子之于禽兽也,见其生,不忍见其死;闻其声,不忍食其肉。是以君子远庖厨也。"此话起因在于齐宣王问孟子齐桓、晋文称霸之事,孟子则不谈"霸道",而谈"王道",以齐宣王"以羊易牛"加以阐发,认为齐宣王是有恻隐之心的,这就是仁政的基础。《礼记·玉藻》也言"君子远庖厨,凡有血气之类,弗身践也",即是说君子要远离血气杀生之事。君子远庖厨,字面义是君子应远离厨房,但实际上是说君子怀有一颗仁心,不忍见到杀生之事。

真实不做作的坦率不是君子的风度呢？文人墨客带头做美食、品美食、记录美食，也直接引领饮食重巧思的观念蔚然成风。

曹植在《七启》中开列了一席名贵的菜谱：

> 芳菰（gū）精粺（bài），霜蓄露葵，玄熊素肤，肥豢（huàn）脓肌。蝉翼之割，剖纤析微；累如叠縠（hú），离若散雪，轻随风飞，刃不转切。山鵽（duò）斥鷃（yàn），珠翠之珍。寒芳苓之巢龟，脍西海之飞鳞，臛（huò）江东之潜鼍（tuó），臇（juǎn）汉南之鸣鹑（chún）。糅以芳酸，甘和既醇。玄冥适咸，蓐（rù）收调辛。紫兰丹椒，施和必节，滋味既殊，遗芳射越。乃有春清缥酒，康狄所营，应化则变，感气而成，弹徵则苦发，叩宫则甘生。于是盛以翠樽，酌以雕觞，浮蚁鼎沸，酷烈馨香，可以和神，可以娱肠。此肴馔（zhuàn）之妙也，子能从我而食之乎？

山珍海味、四方名物皆在席间，酸甜苦辣、煎炒烹炸尽收一味，紫兰丹椒调味齐全，刀工技术日益精湛，生鱼片切得薄如蝉翼，不同食材相互调和搭配，既满足口欲，又重视养生。若不是亲眼得见《七启》，定是无人能想到这般嚼蕊饮泉的神仙人物竟也有如此烟火气的一面。

其实，烟火人间本就如此，风花雪月都是戏文里写的、戏台上唱的，无病无灾、五谷丰登才是一代又一代的人们最朴实的祈愿。四季轮转见证着不同地域的人用汗水灌溉大地，用双手收获果实，脚踏黄土地灵魂才能找到真正的归属，立足文化血脉方可探究自然孕育出的诗意。诗人从来不会把自己关进与世隔绝的诗歌牢笼中，而是在日常生活中将一点一滴过成诗的样子。诗歌是煮豆馅时倾听那咕噜咕噜的低语，想象每一粒豆子所经历的晴雨；诗歌是草鞋布衣走遍山间，采一枝黄灿灿的菊，抬头却忽见一片苍翠。

煎、炒、烹、炸、炖、蒸、烩、煮是中国八大传统烹饪方式，其中的炒因速度快、味道鲜、色泽艳的特点更是脱颖而出。梁实秋先生在《雅舍谈吃》中也提道："西人烹调方法，不外油炸、水煮、热烤，就是缺少了我们中国的炒。"关于炒的起源，说法众多，无从统一，有学者认为炒最早可能出现在殷商时期，但尚需进一步证明。不过可以证实的是，炒作为烹饪技法在魏晋时期已经初步形成，用来炒菜的铜铛、铁釜已被广泛使用，且《齐民要术》❶中已收录较多的经典炒菜菜式。可以说，"炒"的发明和普及是魏晋南北朝时期饮食史上的重中之重。

受"炒"的出现影响最大的食材，必然是各类绿色蔬菜。大火爆炒，小火翻炒，嫩绿的菜叶、翠绿的菜梗，经过火与油的交汇，香味得到了极大的激发，人们突然意识到这些水煮之

---

❶《齐民要术》：约成书于北魏末年（533—544年间），是北朝北魏时期，南朝宋至梁时期，中国杰出农学家贾思勰（xié）所著的一部综合性农学著作，也是世界农学史上专著之一，是中国现存最早的一部完整的农书。全书十卷九十二篇，系统地总结了六世纪以前黄河中下游地区劳动人民农牧业生产经验、食品的加工与贮藏、野生植物的利用，以及治荒的方法，详细介绍了季节、气候，和不同土壤与不同农作物的关系，被誉为"中国古代农业百科全书"。

后或苦或涩的果腹之物换一种烹饪方式竟然也能如此美味，甘与甜途经一阵峰回路转，苦与涩皆有一场柳暗花明。

贾思勰在《齐民要术》中专设"素食"一节，记载了制作各类蔬菜的方法，可算作我国最早的素食谱，其中提到当时人们将初春的韭菜和秋末的白菜奉为人间美味之最。西晋文学家潘岳也在《闲居赋》中写道："菜则葱韭蒜芋，青笋紫姜，堇荠（jīn jì）甘旨，蓼荽（liǎo suī）芬芳，蘘（ráng）荷依阴，时藿（huò）向阳，绿葵含露，白薤（xiè）负霜。"一口气罗列了如此多的蔬菜，足以说明当时蔬菜种类之多，以及人们对于清炒时蔬的喜爱之深。到了南北朝时期，梁武帝崇尚佛学，更是极力倡导素食，大大推动了我国素食文化的发展。

如此这般，"炒"作为烹饪方式的普及加之后来佛教的盛行，在魏晋时期掀起了一阵"小清新"之风。春天很短，只够吃一把嫩韭；秋日漫长，尝不够白菜脆爽，古往今来多少美食家寻遍珍馐（xiū），也不过是想寻回童年记忆中那一口香甜回味，而与家人围坐同食一盘素菜对于生在动荡时期的魏晋人而言，亦是平凡生活中最不平凡的愿望。

口味分南北

说起吃，自是离不开主食的。魏晋南北朝时期，南北两地的主食有了较大的分歧。在北方地区的主食结构中，"饼"占有较大的比重。西晋束皙曾专门写过一篇《饼赋》，在文中罗列了十多种饼。不过魏晋时期的饼与我们现在理解的稍有不同，晋人将水煮、笼蒸、火烤、油炸的面食统称为饼。所以馒头是饼，包子也是饼,烧饼是饼,面疙瘩还是饼。其中最值得展开讲讲的正是今日大街小巷常见的馒头,其实这一横贯中华几千年的主食的出现要归功于魏晋时期的发酵技术。《齐民要术》中细致讲述了这一技术:"面一石,白米七八升,作粥;以白酒六七升酵中。著火上,酒鱼眼沸,绞去滓,以和面,面起可作。"彼时,发酵技术初问世,馒头的地位自是高不可攀。《饼赋》中写道:"三春之初,阴阳交至,于时宴享,则馒头宜设。"可见,当时的馒头算是一种稀罕吃食,多用来祭祀奉神,招待贵宾,非寻常人所能吃到。

说完北方,再去南方瞧一瞧。此时的江南地区已经成为全国的经济中心,这在很大程度上影响了主食的变化与发展。随着粮食产量的提升,尤其是水稻种植业的发展,米饭开始成为南方地区的主食,正所谓:"吴越之地,饭稻羹鱼。"

"饭稻"很好理解,和人们今天所吃的大米白饭的区别不是很大,那么"羹鱼"又是什么呢?《世说新语·言语》中记录了一段陆机❶与王武子❷关于莼羹(chún gēng)的探讨。王武子偏爱乳酪,认为这是天下最好的美味,而南方人陆机不以为然,认为莼羹才为美味之最,于是反驳道:**"千里莼羹,但未下**

---

❶ 陆机:(261—303年),字士衡,吴郡吴县(今江苏苏州)人。西晋著名文学家、书法家。出身吴郡陆氏,为孙吴丞相陆逊之孙、大司马陆抗第四子,与其弟陆云合称"二陆",又与顾荣、陆云并称"洛阳三俊"。

❷ 王武子:王济(生卒年不详),字武子,太原晋阳(今山西太原)人。西晋外戚大臣,曹魏司空王昶(chǎng)的孙子,司徒王浑第二子,晋文帝司马昭的女婿。

盐豉（chǐ）耳！"意思是，江东千里湖的莼菜汤，没有放盐与豆豉的时候就已经鲜美无比，足以匹敌羊奶乳酪，而若是放了盐、豉，那更是区区乳酪无法比拟的。

除了鲜美的千里莼羹外，二人你来我往的对话中还出现了一味不甚起眼的调味品，那便是豉。豉是用豆类制作而成的调味品，最早出现在汉代，放置于菜肴中可调五味、增鲜香。豉的制作水平在汉代已经纯熟，魏晋时又从国外传入了新的制作方法。张华写就的《博物志》❶中提到，先以苦酒浸豆，晒干后以麻油蒸，如此反复三遍，再以胡椒面拌和而成。以此法制成的豆豉味道更为鲜美，而且还有医治某些疾病的作用。

千里莼鲈令南方人思之念之，同样，乳酪也是北方人戒不掉的美味。西晋末年各少数民族徙居中原，在永嘉之乱❷后，黄河流域大片荒芜的土地更是逐渐变成牧场，因此魏晋时期的畜牧业发展得很快，乳酪产量也不断提高，饮乳食酪的饮食方式在中原地区迅速普及开来，但在稍远一些的南方地区却一直未能被完全接受。

《世说新语·排调》记载过这样一则故事：王导过江后想拉拢吴地世族，于是便请了吴姓高门陆玩来家中做客，拿出珍贵

---

❶《博物志》：西晋博物学家张华（232—300年）著作的志怪小说集。作为一部博物学著作，其内容记载了异境奇物、琐闻杂事、神仙方术、地理知识、人物传说，包罗万象。

❷ 永嘉之乱：指西晋怀帝永嘉五年（311年），匈奴军队在刘渊之子刘聪率领下击败西晋京师洛阳的守军，攻陷洛阳并大肆抢掠杀戮，更俘虏晋怀帝等王公大臣的一场乱事，后导致西晋于316年灭亡。

的乳酪招待贵客，怎料从未吃过这种北方珍馐的陆玩却因食用过量而致病。陆玩身体恢复后，便写信给王导，说：“**昨食酪小过，通夜委顿。民虽吴人，几为伧鬼。**”其实，我们今日回看这段趣事，都知道导致陆玩辗转难受一整晚的原因大概率是乳糖不耐受而已。不过这也说明被渡江而来的士族们奉为美味珍馐的乳酪，暂时还无法被吴地士人的"南方胃"所接受。

一方水土养育一方人，儿时养成的口味偏好与饮食习惯往往会跟随我们的一生，无论是远在千里之外的莼鲈之思，还是辗转南下都不忘随身携带的一盏乳酪，皆体现了中国人对家乡的一种独特情思。用情至深，惜时惜缘，大概就是中国人的底子。

后来随着北方士族的南迁，南北饮食文化展开更深层次的交流，乳酪也慢慢被南方士人所认可。不过，直到南朝灭亡，乳酪也仅仅作为一种高级食品在南方上层社会流行，寒门百姓很难享此口福。

魏晋南北朝时期，是中国饮食文化的交融期。这一时期，中国饮食体现了极强的胡汉交融的特点。在饮食烹饪方面，各民族把自己的饮食习惯和烹饪方式带到中原地区，从西域来的人们带来了胡羹、胡饭、胡炮、烤肉、涮肉等；从东南来的人们带来了叉烤、腊菜等；从南方沿海地区来的人们带来了烤鹅、鱼生等；从西南滇蜀来的人们带来了红鱼……这些风味各异的美食在魏晋南北朝时期共聚中原，共盛一宴，丰富了中国美食文化的内涵。

在这种饮食文化交流中，最具代表性的食物就是牛羊肉。

在此之前，中原地区受农耕文明的影响，对牛的重视非同一般，所以人们是不常吃牛肉的，而游牧民族则恰恰相反，多以牛羊为基本食物。从魏晋开始，人们渐渐接受了味道鲜美、营养丰富的牛羊肉，直到南宋后，猪肉才得以在中国美食史中翻了身。

咀嚼美的时代

牛羊肉在中原地区的盛行，直接催发了另一种烹饪方式的出现，那就是"炙"。魏晋时期，中原大地的畜牧业才刚刚起步，尚未至发达，牛羊肉的口感也不如今天，膻味较重，油脂含量较高，对于吃惯了清减之味的汉人而言难免有些油腻。于是人们便想出了将羊肉切块用火炙烤的烹饪方式，烤出多余的油脂，撒上丰富的调味料，遮盖过重的膻味，再搭配上好的烈酒，便可凑成一场华丽奢靡的宴请。

宴请，是魏晋文化中不可不提的一抹浓彩，有隆重的宫宴，有温馨的家宴，有曲水流觞❶的风雅之宴，也有烟熏火燎的俗世之宴，可谓阳春白雪、下里巴人雅俗共赏。不过总的来说，还是以宫廷外世族高门的宴请更胜一筹。三餐茶饭，三五好友，随意找个由头便可共聚一席，举杯停箸，人因食物而聚，人不散，宴就在，任四季轮转，风味长存。

除了炙烤羊肉外，魏晋时期的宴会上还有另一道压轴菜，

---

❶ 曲水流觞：中国古代流行的一种游戏。每年夏历三月，人们举行祓禊（fú xì，中国汉族民俗，每年于春季上巳日在水边举行祭礼，洗濯去垢，消除不祥。又称春禊、修禊）仪式之后，大家坐在河渠两旁，在上流放置酒杯，酒杯顺流而下，停在谁的面前，谁就取杯饮酒。

那便是滋味鲜美的螃蟹。其实古人很早就开始吃蟹了，《红楼梦》中就以大量笔墨描写了金秋夜赏菊吃蟹之风雅。不过，以前的人们吃蟹可真是一点儿都不讲究，要么是捣烂成糜潦草食之，要么是用沸水煮熟囫囵吃之，直到魏晋，吃蟹才与文雅挂上了钩。

《世说新语·任诞》中提到魏晋时期有个叫毕卓的人，酷爱喝酒吃蟹，他曾说过："**一手持蟹螯，一手持酒杯，拍浮酒池中，便足了一生。**"字里行间透露出的畅快与洒脱，很快就征服了当时乃至后代的无数文人墨客，这种吃蟹饮酒、微醺快意的姿态成为名士们争相效仿的对象。更有讲究的文人还会专门拜帖请亲友一起品蟹，宴席前焚香净手，宴席间奏乐歌舞，场面十分铺张。

渐渐地，人们吃蟹吃出了经验，发现秋季的螃蟹往往有着极为丰厚鲜美的蟹黄，而那黄澄澄的色泽又恰与天上的明月、地上的秋菊相映成趣，于是吃蟹与中秋也有了关联。汪洋沧海亦有寒暑，鱼虾蟹蚌隐现其间，万物生长有时，鲜亦总与时令相关。自魏晋时期起，人们便讲究在不同时令品尝应季的美味，春日吃韭，金秋吃蟹，似是将一去不回的岁月以某种味道的形式凝固在记忆的深处。而千百年后的我们依然坚持着在立春时吃春卷、在中秋节吃螃蟹的传统习俗，大海的浪涛、故土的风霜皆被书写于餐盘中，恍惚间错觉时光未被惊扰，岁月鲜活如昨。

这一时期，人们对于螃蟹的吃法也发展出了多种方式，其中有一种用糖腌制而成的糖蟹，更是成为数百年间百姓吃蟹的主流方式。《北户录》❶中提到腌制好的糖蟹在甜味之外还兼具盐的咸味、蓼汤的辣味以及螃蟹自身浓郁的鲜味，咸甜辣鲜，四味合一，能流传百年也就不奇怪了。在世界饮食文化中很难讲清哪里的人最喜甜食，远有视甜点如命的法国人，近有辣酱小菜都要拼命放糖的韩国人，而中国人对甜味的挑剔可算独树一帜。这并非说中国人不爱甜，恰恰相反，无论哪方菜系都是离不开糖的，但中国菜的甜讲究婉转细腻、余味悠长，品茶讲究苦涩入喉后的回甘，做菜讲究用糖激发菜的鲜味，中国人独爱历经百般滋味后的那一份甘之如饴。

若世间真有穿越神功，不妨回到魏晋的街头走上一遭，只要手里有钱，炙羊肉、烩鲈鱼、羊奶乳酪、莼菜羹，各色佳肴任君品尝。聚拢来的是烟火，摊开来的是人间。藏于市井长巷间的惊喜与美好，只有认真生活的人才能寻到。即便动荡如魏晋，人们仍以认真对待每一蔬、每一菜的态度生活着，每一餐、每一饭都满溢人情温暖。

这是一个咀嚼美的时代。于魏晋之人而言，生活正是一场不疾不徐却又充满美的践行。大口咀嚼炙羊肉是美，举箸❷分食金蟹是美，美不在于外物，而在于心境，美本身即是意义。正所谓：人间烟火味，最抚凡人心。

---

❶《北户录》：唐代段公路所著岭南风土录，全三卷，主要记录了作者亲自南游五岭间采撷的民间风土、习俗、歌谣、哀乐等内容。

❷ 箸（zhù）：筷子。可作名词，亦可作动词。多出现于古文中。

舌尖上的魏晋·饮

"山中何事？松花酿酒，春水煎茶。"元代诗人张可久以此比喻闲情野趣，安乐之至，亦可见煎茶酿酒在诗人眼中恰是诗意生活的标准。的确，除了美食，中国人对于饮品也是讲究之至的。如今大街小巷比比皆是且门庭若市的店铺大多是各式各样的饮品店，夏日人手一杯凉爽的果茶，冬日自然也少不了暖胃的奶茶。其实不止现代人偏好或酸或甜的茶酒饮料，魏晋人士也能将饮品做得花样百出。

居于一隅是古人的生活常态，受交通不便等各种原因的影响，他们出一趟门要付出的精力与财力都是巨大的，因此甚少远行，亦不常游历山川，长此以往就会逐渐丧失对细枝末节之物的感知力，日子也越过越钝，这对于追求自由、向心而行的魏晋名士来说更是难以忍受的。因此，酒与茶这种脱胎于植物与山野的饮品，色如山雾出岫（xiù），香似海纳百川，其意更是涤荡心胸，营造出身未动、心已远的诗意氛围，自然就被广大文人墨客所推崇。

魏晋时期是一个怪诞而有趣的时代，诞生了一位又一位世人眼中的怪人，也滋养着一个又一个自由且有趣的灵魂。正如可以广纳天下怪人一般，魏晋时期也是一个茶、酒与奶共存共兴的特异时代。无论是开始品茶喝茶的南方士人，还是每天一杯奶的北方游牧民族，抑或是烈酒不离手的江湖客，在这样一个包容度极高的时代都能结交到一二知己。

对酒当歌,人生几何

说到魏晋风度,许多人脑海里出现的第一个符号便是酒。的确,酒文化与魏晋风度在大多情况下都是形影不离的,宴请清谈少不了酒,泼墨山水少不了酒,以文对酒、以酒会友在当时都是极富文雅之事。建安七子、竹林七贤个个都是酒中高手,不过在酒事上最出名的还属"酒仙"刘伶。

刘伶是魏晋时期的名士,竹林七贤之一。此人嗜酒不羁,曾自言:"天生刘伶,以酒为名。"大意为:我此生最大的愿望莫过于以酒为名。北宋著名的史学家司马光曾在《资治通鉴》提到过刘伶与酒的相关事迹:早年间,刘伶喜欢带着几坛美酒,乘坐鹿车,四处周游,还让人提着锄头跟在鹿车后面,吩咐道:"我若是醉死了,还请诸位将我立刻埋了。"这般豁达过头、荒诞有余的姿态,真是令人摇头不已又哭笑不得,直呼从未见过如此"躺平"的酒鬼。

当然,这位天下第一号酒鬼之所以能成为名士,与魏晋时期特殊的时代氛围大有关系。在内忧外患、党派纷争、战乱不断的社会大背景中,生不逢时的想法如巨石一般压迫着高智高能的志士们,那些曾激荡于胸的报国之志也在一日复一日的无望中逐渐变了形,越来越多的人开始极端追求无为任性、张扬自由。或许是恐惧现实不敢面对,或许是企图在一方狭窄空间拥有短暂的遨游天地的能力,总之,饮酒成了魏晋名士的必然选择。那些或辛辣、或甘洌的酒,流淌过每一根被现实刺痛的血管,安抚着每一个不如人愿的时刻。

虽然醉酒、酗酒常有之,但对于魏晋名士而言,酒是不能随便喝的。他们对饮酒的环境、共饮的对象和饮酒方式都有着极高的追求。饮酒环境要遵循"春饮宜郊，夏饮宜庭，秋饮宜舟，冬饮宜室，夜饮宜月"的原则，且要求自由畅快，优雅舒适。须得澄怀若镜，由苦及甘，集合自然与人于一体，饮上一杯便好似归来的旅人，两只衣袖都灌满了自天下山川而来的风，才算数不负这杯中美酒。

陶渊明诗言："日暮天无云，春风扇微和。佳人美清夜，达曙酣且歌。"清夜有美酒，清风共佳人，便是陶公心中值得铭记的一场对饮。王羲之作《兰亭集序》："永和九年，岁在癸（guǐ）丑，暮春之初，会于会稽山阴之兰亭，修禊事也。群贤毕至，少长咸集。"此地有崇山峻岭，茂林修竹；与志同道合、意趣相投的名士们相聚于山野间，听流水潺潺，尽饮杯中酒，便是令行书大家难忘的一场共饮。那么，对于魏晋名士而言最理想的对饮之人究竟是挚交好友，还是清丽佳人？显然都不是，他们心中最理想的酒友是飒飒清风，是皎皎明月，是茂林修竹，是崇山峻岭，而非某个人或某个群体。与自然共饮，与山野对酌，享受孤独，自有所得，才是魏晋乃至中华酒文化的最高境界。酒意上头、酒香正浓时，流水击石之音是与山野碰杯，穿林打叶之声是与清风酬和，叫人怎能不醉？

魏晋名士在饮酒方式上更是追求无为之境界，不去想外界纷争，宁愿沉醉在这简单而理想的生活氛围中，享一夕安宁。宋代词人苏轼作《赠岭上梅》一首，其中二句言："且趁青梅尝煮酒，要看细雨熟黄梅。"青梅煮酒的饮法自古有之，最早可追溯到魏晋时期曹操与刘备之间的一场对饮，其实就是将酒煮热再搭配青梅一并喝下,这也是许多魏晋人士偏好的一种饮酒方式。"煮"这个字用得再妙不过,让清冽辛辣的酒多了一些家常的温度,尤其是在落雪纷纷的冬日。这样的煮酒方式自然也流传至后世,受无数文人墨客追捧,白居易诗云:"绿蚁新醅酒,红泥小火炉。晚来天欲雪,能饮一杯无。"山间松、梁前雪皆化作一股纯澈的冷意皆汇进山间木屋里的酒壶中,煮酒的一豆火苗发出哔哔剥剥的响声,酒香入喉间,远山清冽与灯火温暖达成了巧妙的共识。

酌泠泠水,煎瑟瑟尘

西晋张载作《登成都白菟楼诗》:"芳茶冠六清,溢味播九区。人生苟安乐,兹土聊可娱。"诗中所描述的正是产自四川的香茶。中国是茶的故乡,"茶"之一字可拆解为:人在草木间。这是我们面对自然的态度,也是我们面对内心的态度,汪曾祺曾说:"人生忽如寄,莫辜负茶、汤和好天气。"

茶的起源尚存诸多说法,不过从现有的资料可知中国茶文化萌芽于汉代。汉代,人们对茶叶的认知从药用和食用逐渐转变为以饮用为主,茶文化也随之萌生。到了魏晋时期,受地理条件的影响,江南地区普遍种茶,人们逐渐养成饮茶的习惯并发明了一套成熟的制作饮用方法,包括煮茶、烤茶以及加上葱、姜、橘子、青梅等制成的调味茶。这一时期,关于茶的文字记录也逐渐增多,这与茶在士人阶层的普及密不可分。西晋左思著有《娇女诗》,以"止为荼荈[1]据[2],吹嘘对鼎䥶[3]"一句生动地描述了两个女儿"蕙芳"与"纨素"烹茶的情景,可算为中国最早提及茶的诗句。

到了东晋时期,吴郡人吴兴太守陆纳便开始以茶果招待客人了,可见此时以茶为宴、以茶待客对于南方士人而言已经是一件习以为常的事了。在江南丘陵间采摘下转瞬即逝的春意,嫩绿的叶吐露着甘洌的气息,吴侬软语,交织其间,声声慢响,踏歌而行。趁着第一场雨尚未来临前,采回纤软细嫩的芽尖,此时的茶叶正浸足了春意的甘甜,未染苦涩。果沁茶味,茶拥果香,恬淡与浓烈共生,诗意自然流淌起来。以这样一杯春茶待客,即便来客贵为谢安,也绝不算怠慢了。

不过,茶文化在魏晋时期尚未形成完整体系,至多算是步入了文化圈子,承担起部分文化和社会功能,而且主要体现在南方地区,饮茶的习惯在北方并未盛行开来。

《世说新语·轻诋》中有这样一则故事:太傅褚季野[4]刚到江南时,曾至金昌亭参加吴中高门士族的宴请。这些南方士人并未认出鼎鼎有名的太傅,只吩咐仆人多给他添茶水,少为他呈上粽子,其实就是想看不善饮茶的北方来客出洋相。谁知褚

---

[1] 茶荈(chuǎn):指茶叶。据《茶经》载,茶的名称有五种叫法:"一曰茶,二曰槚(jiǎ),三曰蔎(shè),四曰茗,五曰荈。"
[2] 据:通"踞",指伸开双脚坐在地上。
[3] 鼎䥶(lì):指茶炉。鼎,古代炊器;䥶,本作"鬲",鼎的一种。
[4] 褚季野:褚裒(303—350年),字季野。河南郡阳翟(今河南禹州)人。东晋时期名士、外戚,康献皇后褚蒜子之父。

太傅不疾不徐，从容饮茶，举止风雅，最后缓缓放下茶杯，才对众人亮出身份，"于是四座惊散，无不狼狈"。

显然，太傅褚季野以出众的风度扳回了一局，但还有一位颇负才名的北朝文士任瞻，在饮茶一事上却出了一次丑。《世说新语·纰漏》中载，任瞻随晋室南渡后，在宴席上第一次见到茶，由于对于茶知晓不多，又害怕露怯，便忙问："此为茶，为茗？"茶和茗本就是同一物，南方士人听了这句外行话，觉得甚是可笑。任瞻一看气氛不对，连忙改口道："向问饮为热、为冷耳？"意思是，我方才想问的是，这是热的还是冷的？自然又引起一番哄堂大笑。

文化正是在不断的冲突与交融间得到发展的。很快，这种荒诞却也有趣的南北文化冲突便被文化融合所取代。茶文化迅速地在北方盛行开来，同时也向着士人之下的各阶层铺陈而去，至隋唐时期，饮茶已经成为一件寻常之事。一片茶叶要经历从枯萎到绽放的重生，才能把山野的春光雾霭、和风细雨带到唇齿间。饮茶于中国人而言是一场修正内心、观照自在的精神熏陶，袅袅茶香可让迷茫之人停步调整，可让焦虑之人获得平静，亦可让劳累之人振奋精神。若是真要将生活排序，茶不能算作必需品，但也正是茶文化的出现让人们渐渐发现生活的趣味，让思绪更加轻盈，让生命更有质感。或许爱茶之人，都有着对生活最大的敬意。

夏云薄暮，浮瓜沉李

前文曾提及，北方人喜食酪，是受到游牧民族食肉饮酪之风的影响。乳制品传入中国,经历了一个由北向南、自上而下的过程。除了乳制品外,从西域等地不远万里而来的还有另一种吃食,便是瓜果。魏晋时期,人们对这些香甜可口的进口瓜果十分喜欢,亦十分珍视,多把它们当成与饮品搭配的吃食零嘴,无论喝奶还是饮茶,总少不了瓜果相配。

曹丕曾在仲夏五月写给友人的信中说:"驰骋北场,旅食南馆,浮甘瓜于清泉,沉朱李于寒水。"此句描绘的是少年友人一同外出游历,吃甜瓜红李消夏避暑的美好场面。彼时的曹丕还不是高居王座之上的掌权者,只是一位不受拘束的名门公子,尚可与同窗好友分享一枚甜瓜,没有猜忌与疑心的少年时代恰如夏日一般,短暂且极易消逝。除了满溢而出的怀念之情外,从诗句中亦不难看出,就着清泉吃瓜果在曹魏时期就已成为夏日消暑的标配了。

魏晋之人吃了味美汁多的进口瓜果,便尝试着在当地种植起来,没想到还真有不少成功的案例。就这样,人们的培植热情不断上涨,果树的种植范围也越来越广,宫苑、园林、寺院及住宅等地皆有广泛种植的痕迹。就连东晋孝武帝司马曜也不例外,在修建新宫时还命人"城外堑内并种橘树,其宫墙内则种石榴"。《洛阳伽蓝记》中记载当时的许多寺庙,如景乐寺、白马寺、凝圆寺等都种植着果树。为了渲染佛教进入中国的影响,这些寺庙院内种的水果似乎也受到"佛"的教化,浮屠前的水果都异于他处,格外的个大味美。彼时,京城有一句流传甚广的民谚:"白马甜榴,一实直牛",形容得正是生长在白马寺的水果。

因为种植技术的提高和种植范围的扩大，这一时期的果品市场不仅繁荣，而且竞争十分激烈。《世说新语·俭啬》中，记录了王戎钻核毁种的故事：**"王戎有好李，常卖之，恐人得其种，恒钻其核。"** 这大抵可算是有记录以来最早的无核甜李了。橙黄的李子肉是甜的，鲜红的李子皮又是酸涩的，就像人生，总要酸甜共存才算好味。

水果产量上来了，人们便开始钻研起影响水果甜酸、口感好坏的因素，于是发现不同地区因气候条件不同，适合种植的水果种类也不尽相同。不少文人墨客便开始记录口感出众的水果及其产地，比如何晏的《九州论》云："安平好枣，中山好栗，魏郡好杏，河内好稻，真定好梨。"再如《艺文类聚》载魏文帝曾诏群臣言："南方有龙眼荔枝，宁比西国蒲萄石蜜乎，酢[1]且不如中国凡枣味，莫言安邑御枣也。"

渐渐地，有关于水果的诗赋也层出不穷，诗人对此十分热衷，乐此不疲，几乎为每一种水果都找到文学归属，如周祗《枇杷赋》、陆琼《栗赋》、张正见《衰桃赋》、张缵《瓜赋》、钟会《蒲萄赋》、傅玄《李赋》《枣赋》《桃赋》、陆机《瓜赋》、张协《都蔗赋》、曹植《橘赋》、陈叔宝《枣赋》、何承天《木瓜赋》，等等。就连皇帝也参与到水果诗的创作游戏中，其中以梁简文帝萧纲《咏初桃诗》最为出众："初桃丽新采，照地吐其芳，枝间留紫燕，叶里发轻香，飞花入露井，交干拂华堂，若映窗前柳，悬疑红粉妆。"

---

[1] 酢（cù）：同"醋"，指发酸。

由于创作者多为贵族名士，这类咏果诗在当时的文学作品中地位不俗，但又因大多只是描摹物象，缺少真情实感，有悖于诗歌的抒情特征，因此文学价值并不高。不过今日的我们倒是可以凭借这只言片语，一窥魏晋名士们的日常生活乐趣。

熟记每一株人间草木，尝试天南海北的风物味道，在每一个恰到好处的季节时令与其邂逅，这种认真对待生活、愉悦身心的态度亦是魏晋名士所独有的气质。眼前或茶香袅袅，或酒香阵阵，身后是浮尘半生，魏晋名士们的不平凡便在于，越是看清真相，越是不惧无常，坦然面对岁短日常，认真地活过未知的每一天，不亏待自己，不亏欠岁月。

清谈玄学与隐逸之风

　　永和九年,暮春之初,数位文人墨客相聚于会稽山阴处一兰亭内,此地崇山峻岭,茂林修竹,清风拂过若有仙音传来,流水潺潺好似古乐叮咚。往来谈笑间,有着薄纱罩青衫的少年书生,也有宽衫大袖、漆纱笼冠的暮年君子,或坐或立或行于溪水两岸,观瞧那清澈流水之上悬浮的精致羽觞❶将停驻在何人面前。这是王羲之趁着酒兴挥笔写就的《兰亭集序》中所篆刻的一场千古风雅事,亦是东晋士族文人在暮春之际举办的一次大规模的清谈盛会。

《兰亭修禊图》(明·钱榖 绘,美国大都会艺术博物馆藏)

---

❶ 羽觞(shāng):又称羽杯、耳杯,是中国古代的一种盛酒器具,器具外形椭圆、浅腹、平底,两侧有半月形双耳,有时也有饼形足或高足。因其形状像爵,两侧有耳,就像鸟的双翼,故名"羽觞"。

这股清谈之风自从被某位名士携至高门盛会、文人雅集中，便真如一场永不止息的风，吹彻魏晋三百余载。《世说新语》中对此风多有记载，陈寅恪先生甚至称《世说新语》为"一部清谈之全集"。那么，究竟何谓"清谈"呢？顾名思义，"清谈"自然是相对于"俗谈"而言的，名士相遇，不谈国事，不言民生，不论政局，专讲老庄、周易等玄妙不入世之作，则可谓之清谈，因此又常与玄学并称为清谈玄学。

清谈一经出现，便被世家贵族视为高雅之事、风流之举，文人雅士聚于一堂，为着一些不实用、不常见的观点辩机争锋，无论争得如何眼红脖子粗，也是雅事一桩。而此时若是有谁谈起如何强兵裕民、提升政绩，无论多口齿清晰、引经据典、风度翩翩，都会被贬讥为专谈俗事之流，遭到讽刺。

与清谈玄学相伴而生的还有一股隐逸之风，清谈指言谈不提国事民生，而隐逸便是真正的归隐山林，闭门谢客，从此不问世事。二者相辅相成，互为表里，身心合一，组成了魏晋时期士人阶层的一种特殊倾向。

饮水思源，树茂寻根，清谈与隐逸的源头并不在于魏晋，而要追寻到更久远的时代。商末时期有伯夷叔齐不食周粟而亡的传说流于后世，春秋末期有范蠡功成身退，举身商海，大隐隐于市的典故传至今日，到了两汉时期，隐逸之风更是愈发浓厚。西汉末年，王莽当政，有一批士人不愿屈从，便选择了归隐。到了东汉后期，又有许多文人对宦官专权、外戚干政的局面感到失望不满，继而没入山林，隐姓埋名。清谈出现的时间虽稍晚于隐逸，最早亦可追溯至东汉太学清议[1]。那时太学清议的内容还比较宽泛，以品评人物、议论时局为主，而到了魏晋南北朝时期受社会动荡、时局不稳等因素的影响逐渐发生了变化，谈人生、谈老庄、谈哲理、谈宇宙，唯独不再论政。

虽然在今天，清谈归隐被赋予了一层玄乎其玄、令人神往的独特气质，但在当时此举也不过是有才之士经历报国无门、才华埋没、不得重用等人生挫折后的另一种不得已的选择。这些归隐之人一般被称为隐士，他们中的少部分人或许拥有极高的智慧与才识，最终却只能心怀不甘地老死山中。可谓自知此生应为鸿鹄而非燕雀，仍难凭一己之力冲破层层乌云，飞跃污泥浊谭，与其借微光蹒跚求索，不如遁入山中，从此不论国事，无问民生，只谈玄，但说理，期待彼岸自有春风。这股清谈隐逸之风在迷障重重的时代，成为文人们的主流选择与精神倾向。

魏晋时代的贵族和知识分子们聚于山野间，执拂尘共坐，有时以词达旨，默照会心；有时口若悬河，才藻新奇；有时仅只言片语，却穷尽修辞与论辩技巧，谈言微中，片言解纷。

其实，魏晋的清谈与我们如今的辩论还有些许相似之处。清谈过程中一般分为观点对立的双方，一方提出自己对主题内容的见解，树立论点，另一方则要通过辩机推翻对方的观点，同时树立自己的论点。清谈中的双方亦可称作"主方"与"客方"，为清谈者而设立的席位可称为"谈坐"，谈论的术语称为

---

[1] 太学清议：清议是东汉时期以知识分子为主体的时论，即太学生的议政运动，迫使黑暗的政治势力有所收敛。它是中国古代社会舆论影响政治生活较早的史例。

"谈端",引经据典称为"谈证",谈论的语言称为"谈锋",每场清谈既有下场发表高见、开口谈玄之人,亦有抱臂而立、默声观瞧之人。如此看来,是否像极了今天的大学辩论会呢?

不过,魏晋清谈比大学辩论在形式上还要更丰富许多,具体可分为以下三种方式:

第一种为两人对谈,即主客对答,主方对某个问题提出自己的看法,客方随之提出不同见解和质疑。一场清谈中时常出现主客互相质疑、对答如流、往返难休的局面,有时气氛紧张到了一言定胜负的地步,观赏性极强,场下众观者皆暗自期待究竟是哪一方技高一筹,言胜一句。

第二种为一对多或多对一的方式,即一主多客或一客多主。清谈之时往往以一人为主,其余者皆可插言,这也是场面最热闹的一种清谈,多位文人名士聚在一处,你一言我一语的,如群鸟集会般令人忍俊不禁。多人清谈到讨论结束时,常出现各执一词、互不相让的局面,便需要中间人出面调停,暂停谈论,称为"一番",此后可能还会有"两番""三番"等,直至分出胜负。

第三种则是自为主客、自问自答的方式。清谈中众人对设问皆无高见可抒时,某人可以就此问自己设疑,自己解答,而观者对于言论精彩、风姿出众者自是不吝掌声与鲜花的,亦有人凭此一举成名,因此这种方式也可看作一场魏晋名士的脱口秀。这三种常见的清谈方式在《世说新语》中皆有大量记载,可见清谈在魏晋时期已成为文人间一种主要的交际活动。

纵观整个魏晋,清谈内容多围绕"三玄""三理""才性四本"展开。《文心雕龙》❶中提到:"江左群谈,惟玄是务。"其中的"玄"便特指三玄,即《庄子》《老子》《周易》。魏晋清谈之"三玄"的代表人物有何晏、王弼❷等人。《世说新语·文学》载:"王丞相过江左,止道声无哀乐、养生、言尽意三理而已,然宛转关生,无所不入。"其中,"三理"指的是嵇康的《声无哀乐论》《养生论》和欧阳建的《言尽意论》。后世对于"三理"的记载并不多,但是"三理"派的代表人物王导在魏晋时期颇具影响力。他既能清高谈玄又能随顺世务的特点,反映了东晋士族文人普遍兼具治国安邦之志与清谈玄学之风的双重人生追求。"才性四本"则是从汉代的察举制衍生而来的,由于察举制曾是选拔人才的主要方式之一,因此才性便成了当时品评人物的重要标准之一。《世说新语》中对此亦多有记载,魏晋清谈的另一代表人物钟会❸曾著有《四本论》,惜已散轶,无缘得见。

与我们想象中高妙玄远、不见人烟的画面有些许不同,魏晋时期的隐士名流对于清谈场所并不算十分讲究,有时聚在山野,有时也相见于闹市酒肆,有时提前几日相约,有时随性而谈、随性而归。不过,这些平日里风度翩翩的文人,在清谈中

---

❶ 《文心雕龙》:中国南朝文学理论家刘勰(xié)创作的一部理论系统、结构严密、论述细致的文学理论专著,成书于501—502年(南朝齐和帝中兴元、二年)间。它是中国文学理论批评史上第一部有严密体系的"体大而虑周"(章学诚《文史通义·诗话篇》)的文学理论专著。

❷ 王弼:(226—249年),字辅嗣,山阳高平(今山东微山县)人。三国时期曹魏经学家、哲学家,魏晋玄学的代表人物及创始人之一。

❸ 钟会:(225—264年),字士季,颍川长社(今河南长葛市)人。三国时期魏国军事家、书法家,太傅钟繇(yáo)幼子、青州刺史钟毓(yù)之弟。

有多不拘小节，便有多在意胜负。

若想在一场清谈中取胜，除了标新立异的观点外，还必须具备高超的语言技巧，要求清谈者的声调抑扬顿挫、和畅悦耳，遣词造句准确犀利、精辟有力。同清谈场所的选择一样，清谈的气氛也很随意，激动时常有人助以手势，摆动身体，甚至踏足起舞，谈到酣醉处更是无所顾忌，口出粗言的情况也是有的。

有人说清谈误国，隐逸无用；有人说清谈是文人在精神领域的深耕，隐逸是当下所缺失的浪漫。但无论我们以今日之眼光为清谈与隐逸套上几层滤镜，此举在魏晋时期仍是有识之士受困于昏暗局势中的无奈之策。

魏晋初年，有一位擅长清谈的隐士名为孙登，此人自幼博闻强识，却长居苏门山，孑然一身，耗费毕生精力钻研老庄之学。传说他夏日编草做衣，冬日长发覆身，安闲无事时便弹弦琴以自娱，春风唾手可得，霞岚踏于足下，竟似与这山野生长在了一处。大将军司马昭听说此人有大学识，便命阮籍前往拜访，请他出山。阮籍寻到孙登后，也曾费尽心思尝试与之交谈，却始终得不到回答，随即败兴而归。

后来嵇康也曾慕名跟随孙登游学三年，问他有何目标抱负，他亦不作答。直到嵇康拜别时，问他是否有言相赠，他才开口说："子识火乎？生而有光而不用其光，果在于用光；人生而有才而不用其才，果在于用才。故用光在乎得薪，所以保其曜；用才在乎识物，所以全其年。今子才多识寡，难乎免于今之世矣。子无求乎？"大意为：火燃烧起来便会产生光，但火的燃烧并不需要光。同理，有的人活着且拥有才华，才华却并非人能活着的前提条件。

嵇康听之一笑,未能接受,后来果真因此而亡,临终写下《幽愤诗》,以"昔惭柳下,今愧孙登"一句表示后悔当初不听孙登相劝之言。

其实,这则故事中还暗自写就了隐士的三种归途。或许冥冥之中有些轨迹是早已被设定好的,有些选择注定指引着人们走向既定的结局,无论是名动魏晋的嵇康,还是狂放此生的阮籍,抑或是归隐避世的孙登,都逃不出命运的伏笔。

魏晋时期的归隐之人一般可分为两种派别,其一是终身归隐山林、誓不为官者,他们耕田种地,以天地为家,长居山野,孙登当属这一派。这一类隐士平淡闲适地度过一生,却也彻底失去了施展才华抱负的机会。

另一派则往往在年轻时因一时得失踏入仕途,行至暮年,看透官场浮沉,人生几番辗转,或辞官归隐,或郁郁而终。故事中的阮籍当属这一派。阮籍少时以狂放为名,却因各种原因走上仕途,归入司马懿麾下任从事郎中一职,后又入司马师门下,直至心机深沉的司马昭上位后,阮籍只能收敛本性,处处小心,谨慎行事。隐士从官后大多会遇到违心违意却又不得不做之事,无论与内心的坚守有多么背道而驰,也必须去做,因此这也成了踏上仕途的隐士们的一大心结。司马昭升为晋国公后命阮籍写劝进表,阮籍心中纵有万般不愿,也只得违心写下,仅一个月后便心郁而亡。同为竹林七贤的山涛也是以隐士的身份踏上仕途的,他为国尽忠,还留下了赫赫有名的《山公启事》❶，最终辞官归隐。拜于闲适豁达的心境所赐，山涛是竹林七贤中难得长寿的一位，逝于七十九岁。

故事中的第三人嵇康，是除孙登外对魏晋时期清谈隐逸之风影响颇深的又一位名士。嵇康自幼聪颖，身长七尺，容止出众，博览群书，广习诸艺，尤其喜爱老庄学说。早年迎娶曹操的曾孙女长乐亭主为妻，官拜郎中，授中散大夫，因此世称"嵇中散"。直至司马氏掌权后，嵇康隐居不出，拒绝出仕，而被司马昭处死。

嵇康之死在同时期的名士间引发了极大的震动，如石子投湖般惊飞一滩鸥鹭，以隐逸争取的短暂平静被彻底打破，仍在避世的隐士再也不能平静地生活在山野间，于是纷纷转投仕途，以保全性命。而已经从仕的隐士，亦不能安心，终日惶惶郁郁，难得平静。嵇康的好友向秀，在嵇康死后无奈地接受了司马昭的邀请，任散骑常侍一职。《世说新语·言语》载："**文王引进问曰，闻君有箕山之志，何以在此？对曰：巢、许狷介之士，不足多慕。王大咨嗟。**"

这种局面的形成和曹魏与司马晋的政权斗争有着极大的关

---

❶《山公启事》：典出《晋书·卷四三·山涛传》："涛再居选职十有余年，每一官缺，辄启拟数人，诏旨有所向，然后显奏，随帝意所欲为先。故帝之所用，或非举首，众情不察，以涛轻重任意。或谮（zèn）之于帝，故帝手诏戒涛曰：'夫用人惟才，不遗疏远单贱，天下便化矣。'而涛行之自若，一年之后众情乃寝。涛所奏甄拔人物，各为题目，时称《山公启事》。"它鲜明地表现出山涛注重以品行、能力、素质为依据来选拔官吏，表明了其吏治重在治吏，治吏首重诠选的思想。后被引申为成语，用以称扬荐贤举能、知人明鉴。

系。士人们虽不愿意和司马氏合作，但不合作便会受到死亡威胁。于是，他们只能一边向司马氏政权屈服，一边在心中更加渴求老庄哲学的救赎，最终走向空谈、放诞、狂达、不务世事的空妄之路。

嵇康之死迫使魏晋时期的清谈隐逸之风划分为立场鲜明的两种流派，一派更加坚定了归隐之心，而另一派则决定转向仕途，寻找庇护。其实，人生本不是固定的方程式，没有设定好的答案，也没有谁生来就该是什么样的，每个人都有自由生长的权利，无论是隐士中的哪一派都有自己的理由，做出自己的选择，这本就无可厚非，而魏晋隐士们的悲剧在于他们的选择并非出自本心，这是个人的悲剧，也是时代的悲剧。

魏晋清谈隐逸风尚的盛行除了受时局影响外，也与当世文人看重老庄之说，轻儒家思想有关，出仕救世的思想尚未完全建立。有志之士空怀一腔学识，却始终找不到精神的出路，加上后期佛教思想掺杂其中，隐逸之风在士大夫阶层中愈演愈盛，如一场烈风将绝望的火种燃遍了整个魏晋，将人间灯火与细碎美好一并吞尽。一场大火后，只剩断壁残垣与一些如钻石般熠熠闪光的玄理哲思长存于历史长河。

独具一格的魏晋美学

魏晋美学是中国古代美学思想的重要阶段,也是古典主义审美文化逐渐成熟的标志阶段。美学思想在政治、思想、哲学等领域发生巨大变化的同时,掀起了一场颠覆式转型。人们逐渐将审美重点从美的标准转向美的本质,以超脱礼法、超脱外物的视角强调个性之美。

由于魏晋美学本身就是一场由士族文人嫌弃的飓风,其产生与发展都与士人阶层有着极深的渊源,因此也可以说魏晋美学是一种士大夫美学。

魏晋之前,士人的主流思想可分为两种,其一为尽忠。即囿(yòu)于君君臣臣、父父子子的严苛制度下,小心处事,规矩行事。其二则为疏离,东汉后期,政治动荡,大一统政权的崩坏,宦官、外戚专权,都令士人一直坚守的君臣之义、天下之理产生了动摇,进入曹魏政权末期,司马氏当政初期的铁血手腕更是冲击了士人残余的忠义观念。在这样的社会环境下,疏离便进入了士人的思想观念中,不仅是对世事的疏离,更是对自我的疏离。无论是选择无奈出仕,还是坚持归隐山水,前路皆是一片迷茫。

在这样的环境下,人们更急于寻求认可,盼望得到肯定,找寻同类。由此,人物品藻的风气便越发盛行。

人物品藻即人物评论,产生于魏晋时期,是一种对人的风采、风姿和风韵的审美评价。《世说新语》中特设"品藻"篇,共记载了八十八则故事,对魏晋时期的著名人物,从言行、外貌、风度、气质等诸多角度进行评论,其审美标准大体可总结为以下四重,即重才情、崇思理、标放达、赏容貌,其中又以赏容貌最为出名,不仅广受当世之人追捧,更为后人所津津乐道。

我们总笑谈魏晋时期是一个十分看重颜值的时代,在深入追求女性美的同时,亦强调对男性美的深度挖掘,甚至一度超越了人们对于女性美的普遍看重。掷果盈车❶、看杀卫玠❷、傅粉何郎,这些我们耳熟能详的形容男性貌美的成语,其中的主人公都来自魏晋时期。而《世说新语》也贡献了大量形容美姿仪的神来之笔,如评价王右军❸"**飘如游云,矫若惊龙**";感叹王恭❹容貌

---

❶ 掷果盈车:典出《世说新语·容止》:"潘岳妙有姿容,好神情。少时挟弹出洛阳道,妇人遇者,莫不联手共萦之。左太冲绝丑,亦复笑岳游遨。于是群妪齐共乱唾之,委顿而返。"意思是,潘安人长得很美,驾车走在街上,连老妇人都为之着迷,把水果往潘安的车里丢,都将车丢满了。比喻女子对美男子的爱慕与追捧。

❷ 看杀卫玠(jiè):典出《晋书·卫玠传》:"京师人士闻其姿容,观者如堵。玠劳疾遂甚,永嘉六年卒,时年二十七,时人谓玠被看杀。"意思是,貌比潘安的卫玠从豫章郡到京都去,听到这一消息的百姓都想一睹美男子的风姿,于是都跑到大街上去看他,围观的人堵成一座围墙。然而,卫玠原本身体并不好加上过于劳累,结果就此染上重病身亡了。当时的人们都说卫玠是被看死的。

❸ 王右军:一般指王羲之,历任秘书郎、江州刺史、会稽太守,累迁右军将军,人称"王右军"。

❹ 王恭:(?—398年),字孝伯,太原晋阳(今山西太原市)人。东晋大臣、外戚,司徒左长史王濛之孙,光禄大夫王蕴之子,孝武定皇后王法慧之兄。

清雅"濯濯如春月柳";称赞嵇康"岩岩若孤松之独立""傀（guī）俄若玉山之将崩",如此数句,不胜枚举。因此也常有人调侃,魏晋一个盛产美男的时代。

细数《世说新语》中关于男性姿容的篇章,不难发现魏晋时期对于美男的标准还是相当高的,有一套约定俗成的品评标准,当然不只要看脸,更要看风度与品行。

"肤如凝脂"在魏晋以前一直是人们冠以女性的审美标准之一,而到了魏晋时期却一反传统观念,时人认为美丽不分性别,肤白貌美也可以用来形容男性。《世说新语》中记载了这样一则故事:何晏长相俊美,肤若傅粉,一次魏明帝曹叡邀请何晏在宫内喝酒,还赐给他一碗热汤面。何晏一边吃,一边不停地擦汗。一碗面吃下肚,面如水洗,衬得皮肤更加白皙了。由此,"何郎傅粉"一词也流传开来,用来称赞男子容貌细致、皮肤白皙。刘义庆将这则故事收录在"容止"篇中,不只是为了称赞何郎的肤白貌美,更是要赞叹他面对曹叡的蓄意刁难不动声色,安坐于席,我自泰然的可贵风度。

除此之外,"容止"篇中还有许多对于眼睛的描写,如王夷甫[1]形容裴楷[2]"眼烂烂如岩下电",由此衍生出成语"眼如岩

---

[1] 王夷甫:王衍（256—311年）,字夷甫,琅邪郡临沂县（今山东省临沂市）人。出身琅琊王氏,西晋末年重臣,玄学清谈领袖,曹魏幽州刺史王雄之孙、平北将军王乂之子、司徒王戎堂弟。

[2] 裴楷:(237—291年),字叔则。河东闻喜（今山西闻喜县）人。三国曹魏及西晋时期大臣、名士,东汉尚书令裴茂之孙,曹魏冀州刺史裴徽之子,西晋司空裴秀的堂弟。

电",常被用来形容他人目光明亮、炯炯有神。同样,这样写眼睛也不只为了说明裴楷明眸善睐,更是进一步反映其人高洁正直的品行。

魏晋时期对于男性审美不只要求形之秀美,更讲究风神妙韵,如《世说新语·任诞》中对于刘伶病酒之典就着墨颇多。其实历史上的刘伶身材矮小,容貌与"美丽"一词更是全然不沾边,但他的任性放诞、嗜酒不羁在当世之人的眼中却是一种另类之美,散发着极大的魅力。可见,魏晋之人虽然对美有着极致的追求,但从不盲目,更不浅薄,比起皮相之美、外物之美,他们追求的是与众不同的灵魂与独一无二的精神。

因此,魏晋美学的兴起亦可看作是一场个人意识的觉醒。

风雨如晦,祸福无常,这些无能为力之事让魏晋时期的士人们陷入迷茫的困境,于是人们开始思考个人命运之题,从而认识到了自我,感受到了个体生命价值的重要性。这种认识又进一步反馈到美学观念的发展中,令审美更加多样,更接近于美的本质。孤舟独钓是美,万家灯火也是美;盈盈明月是美,灿灿花繁也是美;一蓑烟雨入江南是美,长河落日闭孤城也是美。美从来就在此处,只静待一双发现它的眼睛,一笔描绘它的墨彩。美是有心而论,美是不被定义。正因如此,外貌作为个体生命最直观的表达被魏晋之人广为推崇,他们不屑于遵从一贯的审美标准,而是叛逆地认为男子同样可以追求皮囊之美、形貌之丽,当然也可以放浪形骸、不羁于世,总之,遵从本心、舒展个性者皆是美。

除了人物品藻外,魏晋时期的审美概念还拓宽到了物的领域，形神、风骨、气韵等古典美学概念的形成皆由此发展而来。直到《世说新语》成书的南朝宋时期为止，魏晋美学一共经历了两次转换与变迁。

第一阶段为曹魏至西晋时期。在此期间，门阀制度日趋成熟，名门士族拥有的特权地位对于中央集权制度造成冲击。这一阶层的价值观念、生活方式、审美取向等直接决定了此阶段美学思想的发展。在文化思想上，此时期儒学逐渐隐退，而玄学日益盛行，令人们对于传统理性产生了强烈的反叛意识，主张以情为本，产生了诸多观点学说，如王弼的"圣人有情"说；王戎的"情之所钟，正在我辈"说，等等。陆机还在《文赋》中提出了"诗缘情"之说，有别于自先秦时期提出的"诗言志"之说，而后来的陶渊明正是在诗歌创作中继承并发扬了这一学说。

第二阶段为东晋至南朝宋、齐时期。在此期间，门阀士族的主导地位有所减弱，而同是士人阶层的寒门庶族逐渐兴盛、壮大。至于文化思想方面，此时的佛学逐渐取代玄学成为主流思想。因此，该时期的美学观念又发生了一次重要转换，生成了一种"情灵摇荡"的美学范式。"情灵摇荡"一词出自梁代萧绎所著的《金楼子》一书，简单来说可以理解为一种追求物我两忘、心神合一的绝对自由之美，这也正是谢灵运山水诗中的基本审美命题。

对于美的敏锐感知与极致追求，是那个动荡时代所遗留的唯一一桩幸事，亦是魏晋之人款待生命、认真生活的证明。在命数无常、朝不保夕的阴云笼罩下，讲究且细致地度过人生的每一日就是对于自己的最大尊重。如果没有美，人生将变得短暂而暗淡，正因知道美的可贵与有限，无数的魏晋名士才会愿意用生命去延续它。即使命如草芥般低微不可察，附着其上的朝露仍会拥有如星子般闪耀的一瞬微光，如此便已足够。

进入自觉阶段的艺术发展

魏晋南北朝是一个充满分离、苦痛、郁闷的时代,同时也是中国人精神史上最自由超脱、最富于智慧、最浓于热情的时代。自美学意识觉醒后,魏晋时期的艺术也逐渐独立,进入了自觉发展阶段。精神的富足与物质的匮乏在历史长河中相碰撞,衍生出这样一个足以被称为"中国版文艺复兴"的特殊阶段。这一时期,诗歌、书法、绘画、雕塑、建筑等,无不是光芒万丈、前无古人,奠定了后代文学艺术的根基与趋向。

八王之乱、五胡乱华、南北朝分裂,一幕幕政治乱剧轮番上演,社会秩序解体,忠义观念崩溃,却意外地令思想和信仰获得了绝无仅有的自由,为艺术创造提供了充分的养料。这样一个极富生命色彩与极速变革分裂的背景,让我们不禁联想到16世纪在欧洲大陆掀起思想风暴的文艺复兴,但文艺复兴时期欧洲艺术所追求的美是浓郁华丽、色彩厚重的,而魏晋时期的艺术之美则倾向于简素而富玄意,绝俗乃至超然。

《世说新语》一书以清淡的笔墨勾勒出魏晋时代的精神风貌、名士风度,简约而传神,三言两语更胜千句万句,可以说这部著作的存在本身便印证着晋之风流余韵犹存未泯。若要深究魏晋时期的艺术审美与精神特性,有《世说新语》一书足矣。

宗白华先生说:"晋人向外发现了自然,向内发现了自己的深情。山水虚灵化了,也情致化了。"在崇尚玄学清谈、隐居避世的风气笼罩之下,寄情山水是魏晋时期包括诗歌、书法、绘画在内的主流艺术形式皆离不开的一大主题。

青恋过客,诗与远方

在魏晋以前,诗歌中也经常描摹山水自然之景,但绝非为山水而写山水,如《诗经》中的自然景物多作为比兴的引子;《楚辞》中对山水的刻画皆为寄托的手段。在文学发展的初期,山水景色只是陪衬,甚至只是一种写作技巧,而文人们第一次将目光投向山水本身,直面自然之景,是从魏晋时期开始的。

在压抑苦闷得令人喘不过气的日子里,文人们在诗中描摹出肉眼所见的山川江水,把大量无法抒发的情绪倾注于这一方绝对纯净、隔绝于世俗社会的精神空间内,由此打通了情与景的维度空间。这是近千年的诗歌史中从未出现过的盛景,精神上的情与现实中的景,这两个完全不同且彼此独立的宇宙,在文人的笔下越靠越近,产生交流乃至融合。这是魏晋文人为自己创造出的一叶孤舟,载着迷茫无措的溺水者穿越苦海。

> 夜中不能寐,起坐弹鸣琴。
> 薄帷鉴明月,清风吹我襟。
> 孤鸿号外野,翔鸟鸣北林。
> 徘徊将何见!忧思独伤心。

魏晋前期的山水诗特点,可以阮籍的这首《咏怀·夜中不能寐》为例。前文中提到阮籍是司马氏在稳固政权过程中的另一种意义上的牺牲品,他以狂放不羁为名,却又不得不踏上仕途，饱受外冷内热的心灵之苦。每到夜晚，月凉如水，却始终无法安枕，于是坐起，抚琴抒怀，将满腔的无奈与失望、孤独与痛苦，尽诉于琴音中。可诗人对月抚琴却如鸟鸣北林一般，得不到丝毫回音，他的苦闷在山川间转了一圈，又回到他的精神世界中，如在空寂无人的夜晚奏起的琴音一般没有着落，诗人的内心也因此而变得愈发孤独和痛苦。

　　魏晋前期的山水诗大体如此，虽然诗人对于山水的刻画不吝笔墨，却只是将自然景物作为承载痛苦与孤独的容器，一味地投注主观情感，而并未赋予其生命力。这一情况在局势相对平缓的魏晋后期得到了明显改善，而这种变化在东晋时期的著名诗人陶渊明的《饮酒》一诗中便可见一斑：

> 结庐在人境，而无车马喧。
> 问君何能尔，心远地自偏。
> 采菊东篱下，悠然见南山。
> 山气日夕佳，飞鸟相与还。
> 此中有真意，欲辨已忘言。

　　这首诗中存在着两个生机勃勃的世界，南山、飞鸟、东篱、菊花组成了清新平和的自然世界，"心远地自偏"与"此中有真意"二句则刻画了旷达率性精神世界，两个不同的世界在陶渊明的笔下相互映照、相互关联，竟分辨不出是诗人自在安适的精神世界外化了，还是山水之景的灵动感染了诗人的心境。在写下这首诗的那一刻，诗人便已达到物我两忘的境界了，而这条打通了情景壁垒的道路也一直绵延到了百余年后的盛唐。

人生起落，任意东西

魏晋之人一向追求风神潇洒、不滞于物，而书法也是所有艺术形式中最适宜表达这种自由美感的。魏晋书法的特色便是能尽各字之真态，亦可谓无法而有法，下笔时点画自如，一撇一捺皆有情趣，从头至尾一气呵成。而这种超脱玄妙的艺术形式，也恰与魏晋之人的心灵追求相互观照。

欧阳修曾说："余尝喜览魏晋以来笔墨遗迹，而想前人之高致也！"魏晋时期的书法开始强调个性主义与个人特色，书法不再是单纯的写得一手好字，而是更多地展现书写者的心境与思想，书法就此有了灵魂，成为一门与众不同的可观瞻、可触摸、可临摹的艺术。

在魏晋时期，楷、行、草等字体在广泛的应用中得到完善，并出现了多位极具影响力的书法家，直接推动了中国书法艺术的发展。

钟繇

说起魏晋书法，不得不提的便是曹魏时期的著名书法家钟繇。他在书法史上享名最盛的便是小楷，有"正书之祖"的美誉。南朝梁武帝对此曾评价道："钟繇书如云鹄游天，群鸿戏海，行间茂密，实亦难过。"除了在书法艺术上拥有极高的天赋与造诣外，身为国家重臣、

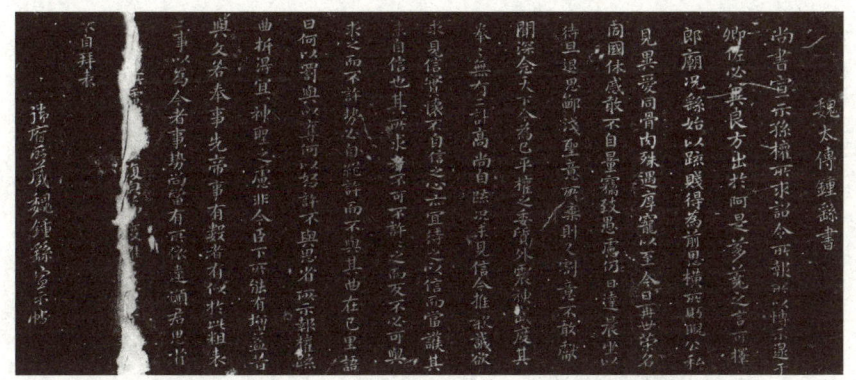

钟繇书法

官至太傅的钟繇热衷书法，这本身对于当世书法艺术的发展便是一种极大的推进与鼓励。

到了东晋时期，书法艺术的核心人物则是王羲之。在钟繇的基础上，他进一步完善楷书，创制了影响千古的楷书范式，并使隶书与楷书完全分流，确立为截然不同的两种字体；草书方面，进一步使章草向今草转化。他以完美的技法和婉媚的风范，影响了此后中国书法的进程，被后人誉为"书圣"。

王羲之

魏晋时期的书法一笔一捺皆具风骨，转折带痕，笔落惊风，正如魏晋名士们的人生，不鸣则已一鸣惊人，宁可独自经历曲折而个性的人生，也不愿复制他人的成功。

王羲之《兰亭序》局部

画山乐水，何止青绿

在中国绘画史上，人物画是最早诞生的绘画形态，也是魏晋南北朝之前唯一存在的绘画形态。在此之前的山水画多为地图标记而用，并不具有审美意义。而魏晋时期的山水画，自山水诗衍生而来，因此开端便富于玄学意味。

东晋的著名画家顾恺之游会稽山而返，人问其山水之美，顾恺之描绘为："千岩竞秀，万壑争流，草木葱茏其上，若云兴霞蔚。"从此，山水之美便映入了作画之人的眼中，凝汇于山水画家的笔端，只此青绿，由此铺陈。

顾恺之虽以《女史箴图》《洛神赋图》等以人物为主体的画作而名传千古，但因其在《洛神赋图》中已将山石、树木、云水等元素以具象的手法生动地描绘出来，又在之后的《画云台山

顾恺之

《女史箴图》（局部）

《洛神赋图》（局部）

记》中加大了山水的比重，因此也被奉为中国山水画祖。

可以说，山水画的形成同山水诗有些许相似之处，其核心都是艺术自觉意识的产生，即人对自身生命之美的追求。意识觉醒的文人们期待在自然中寻求生命的本真，在山水间找寻美的真谛，并描绘山水的形式进行情感的表达与倾诉。

南朝画家宗炳喜欢游山观水，凡是他所游历之处，都要在墙壁上留下画作，并且或坐或躺都要面朝画作，曰："老疾俱至，名山恐难遍睹，唯当澄怀观道，卧以游之。"可谓痴迷到了一定程度。宗炳在《画山水序》中提出："圣人含道映物，贤者澄怀味象。"也就是说，为了实现审美观照，作画者必须先在山水间锻造出一颗审美之心，在山水中感悟玄理物象，而对自然之美的欣赏最终仍是为了畅神。

南朝画论家谢赫也说："若拘以体物，则未见精粹；若取之象外，方厌膏腴，可谓微妙也。"谢赫的观点可总结为"气韵生动"四字，"气"指的是画面之生气，这种生气来源于山水本身，天地浩荡，万物有灵，自然之景流淌于笔端。"韵"指的是一个人的风神气韵，来自作画之人本身，唯有作画者达到物我合一的境界，方能以画达心、以景传情。有了气韵的画作就有了生命，有了灵性。这也是与西方绘画相比，中国绘画更富于哲学意味的原因。魏晋山水画旨在传神，而非描形，几笔墨迹绘就水波将山石包裹的模样，墨色晕染，凝结成镜，霎时泛起玲玲清光，叫人一时难以分清它照见的是自然之景，还是内心倒影。

在魏晋时期苦闷与动荡的背景下，人们更加需要凭借某些事物来帮助他们从复杂的现实中抽离出来，于是越来越多的文人们开始思考怎样才能脱离那众生皆苦的囚牢。艺术虽然无法成为时代困境的出口，却可以做一束照进上下求索之人内心的光，在每一个难以支撑的夜晚，抚慰如孤岛一般荒芜的内心。

叁　魏晋人物志：真名士，自风流

建安风骨：星汉灿烂，若出其里

建安建安，建之则安。

这是东汉时期的末代皇帝汉献帝在位的年号，然而讽刺的是，从建安元年曹操挟天子以令诸侯起，至建安二十五年曹丕称帝止，朝廷内外无不处于动荡之中，政治大权也早已旁落曹氏一族手中，就连"建安"二字在后世之人的书中口中再次提及时，也与汉献帝关系不大了。建安短暂的二十五年光景却是汉末，也是整个东汉历史上最精彩的一笔，三国时期的诸多著名战役，如官渡之战、赤壁之战等便发生于此期间。文学领域更是形成了以曹氏父子为代表的建安文学，后又诞生了与之息息相关的著名文人集团——建安七子。

两汉时期长久地以儒家思想为主导，因此人们主观上更重视文学对政治、伦理与现实的作用，而轻视文学的艺术特质与审美倾向。直到建安时期，由曹氏父子掀起了一股有别于前人的文学思潮，开始重视文学的自身价值和审美特质，并开始自觉地创作抒情言志的文学作品，以表达或悲或喜的情怀，将文学创作作为精神自娱、自我开解的一种方式。中国古典文学史上如星辰般熠熠闪耀的建安文学亦就此拉开序幕。

建安文学之始必然要追溯至"三曹"，即曹操与其子曹丕、曹植。曹氏父子三人是建安文学的代表人物，在政治地位和文学成就上对于后世都有着极深刻的影响，因此后人将其合称为"三曹"，与有"一门三学士"之称的宋代"三苏"，即苏洵、苏轼、苏辙齐名。

曹操字孟德，小名阿瞒，二十岁举孝廉，后在汉末大乱中聚集兵马，于建安元年受封为丞相，在官渡之战中击败了以袁绍为主导的北方割据势力，逐步统一北方，成为北方的实际统治者。其实魏晋南北朝时期一直是一个极其看重出身的时代，门阀制度盛行，甚至连

曹操

皇帝都不得不为其让步，而比起那些出身于世家大族的体面人，青年曹操没少遭人白眼，其祖父其实只是掌权的宦官，富而不贵，非议不少。在众多当世及后世对于曹操的评价中，最为公认的一句出自许劭[1]："治世之能臣，乱世之奸雄。"名世之才方可安天下，可东汉末年实在算不上安稳盛世，奸雄之质恰逢天

---

[1] 许劭（shào）：(150—195年)，字子将，汝南平舆（今河南平舆）人。东汉末年著名人物评论家。

下大乱,可谓时也命也。对于曹操而言,这句话的重点完全应在了后半句上。

曹操的杀伐果断在二十岁初便已崭露头角。在举孝廉后,他被分配到洛阳做了一个专管治安的小官,不避豪强,不问背景,对于触犯法律者一视同仁,也因此遭到当地豪强的憎恨与威胁,但曹操从不惧怕这些,依旧我行我素、铁面无私。后来,洛阳被董卓攻破,曹操不肯投降,一人一刀杀出重围,没过几年便凭借个人魅力与政治头脑聚集了一批忠心的追随者,与天下诸侯一起起兵讨伐董卓,从此声名鹊起。建安十二年九月,五十余岁的曹操已是一位成熟的统帅,可他最信任的谋士郭嘉病逝柳城。他一路行来取得了无数次胜利,尽管有些胜利是那样的艰难惨烈;也品尝过许多次失败,尽管有些失败是那样的苦涩残酷,可他性格里遇强则强、遇刚则刚的古直却从未改变分毫。"古直"是钟嵘在《诗品》中对于曹操及其诗歌的评价,钟嵘将其列为下品,可若用曹操自己的话说,古直便是不信天命。他与他的诗皆如此,是坦率的,也是强硬的,如一柄利剑劈开了汉末的一团混沌。

他曾经历过寒冬,眼见过饿殍(piǎo)遍地,也一直主动或被动地参与着战争,在同时代的诗人中,他对于时代之痛与战争之痛的描写是最多也是最细腻的。他写过沧海,"日月之行,若出其中。星汉灿烂,若出其里";写过饥寒,"担囊行取薪,斧冰持作糜。悲彼《东山》诗,悠悠使我哀";也写过老去的自己,"老骥伏枥,志在千里。烈士暮年,壮心不已"。若我们以今人的眼光纵观魏晋,便会发现无数人终其一生都在追求的风

魏文帝曹丕

度与骨气，曹操皆具。

曹操之子曹丕，字子桓，是曹魏政权的开国皇帝；曹植，字子建，乃曹丕之弟，生前曾被封为陈王，去世后谥号思，因此后世又称其陈思王。曹丕与曹植这对帝王家的兄弟自出生之日起直至今日，一直都被不留情面地比较着。所谓"不留情面"自然不是指"既生瑜何生亮"，而是存在于按部就班成长的奋斗家与不受规矩约束的天才之间的不平等的比较。

曹植自幼文采非凡，深得父亲曹操的赏识，同样因生就不凡的天赋与洒脱的性格而受人追捧。所谓天才没有准则，曹植聪慧、骄傲、棱角分明，行事随心，天真热情，这种天然形成、无所雕饰的风度在魏晋时期是尤其为人所羡慕、推崇的。正因过于随性而为的性格与一帆风顺的前半生，得到与失去于曹植而言皆不过天命如此，无波无澜，可他的父亲却是个从来不信天命之人。聪明人早该从这一点上看出，曹植绝非曹操属意的接班人。曹操曾对另一个儿子曹彰说过："居家为父子，受事为君臣，动以王法从事。"大意是，教导儿子要守规矩，要懂得自我约束，而曹操却从未教过曹植这些，他放任这个文学天赋极高的儿子天真烂漫地自由生长，有意或无意地在极大程度上保护了他的才华。曹植是否清楚这一点，我们不得而知，但在

《洛神赋图》中的曹植形象

曹操逝世后，有人曾想扶持曹植上位，却被曹植果断拒绝，且直言忌讳兄弟相残之局面。

作为被比较的另一方，曹植的哥哥曹丕，通常会被认为是在天才的光辉遮蔽下成长起来的内心阴暗者，但事实上曹丕对于自己的人生一直有着较为清醒的认知。他一生都活在自我克制的枷锁中，用努力去补偿才华不能及的境界。他曾有过不被父亲认可的焦灼，曾有过目标无法达成的失望与痛苦，也曾有过对于骨肉兄弟的怀疑与猜忌，但都被他以极度清醒甚至近乎冷漠的克制所平息。或许曹丕不是父亲最喜爱的儿子，却一定是最合适的继承人。因此，建安二十二年，曹操立曹丕为魏王太子。正是拜这份清醒与冷静所赐，曹丕喜欢以旁观者的视角品评文人及其作品，因此他才能在《典论》❶中为那些才华横溢的文人们做出了公正且客观的评价。

无论后世之人如何比较，实际上曹植与曹丕两兄弟在文学领域上巧妙而默契地避开了彼此的锋芒。曹植是第一位大力创作五言诗的文学家，将五言诗的发展推到了一个前所未有的高峰，标志着五言诗的完全成熟，同时他的散文和辞赋均有很高的思想性和艺术性，创作了包括《洛神赋》在内的无数名篇佳作。曹丕则是最早的文论作者、最早的七言诗作者，以及第一部类书❷《皇览》的主编。

在这对被命运捉弄的兄弟之间的确曾存在过猜忌、隔阂与疏远，但也许并非后人所想的那样不堪。黄初六年冬，曹丕预感自己时日无多，在一次讨伐无果后，转至雍丘，想去看一看曹植。不知曾经针锋相对过的兄弟还能否摒弃前嫌，促膝长话儿时趣事与年少过往，但离开前曹丕给曹植留下了十余种父亲的旧衣，又或许只是为了弥补曾经冲动之下脱口而出的那句

---

❶《典论》：中国最早的文艺理论批评专著，写于曹丕做魏太子时期，原有二十二篇，后大都亡佚，只存《自叙》《论文》《论方术》三篇。

❷ 类书：我国古代一种大型的资料性书籍，辑录各种书中的材料，按门类、字韵等编排以备查检，例如《太平御览》《古今图书集成》等。

"庶子不得祭宗庙"。次年曹丕病逝,曹植作诔文以祭之,第二年又作《慰情赋》,恍惚起笔写下一句:"黄初八年正月,雨。"黄初是曹丕在位时唯一的年号,而曹丕逝于黄初七年,如今兄长已逝,新帝即位,而黄初八年也与《慰情赋》一并散轶在后世的岁月中。

至此,建安文学雏形初具。在"三曹"的引领下,建安文学与此前沉稳、务实的汉代文学相比更多了几分锐气,无论是"老骥伏枥,志在千里",抑或是"浮长川而忘返,思绵绵而增慕",遣词造句间皆率性灵动,带着难以磨灭的年少之志,仿佛再次将人们带回了秦汉以前那段诞生了《诗经》与《楚辞》的独属于诗赋的华彩时期。

建安文学的代表人物除了"三曹"外,还有著名的建安七子,也就是建安年间七位文学家的合称,包括孔融、陈琳、王粲(càn)、徐干、阮瑀(yǔ)、应场(yáng)、刘桢。这七人象征着建安时期除曹氏父子之外的文学成就,且得到了后世的广泛认可。因建安七子曾同居魏都邺城,又被称为"邺中七子"。

建安七子之称最早见于曹丕所著的《典论》,其中提到:

> 今之文人,鲁国孔融文举,广陵陈琳孔璋,山阳王粲仲宣,北海徐干伟长,陈留阮瑀元瑜,汝南应场德琏(liǎn),东平刘桢公干。斯七子者,于学无所遗,于辞无所假,咸以自骋骥騄(lù)于千里,仰齐足而并驰。

七人中除了孔融与曹操政见不合外,其余六人虽各自经历略有区别，但都饱尝汉末离乱之苦，后因投奔曹魏而获得了短暂的安定与平稳。因此他们多视曹操为知己，并想借此实现自己的理想抱负，在政见与文学上也与曹氏父子多有共通之处。曹氏父子与建安七子共同创造了建安时期文坛的一片灿烂盛景，对于诗、赋、散文的发展均有着不朽的贡献，恍若盛放于黑夜中的璀璨星河，即便实体消亡多年，其光辉亦长久地映照着后人。

孔融，字文举，家学渊源，是孔子的二十世孙。年幼时他曾将较大的梨子让给兄弟，而留下了"孔融让梨"的美谈。孔融和其他的东汉旧臣一样，在汉献帝即位后，视曹操为匡扶天下的能臣，全力辅佐。然而，曹操不拘小节且颇有野心，在政治观点上与保守重礼的孔融多有不同。只因孔融出身著名的孔氏家族，曹操此时又正广慕天下贤士，自然不能得罪孔融，只好将

孔融

其放在闲职上供起来。孔融并不在乎这些，他是一个早已将生死置之度外的直臣，也是那片乱世之中唯一的儒者，他继承着自春秋战国时期流传下来的儒士之风，对于多疑猜忌的曹操依旧直言不讳，最终也因触怒曹操而被杀。作为建安七子之首，孔融文才甚丰，在政治之外他能诗善文，曹丕称其文"扬、班俦也"，扬指的是扬雄，班指的是班固，意为称赞他所写就的散

文锋利简洁。孔融留下的散文作品有《荐祢衡表》《与曹公论盛孝章书》，辞藻华丽，讲究骈俪，《与曹操论禁酒书》还透露了几分诙谐调侃的意味。除散文外，孔融还留下了部分诗歌作品，写汉末战乱，写丧子之痛，尤为哀婉动人。

陈琳，字孔璋，在建安七子中较为年长，年岁约与孔融相当。汉灵帝末年，陈琳曾就职于何进麾下，在何进被杀后，他又入袁绍幕。陈琳十分擅长写作檄文❶，曾为袁绍写过一篇讨伐曹操的檄文，也就是著名的《为袁绍檄豫州文》，文中历数曹操罪状，诋斥及其父祖，极富煽动力。后来官渡一战中袁绍战败，陈琳为曹军俘获。曹操见识过陈琳所写檄文之威，十分赏识他，因此将他纳入麾下，并大方地表示此前之事既往不咎。于是陈琳又尽职尽责地继续为曹操写讨伐其他人的檄文。在曹操讨伐孙权时，陈琳便挥笔写下另一名篇，其中将曹操捧为前无古人的谋略家，将孙权贬为乳臭未干的臭小子。作为"檄文专业户"的陈琳就像一个在乱世中借文笔讨生活的打工人，效力袁绍时尽心尽力，为曹操工作时也倾尽全力，却也因此被部分当世及后世的个性派所不喜，曹植就曾在《与杨德祖书》中出言嘲讽过他。其实，陈琳并非全无触动，曾借《饮马长城窟》一诗揭露民间苦难，抒发自己内心的摇摆与拉锯。不过，不是所有人都有勇气不惜殒命也要将一腔热血投身于抱负与理想之中的，陈琳是乱世的顺应者，亦是战争的受害者。

王粲，字仲宣，年少即成名，强记默识，又擅长算术行

---

❶ 檄（xí）文：指古代用于晓谕、征召、声讨等的文书，特指声讨敌人或叛逆的文书。也指战斗性强的批判、声讨文章。

文。一次与友人外出游玩,他看到道路边有一块石碑,便默不出声地看了一遍,随后就背诵得一字不差。还有一回,王粲围观别人下棋,不巧棋局乱了,他便出手重置棋盘,竟摆得一子都不差。后来王粲随父亲西迁长安,拜访当时鼎鼎有名的学者蔡邕❶,为其所赏识,还传出蔡邕"倒屣相迎"❷的美谈。没过多久,因关中骚乱,王粲投靠刘表,客居荆州十余年,有志不伸,心怀颇郁。建安十三年,曹操大军南下,刘表病卒。在王粲的劝说下,刘表之子刘琮归降于曹操,王粲亦归,此后深得曹氏父子信赖。直到四十一岁时,王粲随曹操讨伐孙权,病逝于途中。王粲的一生被划分为截然不同的两段,少年时期有多幸运,中年时期便有多不幸。他生于官宦世家,自幼聪慧,自带光芒,双商极高,与之交好者甚多,可他原本一片光明的前途与一帆风顺的人生却被东汉末年的战乱彻底捣毁了。他在避乱途中亲眼看见了白骨连天、饥妇弃子的残酷场面,写下慷慨悲凉的《七哀诗》,祭奠乱世之中民不聊生的惨象。王粲的才华在群星闪耀的建安时代也是锋芒难当的,因此,后世的刘勰称他为"七子之冠冕"。

徐干,字伟长,少时勤学,潜心研究典籍。汉灵帝时期,

---

❶ 蔡邕(yōng):(133—192年),字伯喈(jiē)。陈留郡圉(yǔ)县(一说为河南尉氏县,也有说为河南杞县)人。东汉名臣,文学家、书法家,才女蔡文姬之父。

❷ 倒屣相迎:典出西晋陈寿《三国志·魏书·王粲传》:"邕才学显著,贵重朝廷,常车骑填巷,宾客盈坐。闻粲在门,倒屣迎之。"当时,蔡邕才学非常有名,在朝廷位尊权重,经常车马满巷,宾客满座。听说王粲在门外求见,没来得及穿好鞋子就出去迎接他。后比喻热情款待宾客。

世族子弟结党营私,追逐虚名,徐干不随流俗,闭门自守,穷居陋巷。建安初期,曹操授其司空军师祭酒之职。数年后,徐干因病辞官。徐干是一个格外柔韧之人,他不如孔融、刘桢那般刚硬,也不似陈琳那般顺势而为,他的一腔热血早就被乱世的冷雨浇透,但他在这场雨中想通了、顿悟了,与其在生活与理想之间痛苦徘徊,不如辞官归隐,而他的退一步也恰恰成就了自己想要坚守的君子之风。只是命运弄人,辞官后没过多久,徐干便赶上了流行于汉末的一场大瘟疫,染疾而亡。徐干在建安七子中的名气稍逊于另外六人,但在文学领域却是极出色的,主要著作有《中论》,曹丕曾称赞此书为"成一家之言,辞义典雅,足传于后"。除此之外,徐干还写有六首《室思诗》传于后世,用词优美,一往情深。

阮瑀,字元瑜,年轻时曾求学于蔡邕,被蔡邕赞为"奇才",擅长章表书记。阮瑀原本隐居深山,却被曹操用一把火烧了出来,无奈出仕,与陈琳一起为曹操写檄文,留下名篇《为曹公作书与孙权》。或许也是因为隐居多年、修养身心的缘故,其行文风格与以激烈著称的陈琳大不相同,而是温文尔雅、晓之以理,自成一派。正所谓文如其人,阮瑀的文章如切如磋,如琢如磨,是无论处于怎样的境遇中都端方有度、冷静自持的君子。除檄文外,阮瑀还有一篇诗歌留存于后世,那便是《驾出北郭门行》,诗中描写孤儿受后母虐待的苦难遭遇,生动形象,令人动容。文学以外,阮瑀在音乐领域亦有极高造诣,其子阮籍、孙子阮咸的名气亦不输于他。阮瑀是一个谦淡随和的人,魏晋初期的人们多喜欢以夸张表达个性,而在一派浓墨重彩间，阮瑀的清淡平和显得尤为引人注目。曹丕评价他为"书记翩翩，致足乐也"。"翩翩"一词出自《庄子》，曹丕以此形容阮瑀的聪慧自由、如风如云。

应玚，字德琏，出身于一个有名望的大家族，入世之初便被曹操任命为丞相掾（yuàn）属，曹丕任五官中郎将时，他在将军府负责掌校典籍、侍奉文章等工作。应玚擅长作赋，亦长于诗歌，著文赋数十篇，代表作有公宴诗《侍五官中郎将建章台集诗》。公宴，是东汉末年兴起的一种文人聚会，也可看作后来清谈的雏形，席间不谈政治，不谈国事，不得志的文人躲进诗歌与酒水中，醉梦一场。曹丕、曹植与建安七子的文章中常出现一些题材相同的作品，如《瓜赋》《大暑赋》《鹦鹉赋》，这些其实就是公宴上的命题之作。曹丕在《与吴质书》中回忆过建安文人这段短暂而快乐宴游时光，以及珍贵且值得怀念的友情。但这些文人也都清楚，这种快乐是建立在对于政治避而不谈的条件之上的，这也是生性多疑的曹操愿意放任他们长期集会的唯一原因。在这样的宴会中，朝堂下的知己与朝堂上的对手都可以互相欣赏，文学得到了纯粹的升华，却也将这些才华横溢之人从士人变成了文人。应玚借《侍五官中郎将建章台集诗》在一片公宴酬和中隐晦地表达了自己的政治理想，也因此而成为建安文学中令人眼前一亮的佳作，如一只离群的孤雁徘徊在欢乐畅饮的气氛中，也是士人风骨的最后一次挣扎，无力且无奈。

刘桢，字公干，博学有才，被曹操召为丞相掾属，深得曹丕赏识与喜爱。刘桢的性格与孔融颇有几分相似，是一个十分耿直刚硬的人，曾坐在席上直视曹丕之妻甄氏，不跪也不避。

而曹丕偏偏就欣赏他的这份骄傲与耿直，也没有为此惩罚他。后来这件事被曹操知道了，他便以此事为借口，想挫一挫刘桢的锐气，以不敬之罪罚他去采石场服劳役。刘桢郁闷不已，在此期间创作了不少直抒胸臆的诗歌作品，后被曹操再次启用。刘桢的诗歌作品今存十五首，以《赠从弟》三首为代表作，其中以"亭亭山上松，瑟瑟谷中风。风声一何盛，松枝一何劲"为千古名句。在经历了大起大落的人生波折后，刘桢的行事作风的确有所收敛，棱角似乎也被磨平了些许，但其诗歌中所透露的如松柏般傲霜斗雪的本性却始终难改。

建安七子在中国文学史上具有相当重要的地位，他们与"三曹"一起勾画出了建安风骨。然而世事无常，除了早亡的孔融与阮瑀外，建安七子中的另外五人皆凋零于建安二十二年的邺城瘟疫中，但他们无可替代的才华与个性却在后世之人的怀念中一遍又一遍地被描摹、被歌颂。曹丕更是在后来的书信文章中，细致地回忆起一件件建安往事，记述下那些游园聚会、浮瓜沉李、无话不谈的旧日时光。

在晦暗不明的政治局势之下，文学的前景亦如一团被揉皱的影子，而建安文人像发光体一般，以自身的光芒映照着山陵、小溪、空气，最终让那团影也投身于光。正如行至暮年的曹操还在抒发"志在千里"，被猜忌远派的曹植还在畅怀"神女之事"，而被羞辱摧折的刘桢仍自比为"山上松""谷中风"，建安文学就像诞生于静谧处的光明、生长于最低处的苍柏，无声无息却又充满着不可磨灭的光亮，穿透了东汉末年的层层阴霾。

竹林七贤：生逢乱世，风姿卓绝

"纶巾羽扇颠倒，又似竹林狂。解道澄江如练，准备停云堂上，千首买秋光。"此二句来自辛弃疾的《水调歌头·席上为叶仲洽赋》，是为哀叹友人叶仲洽怀才不遇所作，其中"竹林"二字所指的正是竹林七贤，以竹林七贤夸赞友人风度出众、诗采翩然。

竹林七贤是魏晋时期又一个风采出众的文人集团，《世说新语·任诞》中曾有这样的记述：

> 陈留阮籍、谯国嵇康、河内山涛，三人年皆相比，康年少亚之。预此契者，沛国刘伶、陈留阮咸、河内向秀、琅邪王戎。七人常集于竹林之下，肆意酣畅，故世谓"竹林七贤"。

正始年间，有嵇康、阮籍、山涛、向秀、刘伶、王戎和阮咸七人，常在当时山阳县的竹林中喝酒纵歌，肆意酣畅，世人称其为竹林七贤。竹林七贤因其不拘礼法、我行我素、逍遥山林、谈玄醉酒的独特风格代表了魏晋文人的风骨，因此被世人传颂。正如千百年后的今天，依然有风会穿过那片竹林而来，虽然历史上的魏晋已经落幕，但对于追寻魏晋风华的人们来说，只消一支曲子、一首诗，那片竹林永远就在蓦然回首处。

正始是曹魏政权的第五个年号，也是三国末期魏晋政权交

《竹林七贤》(清·彭旸·绘)

替的重要时期，因此政治斗争的激烈与残酷比起建安时期更是有过之而无不及。曹叡驾崩后，朝廷危机重重，司马氏集团和曹氏集团对于政权的争夺已从暗中角逐转为明处争锋，也正是这场著名的"曹马之争"❶，直接促使竹林七贤走到一起。在风雨欲来山满楼之时，七位名士先后来到这片幽静的竹林中，谈玄谈文，唯不谈政。竹林七贤的作品虽继承了建安文学的精神，却碍于当时的血腥统治与高压环境，不能直抒胸臆，而多采用比兴、象征、神话等手法，隐晦曲折地表达作者的思想感情。同时，在何晏、王弼等人的倡导下，彼时文人多醉心研究《老》《庄》学说，玄学一时风靡。而竹林七贤亦可看作是魏晋玄学的代表人物，七人在思想倾向上虽略有分歧，如嵇康、阮籍、刘伶和阮咸始终主张老庄之学，坚持"越名教而任自然"，而山涛和王戎好老庄而杂以儒术，向秀则主张名教与自然合一，但是思想观念上的分歧并不影响他们之间互相欣赏、互相尊重的深厚情谊。曾记那时，山阳县的竹林间，有潺潺溪水顺着山势轻快而下，撞过山石，叮当作响地在空谷里回荡起一曲欢歌，七人或坐或躺或行于水间，酒意正浓时，吟诗一首，奏歌一曲，万物生灵。

除了谈玄说理外，竹林七贤的作品也不乏揭露和讽刺司马氏之作，传达了当世文人对政治斗争的强烈不满。后期随着司马氏政权逐渐稳固，七人在政治态度上也产生了分歧。嵇康、阮籍、刘伶对司马氏政权依旧持不合作态度，直至嵇康遇害，

---

❶ 曹马之争：顾名思义，就是曹氏家族和司马氏家族的政治斗争。这场斗争持续了几十年的时间，因此丧命的官员及文人才子数以万计。

其余几人被迫出仕，阮咸入晋为散骑侍郎却并未得到重用，山涛投靠司马师。

七贤相聚于竹林，曾嬉笑怒骂，也曾酣畅饮酒，最后却明哲保身四散西东，如雪落大地，月遇阴晴，各有各的皎洁，亦各有各的隐晦。这种人生大起大落、朝生暮死所带来的危机感与幻灭感尽数体现在竹林七贤的作品中，这也是其作品与建安文学的不同之处。又因其不同的人生际遇，七贤的作品有着鲜明的风格特点，七贤在不同的领域亦有各自的成就。

嵇康

嵇康，字叔夜，是魏晋时期著名的文学家、思想家、音乐家，曾任中散大夫，因此又被称为嵇中散。嵇康可以算作正始年间的名气最盛的一位名士了，当世文人多仰慕、称赞他"如孤松独立，如玉山将崩"的卓越风姿，可谓"粉丝"无数，有着极强的号召力。他就像一束光，生而耀眼，照亮了那个时代同样满腔热血却无处抒怀的年轻人。不过，愤世嫉俗的嵇康也曾为曹魏政权工作过，还官至中散大夫，娶了出身于曹魏宗室的长乐亭主。后来他对政治纷争感到失望，于是隐居竹林。

正始十年，高平陵政变，司马师杀辅政大臣曹爽之举为当世文人所不齿，一时间讥讽之音四起，司马师恼羞成怒强逼文士表态，对于拥护者给予高官厚禄，对于反对者便严刑伺候。

而司马师的这一行为彻底激怒了隐居的嵇康，直到司马师之弟司马昭上位，嵇康依旧反对为司马氏效力。当时有学者张邈写了一篇劝学之作《自然好学论》，司马昭以此号召众文人参与太学读经，其目的自然是为朝廷招揽人才。而此事更是被怒发冲冠的嵇康当作发泄的理由，他立刻提笔写下一篇《难自然好学论》与其叫阵，文中大胆直言，讽刺相加。这两篇文章的立意并无多言之价值，但嵇康在天下噤声、万口缄默之时，站出来高举反抗大旗的行为却带着一种让人挪不开眼的光芒，立刻得到了一众文人的响应。或许有的人生来便带着光，注定要在理想中燃烧自我，比如嵇康。

此时的司马昭虽然对嵇康这样的"愤青"感到头疼，却依旧存有招揽之心，况且嵇康在文人中的名气很大，说是一呼百应也不为过，断不可轻易撼动，于是司马昭没有立刻找由头处死与他作对的嵇康，而是找了无数说客替他劝嵇康从仕。而在此期间，无论是权臣钟会来访，还是旧友山涛劝说，嵇康的态度始终不改，拒绝出山。于是，心思深沉的掌权者与痴狂桀骜的文士维持着一种微妙的平衡关系，如立悬崖峭壁，经不得一点风吹草动。

很快，那阵风便吹来了。不甘受辱的小皇帝曹髦（máo）继承了曹氏一族最后的血性，振臂大骂"司马昭之心，路人皆知"，带着寥寥几名心腹拼死一搏，想讨伐司马昭，却被早已投靠司马昭的贾充指使手下一剑刺入心口而死，史称"高贵乡公事件"。小皇帝的死如风暴中的蝴蝶一般挣扎着掀起了曹魏政权最后的波澜，也狠狠地拨动了嵇康的心理防线，在这样正邪混淆、晦暗不明的关头若是再龟缩山中，可真就是辜负了那么多青年学子的崇拜。于是，气极怒极的嵇康挥笔写下名传千古的《与山巨源绝交书》，表明心志。此文一出便被当世文人一遍遍誊写、传阅，很快便传到了太学中，传到了司马昭的眼前。嵇康借着与劝他出仕的旧友山涛公开绝交的由头，实则讥讽司马氏的所作所为，并直言司马昭"非汤、武而薄周、孔"。这封立场鲜明的绝交信也真正激起了司马昭的杀心。彼时，作为知己的山涛又怎会不知嵇康的真实用意，可事已至此也只能长叹一声，当然不是为了所谓的绝交信，而是因为他看懂了嵇康以死明志的决心。

很快，司马昭借"吕安之案"❶赐死嵇康，嵇康义无反顾地慷慨赴死。向秀的《思旧赋》以"顾视日影，索琴而弹之"记述嵇康死前之情景。他平静地望着太阳落于日晷❷上的阴影，在生命的最后关头不求生，不惧死，只要来一把琴，弹了一曲《广陵散》。这一幕深深地刻在了当世之人的脑海中，也永远地书写在了青史之上，成为后世无数文人志士心中的绝唱。或许世间少有人能始终如一地坚持自己的志向，无论经历多少起伏，

---

❶ 吕安之案：东平人吕安，与嵇康是莫逆之友。这一年，吕安之兄吕巽（xùn）奸污了安妻徐氏，怕遭报复，先诬告吕安不孝。吕安被逮入狱。受审时，吕安引嵇康作证。嵇康出于友情，出面证实吕安并未不孝，因此被牵连进这桩案子，也被关入狱中。钟会曾经受过嵇康的薄待，耿耿于怀，遂对司马昭说："嵇康与吕安都有盛名于世，而言论放荡，非毁经典，害时乱政，应乘其有罪，把他们除掉！"司马昭一向听信钟会，就判决二人死刑。
❷ 日晷（guǐ）：本指太阳的影子，现也指人类古代利用日影测得时刻的一种计时仪器。

即便面对生死考验亦不改其志,但是嵇康做到了,他的潇洒赴死成就了魏晋的一派风骨。

嵇康的潇洒与刚毅在他的诗文中体现得淋漓尽致,其作品读来畅快动人且极具锋芒、余味浓重,除了《与山巨源绝交书》《难自然好学论》等散文外,他还留下了部分四言诗,如《幽愤诗》《赠秀才入军》。鲁迅曾在《魏晋风度及文章与药及酒之关系》中评价其文"思想新颖,往往与古时旧说反对"。此外,嵇康还精通音律,创作了《长清》《短清》《长侧》《短侧》,被称为"嵇氏四弄",与东汉的"蔡氏五弄"并称"九弄",而他的绝唱《广陵散》更是被视为十大古琴曲之一。

如果说嵇康的处事风格成就了魏晋风骨,那么阮籍的所作所为便决定了魏晋的气质——极端的浪漫、自由和个人主义。阮籍,字嗣宗,是建安七子中阮瑀的儿子,《晋书·阮籍传》中形容他:"籍容貌瑰杰,志气宏放,傲然独得,任性不羁,而喜怒不形于色。"出身名门、父亲早亡又年少成名的阮籍长大后,也是一个不按套路出牌的人。他率性而为,傲然独立,做事不受羁绊;他不顾传统礼教,曾为素不相识的少女哭丧;他爱酒,主动求官去做步兵校尉,只为尝一尝步兵营的好酒。比起嵇康的刚毅,阮籍有时会来一点圆滑,他也曾怀有济世之志,然而彼时曹爽与

阮籍

司马懿夹辅曹芳，二人明争暗斗，政局十分险恶，于是阮籍托病辞官归里。后来司马氏独揽政权，阮籍亦有不满，却也无可奈何，于是他采取不涉是非、明哲保身的态度，或闭门读书，或登山临水，或酣醉不醒，或缄口不言，直至最后迫于司马氏的压力，不得不接受官职。

出仕后的阮籍始终徘徊在取生与清名之间，将全部聪慧与敏锐都用在了此处。司马昭自封晋公，妄图称帝，命阮籍为自己写一篇劝进表。万般无奈之下，阮籍将自己灌得酩酊大醉，写下此表。如此，既不得罪当权者，也不算污了清名。阮籍凭借着自己的圆滑与司马氏的包容，成为竹林七贤中少有的终其天年者。

竹林七贤多研老庄之学，因此阮籍也是一位对老庄哲学有着深入研究的思想家，但他绝非天生的老庄信徒，更像一个"少有济世之志"却生错了年代的入世者。阮籍的文学造诣极高，著有八十二首五言咏怀诗，开创了一种新的诗歌类型且颇具哲学风度，是中国诗歌史上里程碑式的杰作。他虽有些圆滑却也绝非罔顾是非的宵小之辈，他在登广武山时见到楚汉遗迹后，曾不由自主地怒骂道："时无英雄，使竖子成名。"阮籍的咏怀诗中也常流露出渴望上阵杀敌、建功立业的想法，那正是他于苦闷中抗争、于担忧中绝望的写照。

魏晋交替，政权斗争，战乱四起，世事无常，皆在阮籍的诗歌中留下了纠结与逃避的痕迹，这些诗歌也因此而充满浓郁的哀伤情调和生命意识。与其他竹林名士相比，阮籍的敏锐似乎为他赋予了更多的压抑，他的纠结与徘徊织成了一张网，保护他的同时也困了他一辈子。

山涛是竹林七贤中最年长的一位，比嵇康大十八岁，二人相遇时山涛已将近四十岁，他也是七贤中心智最成熟的一位。山涛，字巨源，出生于庶族，早孤居贫，却十分有才华，《晋书·山涛传》载他："少有器量，介然不群。"王戎也曾评论他："如璞玉浑金，人皆钦其宝，莫知名其器。"比起其他六人，山涛与司马氏关系更为微妙。他与司马懿不仅

山涛

是老乡，还有一层不远不近的亲戚关系。因此，山涛在竹林七贤中也是颇具争议的一个人物，他与嵇康、阮籍情意甚笃，但志趣并不相同；他曾举荐嵇康，却因此收到了嵇康的公开绝交信。前文中已明确讨论过，嵇康写下《与山巨源绝交书》一文意指讽刺怒骂司马昭所为，而非针对旧友山涛，更不是真心要与之绝交，这从嵇康临终托孤，嘱咐儿子嵇绍"巨源在，儿不孤"一事上亦可看出。

山涛行事稳重、小心谨慎，也是一个很有政治头脑的人。他不似阮籍，守着清名徘徊不前，嵇康的死更是让他知道，深陷乱世的风险，竹林名士、知己好友的生死都影响着他的选择。他只有顺应司马氏，才能报答知己的信任与交托，他要在朝堂

之上凭一己之力为名士赢得一席之地。他也的确做到了。正始年间的每一场腥风血雨中，山涛都保全了自身，也保全了多数名士。纵观山涛三十余年的官宦生涯，为官不贪，举荐无私，既能为天下百姓的长远利益着想，又不阿附权势之争，敢于与贾充、杨骏等人抗衡。

从另一个角度看，山涛与嵇康大概也算是同一类人，他们从始至终行走在自己认可的道路上，无论风霜雨雪终不改其本色。能被狂士嵇康视为知己者，怎会是贪生怕死、不分是非之辈？而山涛亦十分珍视与嵇康的知己之情，二十年来从不敢忘，他曾对嵇康之子嵇绍说："为君思之久矣，天地四时，犹有消息，而况人乎！"

山涛生前著作颇多，可惜大部分都已丢失，现存有《谢久不摄职表》《复让司徒表》《启事》《评嵇康》等。其中《启事》又称《山公启事》，对后世选拔人才有很大的影响。

向秀

竹林七贤中，嵇康还有一位死心塌地的追随者，那便是向秀。向秀，字子期，出生于官宦士人之家，十分聪慧，少时便不喜政治，只爱读书，颇具学者风采，尤其喜好研读《庄子》，追求玄远境界。向秀一向将嵇康的言行视作自己的指向标，一路追随嵇康入了竹林，因此嵇康之死对向秀的打击也是十分沉重的，甚至让他瞬间失去了人生的方向，陷入长久的迷茫与困顿而不能自拔。司马氏采取威逼利诱之手段迫使向秀出仕，向秀虽厌恶政治，却不知还有何种选择。他迷茫地思考着生与死、理想与现实间的联系与矛盾，乱世的风雨彻底粉碎了这位文艺青年的隐居生活，却又促使他成长为一位真正的思想者。沉寂许久后，向秀终于悟出了答案。这一刻，他决定与回不去的旧日作别，写下了名篇《思旧赋》，告慰逝去的旧友与自己的内心，然后起身出发，应邀赴任洛阳。正是在那一刻，向秀才真正读懂了庄子所谓的自由，人要顺应自然，亦要顺应自我，顺应是唯一的自由之路。向秀的思想与选择在极大程度上影响了两晋的名士：自由的主体永远是自我，为官从政并非失去自由，只要自在从心、安然如一，在朝、在野便没有什么不同。如今，向秀的诸多著作也已丢失，仅存《思旧赋》《难嵇叔夜养生论》两篇存世，文章平实简达，洒脱流畅，尽显竹林名士的特有文风。

竹林名士均能豪饮，其中又以刘伶为最。刘伶，字伯伦，魏末时期曾为建威参军，晋武帝上位初曾召对策问，刘伶言无为而治，遂被黜免。刘伶喝酒喝得寂寞洒脱，也喝得畅快忘形，因此被后人称为"酒仙"。他的长相其实不太好看，却因饮酒后的气度与风姿而被写进《世说新语·容止》中，可见他纵酒狂放、

刘伶

无畏亦无所谓的人生态度是极受魏晋名士推崇、追捧的。不过，断不可将刘伶视作被人生无常逼得酗酒忘情的无奈之人，他是天生爱酒、追求自由的超脱之辈，因此，他的放荡不羁与纵情饮酒本身便是对名教礼法的一种否定。他凭借酒蔑视世间的一切规则，酒亦不辜负他。刘伶所作的《酒德赋》在后世广为流传，行文间那份超脱傲俗与天地间只剩他一个的豪气，千百年来无人能比。

与其他六人相比，王戎的家庭门第最高，年龄最小。王戎，字浚冲，神采秀彻，善清谈，虽崇尚《老》《庄》，却并不倾心隐逸。十五岁时，他与年长自己二十岁的阮籍相识，两人一见如故，相谈甚欢，成为忘年之交。阮籍曾以"清赏"二字评价王戎，称赞他对人清正，没有半分

王戎

虚与委蛇。史学家们对王戎的评价不高，多认为他背叛了竹林七贤追求自由、不轻易折腰的精神，十分不光彩，但人性之复杂又怎可以此断论？王戎与阮籍、嵇康等人的人生理想本就迥然不同，他们因互相欣赏而交集于一时，又自然而然地在人生的岔路上分道扬镳。魏晋名士所追求的自由一向是以自我为先的，对于自己的理想始终如一、坚定选择，才是他们所推崇的。

从这一点上看，王戎绝非史家口中的背叛者。他早早入仕，且具备一定的政治才能，在朝中声望不衰。直到年近七十岁时遭遇八王之乱，跟随晋惠帝到处流离，逃到郏县，遇到追兵，王戎"亲迎刀锋，谈笑自若"，保持了清正重臣的节操。那一刻，他脸上的从容之情仿佛让人们再一次见到了慷慨赴死的嵇康。死无所畏惧，只看值不值得，只为值得之事含笑赴死，是谓竹林七贤。

竹林七贤中最后一位便是阮籍的侄子阮咸。阮咸，字仲容，自少年时代起便长期跟随叔父生活，叔侄二人并称"大小阮"。阮咸任达不拘、自由豪放，被山涛评价为"贞素寡欲，深识清浊，万物不能移。若在官人之职必绝于时"。但晋武帝认为他为人轻狂又喜好喝酒，并未重用他。

阮咸

阮咸与叔父阮籍志趣相似，又没有阮籍那种因过于爱惜羽毛而产生的纠结，是个彻头彻尾的自由家。在嵇康赴死，天下名士被屠杀过半后，文人们在保命与高傲之间多选择前者，可阮咸却依然我行我素。或许，在他独特的世界观里，本就没有除自由以外的第二种选项。宁可真轻狂，不做伪君子。除了高洁的心志与放达的举止外，阮咸在音律上的成就亦为后人所称道，后人还以他的名字为经他改制的琵琶命名。此外，阮咸还有《律议》之作传世，在《世说新语·术解》中亦有所载。

竹林七贤作为曹魏政权交替时期最受关注的文人群体，其影响是巨大的。他们大多精文学，通音律，倡自由，崇自然，并在哲学领域有深入的研究。他们是文学家，是音乐家，也是乱世之中的哲学家和思想家。七位名士的思想性格、理想追求多有不同之处，但他们彼此欣赏、互相尊重，他们对于理想的坚持与处事的态度也直接影响着后世文人。

在历史长河中，曾有这样七位名士曾聚于山野竹林，共饮畅谈。竹叶轻响，云翳（yì）明晴之间，在那片被时间遗忘的竹林中，有渐染盛夏的霞光，有漫漫风意飒沓而过，酒意诗意撩拨心弦，一晌贪欢，一晌忘忧，灵魂便已然深陷。而在那短短一瞬间迸发出的思想光辉是那样耀目璀璨，引得无数后世之人心向往之。

司马王朝：举目见日，不见长安

司马王朝，指的是曹魏末期由司马氏一族建立的大一统政权——晋朝。晋朝上承三国，下启南北朝，中间又分为西晋与东晋两个时期。其间陆续经历了十五位皇帝的统治，共一百五十五年。在风雨飘摇、动荡不安的魏晋时期，有些人像天上的群星般璀璨耀眼，有些却如夜晚的一片云，隐匿在夜色中，经风摇动，却又能遮挡一轮月亮。西晋的统治者司马氏族正恰似这片云，虽高居帝位，却永远被动地被风吹着走，命运的晴朗与荫翳从不由他们主导。

晋朝的序幕要从司马炎篡魏算起。司马炎建立政权，国号为晋，定都洛阳，史称西晋。而后西晋灭吴，至此结束了三国时期的分裂局面，迎来了统一。晋武帝司马炎其实还可以算得上一位励精图治的皇帝，他从大名鼎鼎的祖父司马懿和父亲司马昭手中接过大权，成功地将司马氏建立的晋朝推到了历史舞台的最前端。但兢兢业业、戎马一生的司马炎却阴差阳错地在谗臣小人的引导下选了一位糊涂的继承人，最终导致了西晋的短命。

司马炎所选的这位接任者便是司马衷。说起司马衷这个名字，大家或许会有些陌生，不过正是这位天性愚钝的皇帝口无遮拦地说出了那句遗臭万年的"何不食肉糜"。巧合的是几百年后，法国国王路易十六的皇后玛丽也在相似的情况下讲了一句同样"天真无邪"的话，由此引发了著名的法国大革命，这位绝代艳后最终也命丧断头台。这奇迹重演般的巧合也被今人戏称为法国版的"何不食肉糜",可见对于掌握国家命脉、百姓生死的上位者而言,不合时宜的天真是一种对他人生命的残忍与淡漠。由于司马衷的昏庸,西晋政权也不再稳固,接连经历八王之乱和永嘉之祸的重创,原本渐渐恢复的国力再度衰微下去,直至灭亡。

司马衷是晋武帝与杨皇后所生之子,被立为皇太子时年仅九岁,但他的心性并未随着年纪的增长而有分毫长进。他生性鲁钝,难堪重任,在晋武帝司马炎去世后,他登上帝位,面对一众群臣张着嘴,却讲不出半句话。其实,若只是这样也无大碍,毕竟司马衷还有一个聪明伶俐可堪大任的儿子,可命运并没有放过一个注定灭亡的朝代,站在司马衷身后的是那位心狠手辣、虎视眈眈的皇后——贾南风。若说晋武帝司马炎一生之中只做了两件错事,第一件事是立司马衷为太子,那么第二件事便是让他这位鲁钝的儿子娶了贾南风为妻。司马衷承袭帝位后,皇后贾南风干政弄权,扶植外戚,直接导致了八王之乱的爆发。

八王之乱从开始到结束共历时十六年,可分为两个阶段:第一阶段从元康元年三月楚王司马玮进京杀杨骏开始到六月司马玮被杀为止。在贾南风的策划下,大臣杨骏、卫瓘被杀,藩王司马亮、司马玮丧命,至此,朝政大权尽归贾皇后之手。第二阶段从元康九年开始到光熙元年结束,其动乱规模更大,参与的宗室王更多,战争局面也更惨烈。贾南风掌权的八年间社会还算平稳,但她膝下无子,且与当时的太子,即被称有司马懿之风的司马遹(yù)向来不和,于是她再次出手,于元康九年开始了废太子的计划,由此导致了惨烈的政治斗争。光熙元年晋惠帝司马衷身死，司马炽继位，史称晋怀帝。司马炽设计杀了司马颙（yóng）及其三子，历时十六载的八王之乱到此终结。

司马衷悲剧的一生与八王之乱一起宣告终结，可这一切悲剧的起因却并非他的愚钝，那些明知他愚钝却仍将他推上皇帝之位的人才是真正的始作俑者。除了愚钝与可悲之外，司马衷留给后人的还有一件令人唏嘘的事情。荡阴之战❶中，司马衷大败，身负重伤，这位可悲的皇帝与他的马车一起被孤零零地丢在荡阴的旷野中，如待宰的羔羊一般。就在此时，嵇绍手持诏书，策马疾奔，赶来护驾。在步步紧逼的敌军包围下，嵇绍一手持剑临风而立，挡在司马衷身前，表情淡然，同他的父亲嵇康弹奏《广陵散》时一般无二。而那位向来被众人当作傻子的皇帝，此刻终于开了窍一般眼含热泪、口齿清晰地喊道："这是嵇康先生的儿子，你们不能杀他……"然而，没有人会听从一位被俘虏的傻子皇帝的话，只有那阵竹林之风吹奏的乐章从西晋的开场响彻至西晋的落幕。

八王之乱其间战事不断，饥荒四起，民不聊生，国家政权所能顾及的范围越来越小，也导致了外族内迁，甚至参与中原战事的情况也时有发生，这也为后来五胡乱华及十六国时代创造了机会。

八王之乱平定后，晋怀帝改元永嘉。永嘉五年，匈奴军队在刘渊之子刘聪的率领下击败了洛阳的守军，杀晋太尉王衍及

---

❶ 荡阴之战：发生在八王之乱中的一场战争。永兴元年（304年）七月，东海王司马越宣布讨伐成都王司马颖，挟晋惠帝司马衷一同北征，兵到荡阴（河南汤阴）时被石超击败，史称荡阴之战。

诸王公，攻陷洛阳，并俘虏了晋怀帝等王公大臣。永嘉七年，晋怀帝被杀，司马邺于长安继位，改元建兴。建兴四年，刘曜再次率领匈奴军队攻入长安，俘晋愍（mǐn）帝，西晋灭亡。永嘉之乱至此结束，中原大地也再次走向分裂，北方地区进入了战乱不休的五胡十六国时期，而西晋皇室衣冠南渡，司马睿在南方地区建立起东晋政权。

一场接一场的雪，终归压垮了如琉璃宫殿一般华丽且脆弱的西晋政权，然而，东晋的政治情况也并不理想，虽传承了十几位皇帝，却没有一个能摆脱被操控的命运，他们看似身居高位，却也不过是世家大族的傀儡。东晋建立之初，民间甚至流传着这样一句谚谣："王与马，共天下。"说得便是东晋时期琅琊王氏家族与当时皇室力量势均力敌的情况。

司马睿称帝主要依赖北方大族琅琊王氏的王导、王敦兄弟的扶持。在此期间，王导主内，位高权重，联合南北士族，运筹帷幄，纵横捭阖（bǎi hé）；王敦主外，总掌兵权，专任征伐，后来又坐镇荆州，控制建康，而东晋的门阀政治也由此成型。

东晋虽偏安南方，也建立了新的都城，但想收复失地的心却一直未得平息。《世说新语·夙惠》中记载了一则晋元帝与尚年幼的晋明帝关于太阳与长安孰远孰近的讨论，晋元帝问晋明帝："**汝意谓长安何如日远？**"晋明帝回答："**日近。**"元帝大惊失色，忙追问为何。明帝继续答道："**举目见日，不见长安。**"彼时，长安早已沦陷，王公大臣一路逃到江南，却心有不甘，每每忆起往事便潸然泪流，恨不得立刻披挂上马，夺回失去的城池，只可惜东晋实力不够,运气不佳,北伐从未成功,甚至连所统治的南方地区也一直被北方诸国所蚕食,直到淝水之战东晋以少胜多,政权才稍有稳固,得以缓一口气。

淝水之战也是中国历史上著名的以少胜多的战例。东晋趁机北伐,将边界线推进到黄河南部,北府兵声威大振,谢玄、谢安、谢石等人也凭借此战留名青史。东晋孝武帝司马曜更是借此机会收回权力,成了东晋唯一一个掌握实权的皇帝。淝水之战在双方人数上虽较为悬殊,可在指挥官的谋略上却称得上是一场势均力敌的强者对决。战败的前秦之主苻坚亦绝非无能之辈,他曾诛杀暴君苻生,为关中百姓带来了难得的一段维持了二十年的和平岁月,让北方大地再度恢复生机。不过因淝水战败,前秦国势衰微,北方彻底陷入四分五裂的局面。直到刘裕建立刘宋政权,灭亡东晋,历史的车轮滚滚向前,终于行至《世说新语》成书的那个时代——南北朝。

纵观司马王朝一百五十余载,西晋统一中原,东晋的疆域时有增减,北界主要在秦岭淮河一线,而两晋的世族政治为隋唐的三省六部制打下基础,同期的农业、商业、手工业等相较三国时期,均有进一步发展。短命的西晋造就了东晋的生,也决定了东晋的亡,衣冠南渡对于经历过重伤的王朝与百姓来说都是难以吞咽的痛苦,曾经的山河如一道疤痕横断南北,举目望日,不见长安,两晋如是,百年后的两宋亦如是。然天下大势分久必合,只要同根同源的文化生机未被斩断,便终有重归长安的那一日,彼时所有的误解与隔阂都将不复存在,而那些相同的忧愁和希望总会弥补一切。

东晋世家：旧时王谢，江左风流

朱雀桥边野草花，乌衣巷口夕阳斜。
旧时王谢堂前燕，飞入寻常百姓家。

这首怀古诗出自唐代诗人刘禹锡之笔。诗人路经乌衣巷，见曾经盛极一时的王谢门前如今只剩一片野草丛生、荒凉残照之景，有感而发，叹沧海桑田，感人生多变。诗中提到的与朱雀桥相邻的"乌衣巷"，正是东晋时期王、谢两大世家子弟聚居之处。那是乌衣巷最美也最繁盛的时候，谈笑唯有鸿儒，往来皆无白丁，出入于王、谢之门的少年个个芝兰玉树一般，或纵马千里，看尽落花，或执笔万丈，落墨苍苍，行过处所带起的风与尘都带着一股早春时节特有的气息。那是整个东晋最出色的一群人，也是那个不被看好的王朝曾拥有的最美好的一段年华。

两晋时期是我国古代门阀士族制度最为鼎盛的时代，出身世家的贵族子弟无疑是那个时代的主角，他们的一言一行皆对当时社会与思想的发展有着极大的影响，而在诸多世家大族中又以琅琊王氏和陈郡谢氏两大世家为尊。

琅琊王氏和陈郡谢氏在东晋建立之前，只能算是北方的二流世族，在诸多高门世族中并不显眼，王谢家族的子弟所任官职也不高，根基尚不稳固。直到永嘉之乱后，北方游牧民族入侵，洛阳沦陷，西晋政权终结，天下再次陷入一片水深火热的动荡之中，城府颇深的王衍勘破天下局势，将王敦与王导分别派往青州和江南。王敦赴任青州刺史，掌兵马大权，王导随琅琊王司马睿南下，辅佐其建立东晋，实现中兴。从此，琅琊王氏名满天下，权势显赫，威震朝野，民间甚至传出了"王与马，共天下"的歌谣。

王导

王导生于西晋最稳定的那些年，出身名族，又少有才名，他本可做个清闲一世的世家子，却不想刚刚才稳定下来的天下这么快又乱了，八王之乱、永嘉之乱，磨难一个接着一个，对于那时的世家子弟来说，便要无怨无悔地站出来做一柄指哪打哪、见血封喉的利剑，一切以家族利益为先。王导亦如此。他跟随司马睿衣冠南渡，凭一己之力笼络江东士族，拥立晋元帝，稳固东晋政权，是名副其实的开国元勋，琅琊王氏更是由此兴盛。

　　同魏晋时期的大部分名士一样，王导也是一个极具个人魅力的人，与他共事者少有不喜欢他的。他处事稳妥、八面玲珑，可谓严于律己、宽以待人的典范。《世说新语·言语》中有一段关于新亭对泣的记载，侧面讲述了初到江南的王导是如何收服人心的：一日，王导与一同南渡的同僚在郊外新亭共饮时，众人望着远处风景，回忆起一路南下的困顿与窘迫，难免伤感。

周𫖯[1]叹息着说:"风景不殊,正自有山河之异。"在座之人无不相视流泪。王导见此情景,愀(qiǎo)然变色,劝慰诸君如此更要勠力国事,终有一日收复中原失地,而不是学着楚国囚徒那样哭哭啼啼。王导的一番话讲得慷慨激昂,卓尔不凡,更体现了他深远的见识与不凡的气度,无不令人敬佩。王导仿佛一棵苍翠的松木,被命运恰到好处地安插在水枯石尽的盆景中,唤醒了一片生机,也正是他的全力辅佐才使得东晋能安稳地立足于天下,同时也让琅琊王氏在东晋朝堂中站稳了脚跟。

陈郡谢氏的兴盛期来得比琅琊王氏要稍晚一些。东晋中期,谢家在朝堂上稳扎稳打,还算吃香,而谢安此时的境遇倒是与当年还未南渡的王导有些许相似,家族中能人辈出,谢尚做了豫州刺史,谢家就此掌了兵权,谢弈与谢万亦肩负重要职位,谢安自己只管清闲度日便是。或许谢安比王导还要幸运一些,这样的神仙日子一过便是四十年。直到谢弈亡故,谢万被桓温逐出豫州,谢家再也撑不住谢安的清闲与自在,他不得不出山了。谢安的才华当世无二,这一点无论是在当时还是在后世都是得到公认的,若说有谁能凭一己之力拯救风雨飘摇中的东晋与谢氏一族,那也定非谢安莫属。谢安不负众望,凭借过人的谋略,让八万北府兵在淝水之战中击败了人数远超其数倍的前秦铁骑,保全了东晋最后的安稳,也使得谢氏家族步入了最为辉煌、荣耀的时期。

除了过人的才华外,谢安的名士风度更是令后世心向往

---

[1] 周𫖯(yǐ):(269—322年),字伯仁,汝南郡安成县(今河南汝南县)人。晋朝大臣、名士。

之。《世说新语·雅量》中记载淝水之战时,谢安正与友人对弈,战报传来,谢安瞥了一眼便继续淡定落子。事关天下存亡,友人焦急万分,棋也下不下去了。谢安则不动如山、四平八稳地下完了此局,才淡然开口,告知友人:"小儿辈大破贼。"被世人所知的才华正如浮于地表的葱郁,只是谢安其人的冰山一角,而土壤下埋藏的不动声色的智慧,才是他生而风雅的真正根基。所谓运筹帷幄之中,决胜千里之外,大抵也不过如此,谢安此番镇静自若、儒雅风流的气度亦成为名传千古之佳话。

谢安

经过淝水之战,陈郡谢氏一举成为与琅琊王氏齐名的顶级士族,如近代学者余嘉锡先生所言:"谢氏虽为江左高门,而实自万、安兄弟其名始盛。谢裒父衡虽以儒素称,而官止国子祭酒,功业无闻……后来太傅名德,冠绝当时,封胡、遏末[1],争荣竞秀,由是王、谢齐名。"

除了出色的政治与军事才华外,东晋时期的世家子弟在文学、艺术领域同样也是佼佼者。王导擅长行草,是东晋有名的书法家,《书断》以"风棱载蓄,高致有余,类贾勇之武士,等

---

[1] 封胡、遏(jié)末:这四个字分别指谢韶、谢朗、谢玄、谢渊四人的小名。现比喻优秀子弟。

相惊之戏鱼"来称赞他的书法。王导闲来无事时就喜欢挥毫泼墨，写上两笔，他钟爱钟繇之笔法，就连在西晋末年王室南渡时，王导也没有忘记把钟繇的《宣示帖》藏在衣带里，随身带到南方去。

而谢安与东晋最负盛名的书法家王羲之更是至交好友，二人自幼相识，一同长大，情谊深厚，经常聚在一处诗酒唱和，书法切磋。谢安的草书最为出众，名气仅次于王羲之，宋代词人兼书法家姜夔（kuí）对此曾评价道："《兰亭记》及右军诸帖第一，谢安石、大令诸帖次之，颜、柳、苏、米❶，亦后世之可观者。"

《兰亭修禊图》（明·文徵明 绘，现藏于北京故宫博物院）

---

❶ 颜、柳、苏、米：分别指书法家颜真卿、柳公权、苏轼、米芾（fú）。

《王羲之玩鹅图》（南宋·马远 绘）

说起东晋的书法，必绕不开的一人便是出身于琅琊王氏的王羲之。一笔兰亭名传千古，一觞一咏道尽光阴。兰亭集会一向被看作中国古代最浪漫的一次雅集，却鲜少有人了解，它其实是王羲之在反对北伐无果、忧心政事之时组织的一场聊以自慰的踏青。那一年的三月三，世家子弟们聚于绍兴会稽山之兰亭，曲水流觞，列坐其次，暂时地将家国烦忧抛之脑后，把诗意放进那奋力生长的碧草里，试图唤醒向往已久的山谷间的风，在这片山野的尽头会晤知己，在这泓溪水的源头邂逅本心，野趣再难得，风雅正当时。望着眼前如濯濯春柳般的一群人，思及无法阻止的北伐之战，旷达如王羲之也难免心生悲凉与担忧，遂提笔写下独具悲悯况味与宿命之感的《兰亭集序》，记录下东晋的最后一番盛景。

后来，行至人生暮年的王羲之曾给好友谢万写下一封信，信中不再感慨天地远阔，也不再谈起庙堂之高，只欣然叙述鸡鸣犬吠、阡陌炊烟，虽不比《兰亭集序》那般玄远意深，却别有一番可亲可爱的人间烟火味。对于老年的王羲之而言，他记忆最深处珍藏的并非起起落落的宿命波折，亦非被后世追捧的书法成就，而是年少时与好友谢安东海游船、田园散步、喝酒吟诗的旧日往事。这些回忆被他一遍遍地细数着、轻抚着，在旧友多逝世、岁月难再追的暮色中泛着如玉般温润的光辉，讲述着王谢世家曾经的风华。

正可谓："山阴道上桂花初，王谢风流满晋书。"山阴路上的桂花年年盛开，依旧落得游人满头芬芳，会稽山溪间的青苔却疯长了起来，其间那一二只被遗落的酒盏也早已被刻上了岁月的痕迹,沧海桑田,光阴辗转,总有什么不可阻止地变化了,可一定也有什么是从不曾改变的。时至今日,翻阅历史长卷,读到旧时王谢那一页,依旧可以从时间深处吹来的风里嗅到苔藓和兰草的清洌,如沐漫身雨雾,沁凉醒神,风流不改。

女性风采：林下之风，闺房之秀

不知从何时起，社会对于女性的审美开始走向一种极端，要求她们必须谨守礼教传统，必须温顺柔弱，必须懂得三从四德，方能算作大家闺秀。自进入汉代以后，我们似乎很难再看到像《诗经》那般将女性形象描写得鲜活灵动、充满丰沛生命力的作品了。其实，汉代记录女性的文字作品并不少，但多数显得单调乏味，永远绕不开那两个经典主题，要么是后宫斗争，要么是为爱私奔。而《诗经》中那些肆意欢笑、奔跑于山野间的少女们的身影似乎已经永远地消逝了。好在汉代之后，还有魏晋，直到翻开《世说新语》，我们才终于看到中国女性在那个万物觉醒的时代找寻到本真自我的痕迹。她们聪敏清醒，如山间明月般皎皎脱俗，自在如风，欢欣时敢于向爱慕之人投掷花果，触怒时敢于直言怒骂大胆狂徒，清谈盛会中出现了她们的身影，家国朝堂上也曾浮现过她们的智慧。洒脱飘逸、明理善辩的魏晋女子，成为中国女性群像里的一道自由而美丽的风景。

《世说新语》的诸多篇目中皆不乏改变历史或冲破个人命运的女性出现，其中的"贤媛"篇更是专门记述魏晋时期的奇女子，有个性十足的曹丕之母卞后、有快人快语的山涛之妻、有临危不乱的将门之女，从高门贵女到庶族平民，这些女性形象性格不一却各具风采，同时为我们展示了那个自由而浪漫的时代对于女性的最高赞赏。无所谓贤良，更不必淑德，唯有趣、有个性、有思想、有自我者方可称得上"贤媛"。

提起魏晋奇女子，便不得不提那位出身于陈郡谢氏的才女谢道韫，《世说新语》中有不少与之相关的篇目，"贤媛"篇中更是直接评价她为："**神情散朗，故有林下风气。**""林下之风"一词正出于此，意为夸赞女子有才华、有诗韵，风度不输竹林名士，可算作成语中对于才女的最高赞赏。

谢道韫出生于鼎盛时期的谢家，名满天下的风流宰相谢安是她的叔父，淝水之战中以少胜多的少年将军谢玄是她的弟弟，如此身世放在哪一部电视剧里也绝对是稳拿女主剧本的角色，更何况比起显赫家世，谢道韫更为人赞赏的是她的文墨才华，谢安就曾以"雅人深致"一词称赞她的才华与气度。《世说新语·言语》中载，某日大雪纷飞，谢安与家中的子侄后辈们聚在一起赏雪吟诗，谢安随口出了个题目："**大雪纷纷何所似？**"在座之人中谢朗反应最快，开口作答："**撒盐空中差可拟。**"而一旁谢道韫稍加思索，对答道："**未若柳絮因风起。**"此句一出，不仅得到谢安的赞赏，更是衬得前人后人所作的众多咏雪之句黯然失色。曹雪芹在书写《红楼梦》时，曾以"堪怜咏絮才"作为最令人怜爱的才女林黛玉的判词，足见谢道韫在后世文人心中的才女形象之深刻。

刘孝标注的《世说新语·言语》引《妇人集》中提道："**谢道韫有文才，所著诗、赋、诔、讼传于世。**"相传《隋书》曾收录她的诗集，足有两卷之多，可惜今已经亡佚，无缘得见。所幸《艺文类聚》中还保存了《登山》和《拟嵇中散咏松》两首诗，让我们得以一窥才女笔墨。其中《登山》一诗，描写东岳景象，语句灵动轻巧，自然之趣盎然其间；而《拟嵇中散咏松》一诗

上　篇　一本读尽世间风流

谢道韫（明人作）

则带有玄言之气，表现出从"庄老告退"到"山水方滋"的风格演化。可见老庄玄学对于魏晋之人影响之深，无论老少皆谙此道，即便是闺阁女子亦追逐此风。

谢道韫不仅诗文写得出色，而且还具有极高的思辨能力。魏晋时代人人谈玄说理，到了东晋清谈早已成为一种普遍风气。大家闺秀有时也会参加讨论，清谈时常设有青绫幕帐，帐前是对谈的名士，而帐后便是参与清谈的女子，清谈间虽只闻其声而不见其面，却也有诸多妙言玄语所流传。《晋书》中便记载了这样一则趣事，那时谢道韫已经嫁给王羲之的儿子王凝之[1]，有一次小叔子王献之与友人清谈，眼见着落于下风，谢道蕴便端坐在青绫幕帐之后，缓缓开口，先对王献之的前言加以肯定，然而引经据典围绕主题进一步发挥，立意高远，条理清晰，令对谈之客甘拜下风，四两拨千斤地为王献之扳回一局。

说起古今才女的爱情与婚姻，似乎总有那么些遗憾。前有从"凤求凰，有艳淑女兮在闺房"到"朱弦断，明镜缺"的卓文君与司马相如，后有从"赌书消得泼茶香"到"花自飘零水自流"的李清照与赵明诚。几番比较之下，一代才女谢道韫与"全家上下最平凡"的王凝之的姻缘，似乎也没那么让人难以接受了。

《世说新语·贤媛》中载谢道韫回家省亲时，对谢安抱怨自

---

[1] 王凝之：字叔平，"书圣"王羲之次子，中书令王献之的兄长，东晋末年官员、将领。他善草书、隶书。曾任江州刺史、左将军、会稽内史等。深信五斗米道，孙恩攻打会稽时，不听手下进言，不设防备，祷告后相信己请得"鬼兵"助阵，遂为孙恩所杀。

己的丈夫：**"一门叔父，则有阿大、中郎；群从兄弟，则有封、胡、遏、末。不意天壤之中，乃有王郎！"** 大意为：天下风华谢家占了一半，从叔父到兄弟无一不是才华出众的风流人物，我竟不知天地之大还有王凝之这样的人！于是，后世之人总以此为凭为才女嫁了个庸才导致婚后不幸而哭叹。其实在笔者看来，比起发泄郁闷愁苦，谢道韫对自幼宠爱她的叔父谢安随口而说的这句话倒更像是新妇对夫君的娇嗔埋怨。对于谢道韫这般清醒的女子而言，早早便已知晓岁月静好、现世安稳才是乱世中最难求的。王凝之虽不如其父兄那般惹眼，也绝非庸碌之辈，毕竟出身于清贵之门，偶尔与妻子吟诗清谈作为意趣也是不成问题的。而谢道韫在这位不露锋芒的夫君的庇护下幸运地避开了慧极必伤、情深不寿的命运捉弄，虽没有轰轰烈烈的爱恨纠葛，却也算相濡以沫，平静安稳。

若岁月就此老去，从容走过一生，合该是这位魏晋才女最值得的结局。可惜天不遂人愿，这样一位传奇女子在晋书上的最后一次出场竟是那样惊心动魄。孙恩起义❶，危难当头，王凝之作为会稽守军以血成全了自己的名士理想。而会稽失守，夫君身死，谢道韫在家中听到这个噩耗时的反应却像极了叔父谢安。她面不改色、镇定自若地提起佩刀，带着家中尚可一战的内宅家眷冲出去，虽不足以抵挡那些训练有素的敌兵，也的确

---

❶ 孙恩起义：东晋末年孙恩、卢循领导的农民反晋斗争。这次起义是东晋南朝时期规模最大、历时最长的一次农民起义。起义军坚持斗争达十二年之久，转战长江中下游以南的广大地区。起义虽然失败了，却对东晋门阀士族造成了沉重的打击。

出其不意地让孙恩吃了一惊。谢道韫毫无惧色地抱着自己年仅三岁的外孙，对孙恩厉声怒喝："事在王门，何关他族！必其如此，宁先见杀。"如此名家风范，谢安若有知，定感欣慰。而对面的孙恩亦深深感佩其巾帼风骨，遂放过了余下之人。

孙恩之乱平息，新任太守刘柳素曾拜访谢道韫。后来，刘柳素亦常对他人说起："内史夫人风致高远，词理无滞，诚挚感人，一席谈论，受惠无穷。"经此一役，失去了丈夫与三个儿子的谢道韫寡居会稽，过起了大隐隐于市的日子，但她的才女之名早已传扬开来，会稽文风鼎盛，莘莘学子时常前来向谢道韫请教。彼时，已逾知命之年的谢才女，在堂上设一素色帘帷，端坐其中，侃侃而谈，虽未曾真正收徒，实质上她尽心尽力地做着传道、授业、解惑之师，受益的学子更是不计其数，都以师道侍奉她。

时光翩然轻擦，那青帐不时地被风吹起一角，不仅让人回想起曾经王谢世家鼎盛之时，三不五时便有一场清谈会，参与者无不是风采出众的世家名士，也曾有位少女坐于青帐之后，细致听着他人之言，偶尔也开口妙语几句，博得满堂喝彩。彼时一切未经风雨，正是最好、最安稳的一段年华。

肆　记言记事：尖锐又文雅的讽刺艺术

《世说新语》作为一部成书于魏晋时期的笔记体著作，其中所展现的丰润的魏晋风骨之内涵和鲜明的魏晋名士之风采，被诸多名家学者称颂至今。宋代学者刘应登曾以**"轻微简远，居然玄胜"**四字高度评价《世说新语》的艺术价值，就连鲁迅也曾说《世说新语》是**"一部名士的教科书"**。抛开《世说新语》独特且不可复制的写作背景与写作内容而言，其字里行间流露的风华气度仍能给读者以纯粹的美的享受，其编者临川王刘义庆也绝对称得上是一位语言艺术大师。

正所谓"增之一分则太长，减之一分则太短"，《世说新语》最主要的特点正是其高度凝练语言风格。作为笔记体小说，《世说新语》每则故事的篇幅并不长，长则不过两百，短则十字上下，文字精练通达，短短数句，其意已显，可称得上字字珠玑。

《世说新语·德行》中记载了管宁❶与华歆❷割席断交的故

---

❶ 管宁：(158—241年)，字幼安，魏北海郡朱虚（今山东临朐东南）人。汉末三国时期著名隐士。

❷ 华歆（xīn）：(157—232年)，字子鱼，平原郡高唐（今山东高唐县）人。汉末三国时期名士、重臣。

事,以对比的手法和精练的语言写出了二人的不同之处。如管宁和华歆一同在园中锄草之时,见地上有一块黄金,管宁"**挥锄与瓦石不异**",而华歆"**捉而掷去之力**"。管宁不为所动地挥动着锄头,视金石如瓦片,华歆则高兴地拾起黄金,然而看到管宁的神色后又立刻扔了它。短短十余字便将管宁与华歆面对黄金的不同态度与做法书写得淋漓尽致。此后,又写到两人坐在同一张席子上读书,一位达官贵人乘车经过,管宁"**读书如故**",而华歆"**废书出观**",二人德行高下立见。

此外,《世说新语》中还涌现了许多精炼优美、恰到好处的四字成语,如"绝壁天悬""应接不暇""傍若无人""普天同庆""进退唯谷""漱石枕流"等,可见其文字的锤炼已达到炉火纯青的地步。事件、人物、动词、名词皆可浓缩至短短四字间,言有尽而意无穷,如一株葱绿的植物,地面之上是柔嫩的枝条,地面之下是盘纸错节的根系,这便是中国成语所具有的凝练智慧,也是中国文学的独特美感。

而质朴自然则是《世说新语》的又一语言特色。魏晋南北朝时期,文人大多喜好华丽文风,可谓"俪采百字之偶,争价一句之奇",而《世说新语》挣脱了当时形式主义文风的桎梏,开创了与之相反的笔记体风格,不刻意为文,只遇有可写时随笔写就,如同笔记一般,自然而质朴。如《世说新语·方正》记录了陈太丘[1]和朋友相约出行的故事,见友人迟到,陈太丘不再等候直接离去,友人赶到后,问起在门外玩耍的陈元方

---

[1] 陈太丘:陈寔(104—187年),字仲躬(《后汉书》误作仲弓),颍川许县(今河南许昌)人。东汉时期官员、名士。

（陈太丘之子），元方如实回答。友人大怒，骂到"非人哉！与人期行，相委而去"。元方机智地回道："君与家君期日中，日中不至，则是无信。对子骂父，则是无礼。"这则故事随手写来，对话通俗易懂，没有堆砌辞藻，毫无斧凿之痕，自然而质朴。

明代学者胡应麟曾评价《世说新语》："读其语言，晋人面目气韵，恍忽生动。"这说的正是其语言的第三个特色——形象生动。如"文学"篇记载庾仲初作《扬都赋》，庾亮对其大为吹捧，说这是可以与《二京赋》《三都赋》媲美的作品，于是人人模仿。谢安读过后却如实评价道："此是屋下架屋耳。"以屋下架屋的比喻道尽此文处处模仿、内容乏味的弊端，生动而形象。

此外，《世说新语》还经常以几个动词连用的方式为叙述增色。如"雅量"篇记载名士褚季野坐着商船往东去，和几位送旧官的属吏到钱唐亭投宿。吴兴人沈充任钱唐县令，正好要送客过江，客人到来，亭吏就把褚季野赶到牛屋里。夜晚江水涨潮，沈县令一时无事，让人把牛屋里的人叫来，借着酒意打趣几句，又问起对方的名字。褚季野拱手回答道："河南褚季野。"县令听后后悔不迭，"于是大遽，不敢移公，便于牛屋下修刺诣公。更宰杀为馔，具于公前，鞭挞亭吏，欲以谢惭"。此处连用了"遽""诣""宰杀""鞭挞""谢"等动词，生动地写出了县令的惭愧、惶恐和不安，读来颇具趣味。

鲁迅曾在《中国小说史略》中，评价《世说新语》："记言则玄远冷峻，记行则高简瑰奇，下至缪惑，亦资一笑。"中国古典小说一直推崇为赏心而作，远实用而近娱乐，这一特点亦可以追溯至《世说新语》的成书时代。而其中"亦资一笑"指的便是《世说新语》风趣幽默的语言特点。"言语"篇记载了这样一则故事：十岁的孔融随父亲到了洛阳，拜访当时很有名望的李府君，因拜访者甚多，孔融自称是李府君的亲戚才被通报。李府君问起孔融是何亲戚，孔融机智地借春秋时关于孔子和老子的典故说明孔李两家世代交好，因此而得到了李府君的赞叹。太中大夫陈韪（wěi）听后却嘲讽道："小时了了，大未必佳。"孔融立刻伶牙俐齿地反驳道："想君小时，必当了了。"

此段对话读来节奏明快，颇具趣味，同时也体现了《世说新语》中对于人物个性化的着重塑造，这与魏晋时期的人物品评与审美意趣有很深的关系。魏晋时人无惧规矩，不受拘束，非常欣赏个性十足的人。《世说新语》中刻画的人物，无论男女、无论老幼，更无论品德高低或地位高下，都必定是十足的个性派，并且多有名言警句留世。"贤媛"篇中曾记载许允因多任用同乡而被调查，其妻阮氏劝诫道："明主可以理夺，难以情求。"大意是：对英明的君主只能以理博取其信任，切忌用情打动他。在许允被官差带走时，全家上下无不惊慌失措，只有许允之妻镇定自若地煮好一锅热粥，安坐一旁等丈夫回家，并说："勿忧，寻还。"而另一边，许允听了妻子的劝诫，说明举贤不避亲的道理，镇定对答，果然被官复原职。也正是由于《世说新语》对于语言个性化的斟酌，使人物形象立体丰富，也让我们看到了一位聪慧敏捷的魏晋女子。

《世说新语》中独具一格的语言艺术风格是魏晋时期文学风骨与美学艺术的集大成之作，对于后世也有着深刻的影响，不只是一部简单的笔记体小说，更是一个风雅时代的缩影，在历史发展过程中,凭借自身独特的成就吸引了大批学者的目光。在以上诸多语言特点中,无论是运用纯熟的对比手法,还是风趣幽默的对白刻画,都体现了十分文雅的讽刺艺术,可谓嬉笑怒骂,皆具风度。这既是对于魏晋风骨的一种别样传承与展示,也是后世小说的精神内核之一,以酸涩共存、棱角分明的气度笑谈人生,书写历史,文雅而不失尖锐,讽刺又兼具风骨,有着足以击穿时间的生命力,哪怕是到了千百年后的今天,读来依旧口齿噙香,余味辛辣,回味悠长。

下 篇
"世说"传世,"新语"新解

壹　德行·选篇赏读

有种"作秀"叫仲举礼贤

陈仲举[1]言为士则[2]，行为世范，登车揽辔[3]，有澄清天下之志。为豫章[4]太守，至，便问徐孺子[5]所在，欲先看之。主簿[6]白："群情欲府君[7]先入廨[8]。"陈曰："武王[9]式[10]商容[11]之间[12]，席不暇暖。吾之礼贤，有何不可？"

1　陈仲举：陈蕃，字仲举，汝南平舆（今属河南）人。东汉时期名臣。

2　言为士则：其言谈成为士子的准则。士：读书人。

3　登车揽辔（pèi）：坐上车子，拿起缰绳。此处指走马上任，做官。揽：拿住；辔：驾驭牲口的缰绳。

4　豫章：豫章郡，之所在今江西南昌。

5　徐孺子：徐稚，字孺子，豫章南昌（今属江西）人。相传豫章太守陈蕃极为敬重徐稚的人品，而特为其专设一榻，去则悬之。

6　主簿：官名，主管文书簿籍，是属官之首。

7　府君：对太守的称呼。

译　文

陈蕃的言谈是读书人的准则,一举一动都被当作世间之典范。每登车勒马,大有澄清天下、扫除奸佞(nìng)的志向。他做豫章太守,刚到任上,就问徐稚住在哪里,想先去探望他。主簿说:"大家都希望府君您先到官署去。"陈蕃说:"周武王攻下朝歌后,席位还没坐热就去商容的住所拜访致敬。我礼敬贤人,有什么不可以的呢?"

包子老师说

"德行"是指美好的道德品行。本篇所谈为当时社会的士族阶层认为值得学习、可为准则和可做规范的品行,从不同方面、不同角度反映了当时的道德观念,内容上较为丰富。

---

8 廨(xiè):官署。
9 武王:指西周武王姬发。
10 式:通"轼",指车前扶手横木。以手抚轼,是古人表示敬意的一种礼节。
11 商容:商末殷纣王时期主掌礼乐的大臣,著名贤者。
12 闾(lú):里门,巷口之门,此处指住所。

据《后汉书·列传·陈王列传》记载，本则的主人公陈蕃15岁时，其父叫他打扫庭院，以便招待宾客。陈蕃却坦然答道："大丈夫处世，当扫除天下，安事一室乎！"可见他在少年时期就胸怀大志，也能为自己的理想不懈奋斗。

陈蕃为人刚正不阿、不畏强权，时人称他为"不畏强御陈仲举"。他因为得罪了权贵，做了豫章太守。在豫章郡时，陈蕃"不接宾客，士民亦畏其高"，唯独对"南州高士"徐稚青眼有加，下车伊始，来不及入府邸，就要去拜访对方。这并非作秀，而是陈蕃实际行动和迫切心情的体现。此外，他还贡献了一个词语——"下榻"。据说他在府内为徐稚设置一榻，徐稚来就放下，徐稚离开就悬起，专为其一人使用，可见陈蕃对徐稚的礼遇之高。王勃在《滕王阁序》中写的"人杰地灵，徐孺下陈蕃之榻"，说的就是这件事。

能被陈蕃如此礼遇的徐稚当然也绝非浪得虚名。他淡泊名利被多次邀请出山，却始终不答应。他曾让人转告当时的士人领袖郭泰："大树将颠，非一绳所维，何为栖栖不遑宁处？"说明他拒绝出仕可不是为了抬高身价，以便获取更好的待遇，而是审时度势，对时局洞若观火后的明智选择。

其实，陈蕃与徐稚代表了两种人生态度：前者积极入世，有知其不可为而为之的决心；后者消极遁世，有不以物害心的定力。在当时的社会语境下，这两种人生态度难分高下。陈蕃之所以礼遇徐稚，既是礼贤下士，也是声气相投，属于各取所需，互相成全。

纵观陈蕃一生，他的确能坚持其"澄清天下"的抱负，不忘自己的初心。到了晚年,他与大将军窦武联手征辟名贤,起用被禁锢的党人,天下之士无不敬佩追随,期望重塑太平;他还谋诛宦官,可惜最终反为宦官所害,最终慷慨赴死,时年70多岁。《后汉书·列传·陈王列传》赞其道:"以遁世为非义,故屡退而不去;以仁心为己任,虽道远而弥厉。"陈蕃的风采让人敬佩。

有种"自贬"叫鄙吝复生

周子居[1]常云:"吾时月不见黄叔度[2],则鄙吝之心已复生矣!"

译　文

东汉时的周乘常说:"我只要一段时间见不到黄宪,那么一切庸俗鄙陋的念头就会重新萌现。"

1 周子居:周乘,字子居,东汉末汝南安城(今河南正阳东北)人。曾为泰山太守,在职期间品行端正,一心为民,是一位为人称道的地方长官;亦是上一则陈蕃之好友,陈蕃曾赞其:"若周子居者,真治国之器。譬诸宝剑,则世之干将。"

2 黄叔度:黄宪,字叔度,号征君,汝南慎阳(今河南正阳北)人,东汉著名贤士。《后汉书·黄宪传》载,其世代贫贱,父亲是牛医,也即兽医。其以德行著称,时人誉其为"师范",为"颜子(颜回)"。

 包子老师说

　　本则看似极简，其实容量不小。据史书载，周乘是位不错的官员，做了不少利民之事。本则体现的周乘这种主动反省和自我检视的"自贬"行为，值得肯定。曾子曰："吾日三省吾身，为人谋而不忠乎？与朋友交而不信乎？传不习乎？"大意是，我每天多次反省自身：替人家谋虑是否不够尽心？和朋友交往是否不够诚信？老师传授的知识是否复习了呢？可见，人要保持自省，才能不断进步。

　　此外，周乘的交友态度和做派值得肯定。通过本则，可以看出周乘对黄宪的真诚赞美和尊敬，这是发自内心的情感，绝无嫉妒之心，更多的是要与之看齐和对标，可谓惺惺相惜。可以说，朋友如镜，借身边的良友可以比照检查自身之过失。对于周乘而言，黄宪就是这样一面"明镜"，不但可以照出自己的瑕疵，还可以矫正偏差，时时提醒自己。换言之，与黄宪相见，听其金玉良言，就好像找对了心理医生，可以洞见真实的自己，剔除心灵上的"鄙吝"，振奋精神，激发自身的正能量，使人臻（zhēn）于至善。

有种"气量"叫叔度陂湖

郭林宗[1]至汝南,造[2]袁奉高[3],车不停轨[4],鸾[5]不辍[6]轭[7];诣[8]黄叔度,乃弥日[9]信宿[10]。人问其故,林宗曰:"叔度汪汪[11]如万顷之陂[12],澄之不清,扰之不浊,其器深广,难测量也。"

1 郭林宗:郭泰,字林宗,太原休介(今属山西)人。东汉时期名士,与许劭并称"许郭",被誉为"介休三贤"之一。

2 造:到……去,造访。

3 袁奉高:袁阆(làng),字奉高,东汉慎阳(今河南正阳北)人,汉末人士。

4 轨:车轴的两头,此处指车轮。

5 鸾(luán):古时装饰在车上的铃子。

6 辍(chuò):停止。

7 轭(è):架在牲口脖子上的曲木。

8 诣:拜访。

9 弥日:终日,整天。

10 信宿:连宿两夜。

11 汪汪:形容水又宽又深。

12 陂(bēi):池,湖泊。

译 文

郭泰到了汝南郡,拜访袁阆,车子没有停稳,车铃声还在震响,就告辞了;拜访黄宪,却逗留整天,接连住了两夜。有人问他原因,郭泰说:"黄宪先生犹如万顷广阔的湖水,不会因澄清它而显清澈,也不会因搅扰它而显得混浊。他的气度很宽广,实在难以测量。"

包子老师说

在郭泰的别传中曾载,薛恭祖就曾问过郭泰这件区别对待的事。郭泰表达的意思是,袁阆终究是一条小溪,虽然清澈,却稍显浅薄。由此,我们或许可认为郭泰"势利",但他"势利"的是黄宪的学识、才华以及德操,这种"势利"倒也纯真可爱。

说到底,黄宪自身所带的气势恢宏的君子风格,正是令周乘、郭泰等人深深折服的主要原因。他们把黄宪视若"人镜",自觉将其作为榜样,以便除去自身心灵上的杂质,以便像他那样洁身立世、清白做人。魏晋以后,不少文人墨客慕黄宪的高名,不断吟诗作词,歌颂他的品德。唐代书法家颜真卿于建中四年(783年)拜谒黄宪墓,并亲自书写了"汉黄叔度墓"五字碑文,其碑文历近两千载,依旧光彩照人。唐代黄滔在《祭崔补阙道融文》中称:"多君于士元廊庙,待我以叔度陂湖。""叔度陂湖"遂成为赞美人格雅量的一种代称和象征。

有种"荣耀"叫身登龙门

李元礼[1]风格秀整[2],高自标持[3],欲以天下名教[4]是非为己任。后进之士有升其堂者,皆以为登龙门[5]。

译 文

李膺风度高雅、品德高尚,自视甚高,常以为天下正定名分判断是非为己任。后辈的读书人能够进入李膺家的厅堂,受到他的接待,就认为自己登龙门了。

1 李元礼:李膺(yīng),字元礼,颍(yǐng)川襄城(今属河南)人。东汉时期名士、官员,有"天下模楷"之称。
2 风格秀整:风度出众,品性端庄。
3 高自标持:自视甚高,自负。
4 名教:以儒家所主张的正名定分为准则的礼教。
5 登龙门:喻指抬高声望。

包子老师说

《资治通鉴·汉纪四十七》载:"时朝廷日乱,纲纪颓(tuí)弛,而膺独特风裁,以声名自高,士有被其容接者,名为登龙门云。"可以说,李膺代表的是汉朝最后的风骨,担得起如此评价。

李膺广罗人才、选贤任能,是青年人的伯乐。前文提到的郭泰,在还未被世人所识之时,被人引荐给李膺。李膺与之交谈后,发现他是个不可多得的才子,对其大加赞赏。后来两人交情愈加深厚,一同回乡时,李膺唯独与郭泰"同舟共济";另外还有李膺同乡聂季宝,出身低微,深感自卑,自觉无颜面见李膺,有人将他的情况告诉李膺,李膺当即主动与之会面,且断言:"此人将来会成为国家的栋梁之材。"后来果如李膺所料。不光聂季宝得到李膺的赏识,顺利入仕,还有不少人被李膺所赏识,便如同鲤鱼登了龙门。

李膺

有种"纠结"叫难兄难弟

陈元方子长文[1]，有英才[2]，与季方子孝先[3]各论其父功德，争之不能决。咨[4]于太丘，太丘曰："元方难为[5]兄，季方难为弟。"

译 文

陈元方之子陈长文，有杰出的才华。他和陈季方之子陈孝先各自夸耀自己父亲的功德，彼此争执不下，就去请教祖父陈寔。陈寔说道："元方难为兄，季方难为弟，二人功德相当，难分伯仲。"

1 陈元方：陈纪。长文：陈群。
2 英才：杰出的才华。
3 季方：陈谌。孝先：陈忠，字孝先，陈谌之子。
4 咨：询问。
5 难为：难做。

 包子老师说

　　成语"难兄难弟"有两个完全不同的读音和意思，体现了汉语言的博大精深。当"难"都读四声的时候，"难兄难弟"是指曾共过患难之人、彼此处于同样困难境地的人。当"难"都读二声的时候，"难兄难弟"用来形容兄弟都很好，难分伯仲。

　　我们通常可以从一个人的财富、权势、地位、名誉等方面，来评价其高低优劣，这些标准都是有形的，是可以估量的。然而道德是一个无形、动态、复杂的概念，很难清晰地分出到底谁高谁低。特别是具体到一个人身上，显露在外的、可以直观衡量的成分是比较少的，更多的是看不到的内在因素，比如主观能动性、出发点、人生观、价值观等，这些因素综合影响着其人的道德品行。对于这些内在的抽象因素，确实是没有固定统一的标准可以评判的。陈寔正是深谙此理，才会有"元方难为兄，季方难为弟"的纠结。此句既显示了他对道德评判的高明见解，也有对两个儿子的认可、满意之情，一语双关。

有种"不朽"叫舍生取义

荀巨伯[1]远看友人疾,值胡贼[2]攻郡,友人语巨伯曰:"吾今死矣,子[3]可去!"巨伯曰:"远来相视,子令吾去,败义以求生,岂荀巨伯所行邪!"贼既至,谓巨伯曰:"大军至,一郡尽空,汝何男子,而敢独止?"巨伯曰:"友人有疾,不忍委[4]之,宁以我身代友人命。"贼相谓曰:"我辈无义之人,而入有义之国[5]!"遂班军[6]而还,一郡并获全。

译 文

荀巨伯到很远的地方看望生病的友人,正好碰上外族强盗攻打郡城,朋友对巨伯说:"我眼看活不成了,您快走吧!"巨伯说:"我远道来看您,您却催我走;损害道义来求活命,这难道是我荀巨伯干的事吗!"强盗进了郡城,对巨伯说:"大军到了,全城的人都走空了,你是什么样的男子汉,竟敢一个人留下

1 荀巨伯:东汉人,因重视友谊而闻名。
2 胡贼:外族强盗,一般指进犯的西北少数民族。
3 子:对对方的尊称,相当于"您"。
4 委:抛弃。
5 国:地方。
6 班军:班师,指出征的军队调回去。

来?"巨伯说:"朋友有病,我不忍心扔下他不管,宁愿我自己代朋友去死。"强盗听了,互相议论说:"我们这些不讲道义的人,却侵入了有道之邦!"于是就把军队撤回去,全城也因此得以保全。

 **包子老师说**

本则中,荀巨伯表现出来的情义和道义闪耀着人性的光辉。试想,朋友病重,城池已破,危难之时选择逃命以求自保,也无可厚非,这是人的本能。但荀巨伯却坚定地选择留下来,足见他对这份友情的重视以及他重情重义的品性,这正是让人们感动的地方:锦上添花虽然很好,但雪中送炭更为可贵。顺境中为朋友做些什么并不难,难的是在生死关头依然选择患难与共。

荀巨伯能够做到这一点,凭借的不仅仅是情义,更多的是心中的道义,这才是真正的君子之交。道义,是为了做正确的事情,而不惜承担风险,是"明知不可为而为之",是一种可以牺牲自我、成全他人的超凡气度,是真与诚的体现。这种气度不但救了朋友的性命,也引发了敌军深刻反思,自惭而退,可见这份道义强大的感召力。这也正是荀巨伯的不朽之处。

有种"决裂"叫割席分坐

管宁、华歆共园中锄菜,见地有片金,管挥锄与瓦石不异,华捉[1]而掷[2]去之。又尝同席[3]读书,有乘轩冕[4]过门者,宁读如故,歆废[5]书出看。宁割席分坐,曰:"子非吾友也!"

译 文

管宁和华歆一同在菜园里刨地种菜,看见地上有一小片金子,管宁照旧挥动锄头,把金子看作瓦石一样;华歆却把金子捡起来再扔出去。还有一次,两人同坐一张席子上读书,有达官显贵坐车从门口经过,管宁照旧读书,华歆却放下书本跑出去看。管宁就割开席子,与华歆分开坐,说道:"你不是我的朋友!"

---

1 捉:握,拿。
2 掷:扔,抛。
3 席:坐席,古人的坐具。
4 轩冕(miǎn):古时卿大夫的车服。轩,古时一种前顶较高而有帷幕的车子,供大夫以上官员乘坐。冕,古时帝王诸侯及卿大夫所戴礼帽。此处"轩冕"只取"轩"义,为偏义复词。
5 废:放弃,放下。

包子老师说

这正是道不同,不相为谋。管宁和华歆共同锄地,对"地有片金"的反应是第一次的"道不同"。管宁视片金与瓦石无异,说明其人纯真自然,对不属于自己的财物毫不动心,有名士风度;华歆却"捉而掷去之"。对此,明代文学家凌濛初点评:"既捉而掷之,便是华歆一生小样子。"这连续的一"捉"一"掷",活化了华歆的形象,更彰显了其心理活动。"捉"表示华歆对金钱充满热爱,很难做到不动心;"掷"则刻意表现自己似乎也是视金钱如粪土。这一点成为二人友谊决裂的决定性因子。

二人共同读书,对"有乘轩冕过门者"的反应是第二次的"道不同"。管宁始终坐得住,守得住内心,"宁读如故";华歆却"废书出看",再也按捺不住内心对权势的崇拜。管宁对华歆的举动颇不以为然,终于割席断交,彻底印证了"道不同,不相为谋"。

华歆和管宁代表的是不同的人生态度,其实我们现在来看,也很难分出对错。华歆一生顺应时势,追求权势,最终位极人臣,达到了目的;管宁则教书育人,恬然自得,不问世事,虽多次被征辟,却始终不肯出来做官,守住了初心。归根结底,不同的追求和人生态度,造就了不一样的人生道路。

有种"跑偏"叫形骸之外

王朗[1]每以识度[2]推华歆。歆蜡日[3]尝集子侄燕饮[4],王亦学之。有人向张华[5]说此事,张曰:"王之学华,皆是形骸之外[6],去之所以更远。"

译 文

王朗常常推崇华歆的见识和气度。华歆曾在年终祭祀百神之日把子侄聚到一处宴饮,王朗也学他的做法。有人向张华提及此事,张华说:"王朗学华歆,都是学些表面的东西,因而距离华歆越来越远。"

1 王朗:本名王严,字景兴。魏郯(tán,今山东郯城)人。汉末至三国曹魏时期的重臣、经学家。
2 识度:识见、气度。
3 蜡(zhà)日:古时年终祭祀百神之日。蜡,古时十二月里合祭众神之称。
4 燕饮:宴饮。燕,通"宴"。
5 张华:字茂先,范阳方城(今河北固安南)人。西晋时期政治家、文学家、藏书家,西汉留侯张良的十六世孙。工于诗赋,辞藻华丽,又雅爱书籍,精于目录学,编纂有中国第一部博物学著作《博物志》。
6 形骸之外:指表面的东西。形骸:指人的身体。

 包子老师说

  王朗"见贤思齐",主动向贤德之人学习的态度值得肯定。正所谓"三人行,必有我师",每个人都有值得我们学习的地方,要保持谦虚之心,不能自以为是,裹足不前。但是,学习不能仅仅停留在模仿阶段,而要知道其做法的初衷,学到精髓所在。否则就会越学越远、越学越偏,东施效颦,所学"皆是形骸之外"。需要注意的是,《世说新语》中的有些"名士做派",的确有哗众取宠的卖弄之嫌,作者对此是持批评态度的。

有种"犹豫"叫急不相弃

华歆、王朗俱乘船避难[1],有一人欲依附[2],歆辄[3]难之[4]。朗曰:"幸尚宽,何为不可?"后贼追至,王欲舍所携人。歆曰:"本所以疑[5],正为此耳。既已纳其自托[6],宁[7]可以急相弃邪?"遂携拯如初。世以此定华、王之优劣。

译 文

华歆、王朗一同乘船避难,有个人想搭他们的船,华歆马上对这一要求表示为难。王朗说:"好在船还宽,为什么不行呢?"后来强盗追来了,王朗就想甩掉那个搭船的人。华歆说:"我当初犹豫,就是因为这一点呀。已经答应了他的请求,怎么可以因为情况紧迫就抛弃他呢?"仍旧带着那个人。世人就根据这件事来判定华歆和王朗的优劣。

---

1 避难(nàn):此处指躲避汉魏之交的动乱。
2 依附:跟随。
3 辄:立即,就。
4 难之:即"以之为难","难"作动词,拒绝之意。
5 疑:迟疑,犹豫不决。
6 纳其自托:接受了他的托身请求,指同意他搭船。
7 宁(nìng):难道。

包子老师说

《世说新语》对人物的刻画是立体和多方面的。在"割席分坐"的故事中,华歆展现了自己对金钱的热爱、对权势的倾心,属于管宁的"对立面",其境界似乎不高;但本则中的华歆在危难之际依旧遵守承诺,不肯背信弃义,又是始终如一的君子形象。孟子云:"观水有术,必观其澜。"观察和品评人物,要关注大体,不必拘泥小节。

面对危难以及想要依附于己的逃难者,华歆考虑到了后果,因而犹豫不决,是人们面对重大问题之时的正常反应,属于人之常情。相比之下,王朗就没考虑到各种复杂的情况,顺口就答应了。等到贼人追上来,他临时想要变卦,华歆却能"重然诺,轻生死"。二人的格局高下立见。

当然,王朗也并非一无是处。他的这种热心肠、肯帮人、会反悔的做法,倒更有人情味,更像是芸芸众生中的某个人。大多数时候,助人为乐就是举手之劳,没什么危险系数,何乐而不为?如果大家都学华歆瞻前顾后的,很可能出现"见善小而不为,虑后患而袖手"的情况,反而会抑制人性的光辉。也就是说,作为普通人,我们不必追求事事仁至义尽,能把举手之劳的事情做好,无愧于心也就很不错了。

有种"孝顺"叫王祥事母

王祥[1]事[2]后母朱夫人甚谨[3]。家有一李树,结子殊好[4],母恒使守[5]之。时风雨忽至,祥抱树而泣。祥尝在别床眠,母自往暗斫[6]之;值祥私起[7],空斫得被。既还,知母憾之不已,因跪前请死。母于是感悟[8],爱之如己子。

译 文

王祥侍奉后母朱夫人非常恭敬。他家有一棵李树,结的李子特别好,后母命令他看管。有时风雨忽然来袭,王祥就抱着树哭泣。一次,王祥在另一张床上睡觉,后母暗自拿刀去砍他;正好赶上王祥起床出去小便,只砍到空被子。王祥回来后,知道后母很恨他,便跪在她面前请求处死自己。后母因此受到感动而醒悟过来,从此对王祥视若己出般疼爱。

---

1 王祥:字休徵,琅琊临沂(今属山东)人。魏晋时人,官至太保,晋爵为公。因奉后母至孝,为有名之孝子。

2 事:侍奉。

3 谨:恭敬。

4 好:美好,优良。

5 守:守护,此处指防止风雨鸟雀糟蹋。

6 暗斫(zhuó):偷偷地砍杀。

7 私起:因小便而起床。

8 感悟:感动醒悟。

 包子老师说

西晋建立之后,晋武帝司马炎拜王祥为太保,并高度评价他"德行高尚,是朕赖以兴隆政教的元老"。王祥去世后,司马炎非常痛心,下诏要"为他哭一场"。可见,王祥是兼具德行、能力之人。他以至纯之性、至孝之心,对待家国,所以为后人所景仰。

回到本则故事,大致分为三个层次:第一层是王祥"抱树而泣";第二层是王祥"跪前请死";第三层是继母"感悟","爱之如己子"。读懂文本后,再看一下其中的深意:

其一,我们可以认识和领会到传统意义上的"孝"。人们常说"孝顺",孝的含义在很大程度上有"顺"的意思,就是说,孝不是交易,更不是交换,孝是无条件的。"百善孝为先",孝顺长辈是中华传统美德,王祥这种以德报怨、尽自己最大努力来尽孝侍奉长辈的做法,至今仍有可取之处。当然,这种做法不乏愚孝的成分,需要把握好度。

其二,我们也可以得到一些做人做事的启发。爱是相互的,要想别人善待自己,那么先要善待别人。继母就是被王祥的诚意所感动,才有将其视为己出的举动。这也说明,做事要有恒心,持续努力,才有可能成功。

有种"谨慎"叫未尝臧否

晋文王[1]称阮嗣宗[2]至慎,每与之言,言皆玄远[3],未尝臧否[4]人物。

译 文

晋文王司马昭称赞阮籍为人最为谨慎小心,每逢与之谈话,其言辞都很奥妙深远,从未对他人品头论足。

1 晋文王:司马昭,字子上,魏河内温县(今属河南)人,西晋王朝的奠基人之一。咸熙二年(265年),司马昭病逝,享年五十五岁,葬于崇阳陵。数月后,其子司马炎代魏称帝,建立晋朝,追尊司马昭为皇帝,谥号文帝,庙号太祖。

2 阮嗣宗:阮籍。

3 玄远:奥妙深远。

4 臧否(zāng pǐ):褒贬,评论。

 包子老师说

事实上，阮籍对司马氏的统治始终持有消极抵抗的态度。在魏晋易代之际的险恶环境中，他不得不以醉酒的方式、"至慎"的态度来避免祸事上身。清人方苞指出："评论时事，臧否人物，最易遭尤而贾祸。有识者定当以嗣宗为法。"阮籍几乎成了谨言慎行的表率。

南北朝的颜延之还写过一首《阮步兵》，其中有句："物故不可论，途穷能无恸。"这就解释了阮籍为何口不臧否人物，对于时事不加评论的另一层原因，因为时事已到了不可评论的地步。然而，他的感愤与不满却在穷途而哭的事实中表现出来。据《三国志·魏志·王粲传》注中引《魏氏春秋》，说阮籍"时率意独驾，不由径路，车迹所穷，辄恸哭而反"。这样的记载让我们感同身受阮籍的无奈和悲哀，借此也窥视到其人格操守和处世态度。

有种"哀伤"叫王戎死孝

王戎、和峤[1]同时遭大丧[2],俱以孝称。王鸡骨支床[3],和哭泣备礼[4]。武帝[5]谓刘仲雄[6]曰:"卿数[7]省[8]王、和不[9]?闻和哀苦过礼,使人忧之。"仲雄曰:"和峤虽备礼,神气不损;王戎虽不备礼,而哀毁骨立。臣以和峤生孝[10],王戎死孝[11]。陛下不应忧峤,而应忧戎。"

译 文

王戎、和峤同时遭遇父母丧亡,二人都以孝著称。此时,王戎过于哀痛,身体消瘦如鸡骨,几乎支撑不住;和峤则哀号哭泣,恪守礼制。晋武帝对刘毅说:"你常去看望王戎、和峤吗?

[1] 和峤(qiáo):字长舆,晋武帝时为中书令。
[2] 大丧:父母之丧。
[3] 鸡骨支床:骨瘦如柴,意同下文的"哀毁骨立"。
[4] 备礼:礼数完备周到。
[5] 武帝:晋武帝司马炎,字安世,河内温县(今属河南)人。
[6] 刘仲雄:刘毅,字仲雄,东莱掖(今山东莱州)人。魏晋时期名臣,少有孝行,节操清正,喜欢品评人物。
[7] 数(shuò):多次,经常。
[8] 省(xǐng):探望。
[9] 不:同"否"。
[10] 生孝:指遵守丧礼而能注意不伤身体的孝行。
[11] 死孝:对父母尽哀悼之情而至于死的孝行。

我听说和峤悲伤过度,这让人很担心。"刘毅回答道:"和峤虽然礼数周全,但精神元气并没有受损;王戎虽然没拘守礼法,却因为哀伤过度已经形销骨立了。所以我认为和峤是尽孝道而不毁生,王戎却是以死去尽孝道。陛下您不必去担心和峤,而应该去为王戎担心呀。"

包子老师说

鲁迅在《魏晋风度及文章与药及酒之关系》中说:"魏晋,是以孝治天下的,不孝,故不能不杀。为什么要以孝治天下呢?因为天位从禅让,即巧取豪夺而来,若主张以忠治天下,他们的立脚点便不稳,办事便棘手,立论也难了,所以一定要以孝治天下。"当时的社会对孝看得很重,都重视孝道,因而才会有这场关于生孝与死孝的谈话。

真名士,自风流。从礼数上来看,和峤已经做到极致,有用所谓孝道获取名声、仕途晋升的嫌疑;而王戎对丧葬的礼数几乎全然弃之不顾。从情感投入上来看,王戎并未遵循当时丧葬的礼数,却是真心实意的,其精神上的巨大伤痛已无法用行动来表现,因而超出了礼数的范畴,很有名士的做派,至情至性。其实,不符合既定形式的行为并不意味着缺乏真情实意;符合既定形式的行为,也不一定就代表真情实意。

本则故事中,刘毅的观察力和处事方法颇值得学习借鉴。这也启发我们,遇事要仔细观察,善于思考,切忌盲从;要学会根据相关现象做出判断,进而看到表象背后的真相。

有种"乞讨"叫天之道也

梁王[1]、赵王[2],国之近属[3],贵重当时。裴令公[4]岁请二国租钱[5]数百万,以恤[6]中表[7]之贫者。或[8]讥之曰:"何以乞物行惠?"裴曰:"损有余,补不足,天之道[9]也。"

译　文

梁王、赵王都是皇室近亲,贵极一时。中书令裴楷请求这两个封国每年拨出几百万钱,来周济亲戚中的贫寒者。有人讥讽他说:"为什么要向人乞讨钱财来施行恩惠?"裴楷说道:"减损有余的补助欠缺的,这是天理。"

---

1 梁王:司马肜,字子徽,司马懿之子。司马炎称帝后,封为梁王。
2 赵王:司马伦,字子彝(yí),司马懿之子。晋武帝封其为赵王。
3 属:近亲。
4 裴令公:裴楷,字书则,河东闻喜(今属山西)人。三国曹魏及西晋时期大臣、名士,出身著名世族"河东裴氏"。
5 二国租钱:梁、赵两地的租税钱。
6 恤:周济。
7 中表:古时称父系血统的亲戚为"内",称父系血统之外的亲戚为"外";外为表,内为中,合而称为"中表"。
8 或:有人。
9 天之道:自然法则,天理。

 包子老师说

读本则故事,有种劫富济贫、替天行道的感觉。在为中书令裴楷所为点赞的同时,我们也会从"损有徐,补不足,天之道也"中得到一些启示。

《道德经》云:"天之道,损有余而补不足;人之道则不然,损不足以奉有余"由此可见,一切事物唯有建立在平衡的基础上才能有发展的可能,一旦有一方走向极端,就会导致内在的冲突和矛盾爆发,事物就会发生变化。裴楷的回应其实就指出了这样一个玄妙的自然法则。这也与我们秉持的中庸之道有异曲同工之妙。同时,裴楷敢于做出这种看起来像是"乞讨"的行为,除了因为他深谙平衡这一自然法则外,更重要的是,他具有正义的德行。据载,其人并不爱财,生活中也不追逐豪奢的消费,而是过着俭朴的生活,洁身自好。那么他想帮助别人怎么办?当他跟权贵打交道时,总会时不时向对方索要衣服、车马之类的财物,过后再施舍给穷亲戚。他这么做没有个人目的,仅出于他的正义和理想,他敢于从权贵嘴里"夺食",敢于从权贵身上"薅羊毛",这行为本身就很正直。

有种"劝诫"叫名教乐地

王平子[1]、胡毋彦国[2]诸人,皆以任放[3]为达[4],或有裸体者。乐广[5]笑曰:"名教中自有乐地,何为乃尔[6]也!"

译 文

王澄、胡毋辅之等人都以放荡不羁为旷达,甚至还有人赤身露体。乐广笑他们说:"名教之中自有令人快意的境地,为什么偏要这样做呢!"

---

1 王平子:王澄,字平子,曾任荆州刺史。
2 胡毋(wú)彦国:胡毋辅之,字彦国,曾任湘州刺史。
3 任放:任性放纵,不拘礼法。
4 达:通晓,明白。
5 乐广:字彦辅,南阳淯(yù)阳(今河南南阳东南)人。西晋时期名士,历任河南尹、尚书令,名望很高,说话得体,能宽容人。后文乐令亦指乐广。
6 乃尔:如此。

 包子老师说

在本则中,乐广的话值得好好体味,实际上是要为在滚滚红尘中挣扎的人们找到安身立命的理论依据,将精神生活与世俗生活有机统一:既然名教中就有自然的乐趣,又何必隐逸山林,甘老林泉?这有点像人们常说的"大隐隐于世"。换言之,闲逸潇洒的生活不一定要到林泉野间去寻找,更高层次的隐逸生活正是于都市的繁华中守护心灵净土,独善其身,找到一份灵魂深处的宁静。

有种"善果"叫顾荣施炙

顾荣[1]在洛阳,尝应人请,觉行炙人[2]有欲炙之色,因[3]辍己[4]施焉。同坐嗤[5]之。荣曰:"岂有终日执之,而不知其味者乎!"后遭乱[6]渡江,每经危急,常有一人左右[7]己。问其所以[8],乃受炙人也。

译 文

顾荣在洛阳的时候,一次应邀赴宴,发现上菜的仆役有想吃烤肉的神情,就把自己的那份让给了他。同座者都笑话顾荣。顾荣说:"哪有成天端着烤肉而不知肉味这种道理呢!"后来遭遇八王之乱南渡长江,每逢危急之时,常有一个人在身边护卫自己。便问他为什么这样做,原来就是当初得到烤肉的那个人。

1 顾荣:字彦先,吴郡吴(今江苏苏州)人。西晋末年大臣、名士,拥护司马氏政权南渡的江南士族领袖。
2 行炙人:端送烤肉的仆役。炙,烤肉。
3 因:于是,就。
4 辍己:自己停下来不吃,让出自己的那一份。
5 嗤(chī):讥笑。
6 乱:指八王之乱。
7 左右:帮助。
8 所以:缘故。

 包子老师说

本则故事中,顾荣的心思细密,注重观察细节,有推己及人之心,其大方施炙之举、不惧笑话之态,确有名士风度;而吃了顾荣那份烤肉的下人,也能有知恩图报之为,虽不是名士,倒也有名士的做派。

这个故事很令人感慨。从顾荣的角度看,其能为别人着想,有换位思考的精神,这就很值得称赞。从后面的情节发展看,多做一点好事,多关心一下别人,或许就会在不经意间收到"善果"。从仆役的角度看,要懂得滴水之恩当以涌泉相报的道理,更付诸行动。就好比韩信"一饭千金"的典故,说的是同一个道理:受人恩惠,不能忘记。即便恩惠很微小,但在艰难之际,点滴帮助无异于雪中送炭;待到有能力时,应该好好报答施惠者才对。

有种"清廉"叫周镇漏船

周镇[1]罢临川郡还都,未及上住[2],泊青溪渚[3],王丞相[4]往看之。时夏月,暴雨卒[5]至,舫[6]至狭小,而又大漏,殆[7]无复坐处。王曰:"胡威[8]之清,何以过此!"即启用[9]为吴兴郡。

译 文

周镇被罢免临川郡太守的官职后,返回都城建康时没来得及上岸居住,船停泊在青溪渚。王导去看望他。当时正值夏天,突然下起暴雨来,船很狭窄,且漏雨厉害,几乎没有可坐的地方。王导说:"即便是胡威那样的清廉,又怎能超过周镇这样的情况呢!"立刻举用周镇做吴兴郡太守。

1 周镇:字康时,陈留尉氏(今属河南)人。清静寡欲,有政绩。官临川、吴兴郡守。

2 上住:上岸住宿。

3 渚:水中的小块陆地。

4 王丞相:王导,字茂弘,琅琊临沂(今属山东)人。出身于魏晋名门琅邪王氏。

5 卒(cù):通"猝",突然。

6 舫(fǎng):船。

7 殆(dài):几乎。

8 胡威:字伯武,一名貔(pí),淮南寿春(今安徽寿州)人。魏末咸熙中官至徐州刺史,晋武帝时历任南乡侯、安丰太守,官至前将军、青州刺史。勤于政术,风化大行。

9 启用:荐举任用。

包子老师说

本则中,王导用"胡威之清"来夸赞周镇,并且给了他更好的职位,让他继续发挥作用。正是这种清廉的作风,给了周镇更好的机会,给了他丰厚的回报。

不妨说说胡威父子的故事,更能证明清廉的传承和发扬。胡威之父胡质,也是当时的名臣。胡威在探望父亲之后,要告辞之前,胡质手下的都督也告假要回老家,实际却是准备了盘缠等,假装与胡威巧遇,并一路做伴,对胡威照顾有加。时间久了,胡威就起了疑心,套话这位都督,才知道他是想以此来讨好父亲胡质。胡威便取出父亲赠的绢给都督,说明谢意,分开道别。后来,胡威托他人带信,把这件事情告诉了父亲胡质。胡质知道后,就命人打了那个都督一百杖,革除了他的官职。胡氏父子廉洁谨慎到了此种地步,无怪乎清名远播、广为人知。

后来胡威入朝,晋武帝跟他谈及往事,夸赞其父胡质廉洁,晋武帝问道:"你和你父亲谁更廉洁?"胡威答道:"臣不如父。"晋武帝又问:"你父亲为什么胜于你?"又答:"臣父廉洁恐怕人们知道,臣却唯恐人们不知,所以臣差得很远。"武帝认为胡威的回答既坦率又委婉,既谦虚又合理,非对此常满意。

此外,唐代李翰著《蒙求》中还有"张堪折辕,周镇漏船"的句子。张堪折辕,指的是东汉初张堪任蜀郡太守,克己奉公,离任时乘折辕之车(就是车辕断了都没舍得换,将就着用)的故事。后世以此作为称颂廉吏的典故。

有种"旷达"叫不卖的卢

庾公[1]乘马有的卢[2],或语令卖去。庾云:"卖之必有买者,即复害其主,宁可[3]不安己而移于他人哉?昔孙叔敖[4]杀两头蛇以为后人,古之美谈。效之,不亦达乎?"

译 文

庾亮驾车的马中有一匹的卢马,有人劝他把马卖掉。庾亮说:"卖它,必定有买主,那就是害了那个买主,怎么可以因为对自己不利就转嫁他人呢?从前孙叔敖打死两头蛇,以保护后面来的人,这件事是古人们津津乐道的。我学习他,不也是很通晓事理嘛!"

1 庾公:庾亮,字元规,颍川鄢(yān)陵(今属河南)人。东晋时期名臣、名士,先后任丞相参军、中书郎等职,因其姿容俊美、善谈玄理,且举止严肃遵礼,颇受器重。

2 的(dì)卢:额部有白色斑点的马,传说为凶马,会给乘坐者带来厄运。

3 宁可:怎么能,岂可。

4 孙叔敖:芈(mǐ)姓,蔿(wěi)氏,名敖,字孙叔,期思(今河南淮滨)人,春秋时楚国令尹,著名政治家、水利家,一生政绩卓著,而尤以治水最为世人所称道。

 包子老师说

本则主人公庾亮,人品方正、德行高尚、心胸阔达。政治上,他主张北伐,恢复故国,无奈朝中无人响应,最后郁郁而终。这则"不卖的卢"的故事恰好展现了庾亮旷达的心胸。

的卢是古时人们对额上有白色斑点的马的称呼。古人认为此马不祥,会给主人带来灾难,本则就取此意。但在《三国演义》中,却有刘备凭借的卢马脱险的桥段,被传颂为义马救主。辛弃疾在《破阵子·为陈同甫赋壮词以寄之》中有"马作的卢飞快,弓如霹雳弦惊"的句子,一般也以"的卢马"形容快马。

据贾谊所著《新书》载,孙叔敖幼年曾在路上见过一条两头蛇,据说见到此蛇者会死,他担心后来有人再遇到,就把蛇打死后又埋了,然后回家哭着对母亲讲述了事情的经过,担心自己不久就要没命了。母亲却很欣慰地说:"你心肠好,一定会好心得好报,不用担心。"事实证明,打死这条蛇,倒也真没什么事儿,但孙叔敖的这种品德却被广为赞颂。

本则的出色之处在于传神的语言描写,庾亮的行为做派似乎历历在目,栩栩如生,既表达了"己所不欲,勿施于人"的仁爱思想;也借孙叔敖杀两头蛇的故事,说明为他人消除灾难而自己宁愿涉险的行为是很旷达的,是值得称赞和发扬的。

有种"自责"叫阮裕焚车

阮光禄¹在剡²,曾有好车,借者无不皆给。有人葬母,意欲借而不敢言。阮后闻之,叹曰:"吾有车,而使人不敢借,何以车为!"遂焚之。

译 文

请辞光禄大夫职位的阮裕在退居剡县的时候,曾有过一辆很好的车子,不管谁向他借,没有不借的。有个人要葬母亲,心里想借车,可不敢开口。阮裕听说这件事,叹息道:"我有车,可是让别人不敢借,还要车子做什么呢!"于是就把车子焚毁了。

1 阮光禄:阮裕,字思旷,与阮籍同宗,是阮籍的族弟,陈留尉氏(今属河南)人。以德业知名,拜临海、东阳二郡太守,累迁至侍中,后隐居剡(shàn)山。朝廷曾以金紫光禄大夫征,辞不就,故称阮光禄。
2 剡:古县名,故城在今浙江嵊(shèng)县西南。

包子老师说

　　这是一篇质朴的散文,虽用口语写就,却在短小精悍中给人以意味隽永、回味无穷的美感。本文在晋宋人文章中也颇具特色,历来为读者所喜爱,成为诗词中常用的典故。"阮裕焚车"现被用作成语,比喻喜欢助人为乐、以化解别人困难为快乐的人。文中还有一个需要掌握的文言句式,即"何以……为",是表示反问的习惯用法。

　　阮裕确实是个很大方的人,大有《论语·公冶长》中所记载的"愿车马衣轻裘,与朋友共,蔽之而无憾"的气派。他的好车几乎成了"公车",不但不恼,反而乐在其中。而焚车一事则主要体现了阮裕对自身德行的一种反思。有人想向他借车用以操办母亲的葬礼,却因是丧事有所顾虑而不敢开口。阮裕听说后,不惜焚车来表明自己的志向。在他看来,正是因为自己的德行不够深广,对方才会有这样的顾虑,才不敢敞开心扉,才不敢借车。对此,现代美学兼哲学家宗白华指出:"这是何等严肃的责己精神!然而不是出于畏人言,畏于礼法的责备,而是由于对自己人格美的重视和伟大同情心的流露。"这个评论非常到位。人生于世,要想不为外物所累、不为名利所缚,能有几人看破,又能有几人做到?

有种"懂得"叫四时之气

谢太傅[1]绝重褚公,常[2]称:"褚季野虽不言,而四时之气[3]亦备。"

译 文

谢安非常敬重褚裒,曾称颂道:"褚季野虽然嘴上不说,可心里明白是非,正像一年四季的气象那般,样样都有。"

1 谢太傅:谢安,字安石,陈郡阳夏(今河南省太康县)人。东晋时期政治家、军事家、名士。多才多艺,善行书,通音乐;性情闲雅温和,处事公允明断,不专权树私,不居功自傲,有宰相气度。齐人王俭称其为"江左风流宰相"。后文"太傅"皆指谢安。

2 常:通"尝",曾经。

3 气:气象,指冷热、风雨、阴晴等现象。

 包子老师说

通过本则,我们能感受到谢安识人的独特之处,断定褚裒的内心应有春天的温暖、夏天的火热、秋天的绚烂、冬天的孤傲,虽然他什么都没说。这种知己般的懂得,难能可贵。

谢安最看重褚裒的一点,是他虽然话少却内心通透,是真正的人间清醒。与谢安所见略同的是《晋书·褚裒传》中载,桓彝认为"季野有皮里阳秋",意思是说,褚裒虽然从不公开评论别人的是非对错,肚子里却装了一部《春秋》,有他自身一套评判是非、用作褒贬的标准。

有种"熏陶"叫谢公教儿

谢公夫人[1]教儿,问太傅:"那得[2]初不[3]见君教儿?"答曰:"我常自教儿。"

译 文

谢安的夫人常教导儿子,她问谢安:"怎么从来没有见您教导过孩子?"谢安回答:"我平常的言行都是在教育孩子。"

包子老师说

言教的效果极为有限,所以更要身教。一如谢安所说所做,教育孩子要以身作则。谢安虽然理论较少,但他将教育的想法和内容全都落实在一言一行上,不用多说,孩子自会心领神会。与其赶着人走路,不如领着人前进,这就是谢安所倡导的教育方式,也就是熏陶教育。

---

1 谢公夫人:谢安的夫人。
2 那得:怎么。
3 初不:从未。

家长是孩子的第一任老师。现实生活中，很多孩子被早早送进各类早教班、特长培训班或者学校，在家长看来，教育是学校、培训机构的事，尽早进入学习场所就是进了"保险箱"，这纯属一种心理安慰。其实，对于孩子来说，学习怎样做人和掌握知识同等重要，且前者往往在课堂上是学不到的，这就需要家长潜移默化地发挥作用了。

有种"初心"叫处之不易

殷仲堪[1]既为荆州,值水[2]俭[3],食常五碗盘[4],外无余肴[5]。饭粒脱落盘席间,辄[6]拾以啖[7]之。虽欲率物[8],亦缘其性真素[9]。每语子弟云:"勿以我受任方州[10],云我豁[11]平昔时意[12],今吾处之不易。贫者士之常[13],焉得登枝而捐[14]其[15]本!尔曹其存之!"

1 殷仲堪:字仲堪,陈郡(今河南淮阳)人。东晋末年重要将领、大臣,好清言,善属文,尤喜《道德论》。

2 水:水灾。

3 俭:歉收。

4 五碗盘:古时南方一种成套的食器,由一个托盘和放在其中的五只碗组成,形制较小。

5 肴:指鱼、肉等荤菜。

6 辄(zhé):就。

7 啖(dàn):吃。

8 率物:为人表率。率,表率。物,指人。

9 真素:真诚无饰,质朴。

10 方州:大州。方,大。

11 豁(huò):抛弃。

12 时意:时俗。

13 常:常态。

14 捐:舍弃,抛弃。

15 其:表命令、劝告的语气副词,可译为"还是、要"。

译 文

殷仲堪就任荆州刺史后，正遇上水灾歉收，食物不丰足，他吃饭通常只用五碗盘装少量菜肴，除外再没有别的荤菜了。饭粒掉在盘里或坐席上，也马上捡起来吃了。这样做，虽然是有心为人表率，却也是发自其质朴的本性。他常告诫子弟们说："不要因为我担任一个州的长官，就说我舍弃了往日的本分，现在的我仍然没有改变。安贫（乐道）是读书人的本分，怎能爬上了高枝就忘记了根本？你们需时时记住这个道理！"

包子老师说

通过本则衍生出一个成语，叫"处之不易"，意思是人不能因为地位的变化而改变原来的品行和志向。也就是不论是贫是富、是贵是贱，都要保持安贫乐道的心态，这一点确实难能可贵。

从本则故事主人公殷仲堪的身上，可以看到初心和家风的重要性。他不因为自己职位的提升而忘记勤俭节约的美德，能够守住初心、安贫乐道，值得称道；他还很重视家风教育，经常教育子弟们要牢记"贫者士之常"，不要因为做了官就忘了本，更不能因地位、环境的变化而改变原来的志向和品行。这一点对今人而言，仍具有深刻而现实的教育意义。

有种"财富"叫身无长物

王恭[1]从会稽[2]还,王大[3]看之。见其坐六尺簟[4],因语恭:"卿[5]东来[6],故[7]应有此物,可以[8]一领及我。"恭无言。大去后,即举所坐者送之。既无余席,便坐荐[9]上。后大闻之,甚惊,曰:"吾本谓卿多,故求耳。"对曰:"丈人[10]不悉恭,恭作人无长物[11]。"

1 王恭:字孝伯,太原晋阳(今山西太原)人。东晋大臣、外戚,少有美誉,清操过人,心怀宰辅之志。
2 会稽:郡名,郡治在今浙江绍兴。
3 王大:王忱,字元达,太原晋阳(今山西太原)人。东晋大臣,弱冠知名,与王恭、王珣俱流誉一时,历位骠骑长史。
4 簟(diàn):竹席。
5 卿:六朝时尊辈称晚辈,或同辈熟人之间的亲热称呼。
6 东来:从东边来。东晋国都是建康,会稽在建康东南。
7 故:通"固",本来,自然。
8 可以:是两个词,"可"是可以,"以"是拿。
9 荐:草席。
10 丈人:古时晚辈对长辈的尊称。
11 长物:多余的东西。

译 文

王恭从会稽回来后,王大去看望他。看见他坐着一张六尺长的竹席子,便对王恭说:"你从东边回来,自然会有这种东西,可以拿一张给我。"王恭没有说什么。王大走后,王恭就拿起所坐的那张竹席送给王大。自己既没有多余的竹席,就坐在草席子上。后来王大听说这件事,很吃惊,对王恭说:"我原来以为你有多余的,所以问你要呢。"王恭回答说:"你不了解我,我为人处世,没有多余的东西。"

包子老师说

王恭出身太原王氏,在东晋是赫赫有名的世家,他可不是因为家境拮据才身无长物。这与他的人生态度有关。《晋书·王恭传》中,对他在本则故事中的回答有此评价:"其简率如此。"所谓简率,就是简单率意、洒脱自在,不为外物所累。或许这就是对其"身无长物"的最好注脚。

本则中,王恭给王大的回复也很耐人寻味:"丈人不悉恭,恭作人无长物。"显然是有弦外之音:其一,你并不了解我的为人;其二,我做人别无长物,只有清廉,这既是一种操守,更是一种风度。二人的境界,不言自明。王恭的身无长物在崇尚奢靡的魏晋时代,无疑给魏晋风度注入了新的内涵与活力,也为后人树立了光辉的榜样。

有种"肯定"叫纯孝之报

吴郡陈遗,家至孝。母好食铛[1]底焦饭,遗作郡主簿,恒装一囊,每煮食,辄贮录[2]焦饭,归以遗[3]母。后值孙恩[4]贼出吴郡,袁府君[5]即日便征。遗已聚敛得数斗焦饭,未展[6]归家,遂带以从军。战于沪渎,败,军人溃散,逃走山泽,皆多饥死,遗独以焦饭得活。时人以为纯孝之报也。

1 铛(chēng):平底铁锅。
2 贮录:储藏。录,收藏。
3 遗(wèi)赠与,送给。
4 孙恩:字灵秀,琅琊(今属山东),世奉五斗米道,晋末起义群雄之一。后攻打临海郡时被打败,跳海而死。
5 袁府君:袁山松,又作袁崧,阳夏(今河南太康)人。少年时博览群书,好作文章,有才名,曾著有《后汉书》百篇。时为吴郡太守,孙恩攻沪渎(水名),城陷被害。
6 未展:未及。

译 文

吴郡人陈遗在家里非常孝顺。其母喜欢吃锅底焦饭,陈遗任职州郡主簿的时候,常携一个口袋,每逢煮饭就把锅巴储存起来,回家带给母亲。后遇上孙恩带兵侵入吴郡,内史袁山松当天就要出兵征讨。这时,陈遗已积攒了几斗锅巴,来不及回家,便带着随军出征。双方在沪渎开战,袁山松打败了,军队溃散,都逃到山林沼泽地带,没有吃的,多数人饿死了,唯独陈遗靠锅巴活了下来。当时的人们认为这是对他纯厚孝心的回报。

包子老师说

曾国藩说"读尽天下书,无非是一个孝字",可见其对孝的看重。今天的清明扫墓、中秋团圆、重阳敬老等习俗,无不是孝文化在民间的最好体现。

《世说新语》将孝道列入"德行"篇,自然有表彰的意味,包括之前讲过的王祥事母、王戎死孝等,都是典型。本则中,陈遗因母亲喜食锅巴,于是孜孜不倦地收集,投其所好。不料,这些锅巴却成为他战乱中的救命粮,时人以为这是纯孝的回报,也是对陈遗孝顺的一种肯定和赞许。所以在世人眼中,孝不仅是一种美德,且能给自身带来福祉。

贰 言语·选篇赏读

有种"联想"叫徐孺赏月

徐孺子[1]年九岁,尝月下戏,人语之曰:"若令[2]月中无物[3],当极明邪?"徐曰:"不然。譬如人眼中有瞳子,无此必不明。"

译 文

徐稚九岁时,一次在月光下玩耍,有人对他说:"如果月亮里什么也没有,会更加明亮吧?"徐稚说:"不是这样的。这就好比人的眼睛里有瞳仁,如果没有这个,一定看不见。"

1 徐孺子:徐稚,字孺子,东汉豫章南昌人。东汉隐士。
2 若令:如果。
3 物:传说月亮里有嫦娥、玉兔、蟾蜍、桂树等。

 包子老师说

　　魏晋时代，盛行清谈之风。要求语言要简洁得当，声调应抑扬顿挫，举止需挥洒自如，还要求言谈内容寓意深刻、见解精辟。这是魏晋风度的重要组成部分。受此风气的影响，士大夫在待人接物中特别注重言辞、风度的锤炼，悉心打磨语言技巧，使自己具有高超的言谈本领，便于匹配自己的身份。

　　在"德行"篇的"仲举礼贤"中，我们介绍过徐稚。其人一贯崇尚"恭俭义让，淡泊明志"，不愿意做官，但很乐于助人，被尊称为"南州高士""布衣学者"，成为千古传颂的"人杰地灵之典范"。他曾远赴江夏（今湖北云梦）拜著名学者黄琼为师，后黄琼做了大官，徐就与之断交，并多次拒绝黄让他为官的邀请。让人想不到的是，黄琼死后，徐稚却身背干粮，从南昌徒步数日赶到江夏哭祭。后人赞道："邀官不肯出门，奔丧不远千里。"可见徐稚的为人志趣和道德操守。

　　本则记录的是其九岁时的言语事迹。徐稚对"若令月中无物，当极明邪"这个问题，没有正面回答，而是从月亮联想到眼睛，把月中物比作眼中瞳仁，机智巧妙地作答，提问的人应该是很满意的。这种类比的语言技巧生动形象，值得借鉴学习。

有种"赞赏"叫小时了了

孔文举[1]年十岁,随父到洛。时李元礼有盛名,为司隶校尉,诣[2]门者,皆俊才清称[3]及中表亲戚乃通[4]。文举至门,谓吏曰:"我是李府君[5]亲。"既通,前坐。元礼问曰:"君与仆[6]有何亲?"对曰:"昔先君[7]仲尼[8]与君先人伯阳[9]有师资之尊[10],是仆与君奕世[11]为通好也。"元礼及宾客莫不奇[12]之。太中大夫[13]陈韪后至,人以其语语之[14],韪曰:"小时了了[15],大未必佳。"文举曰:"想君小时,必当了了。"韪大踧踖[16]。

译 文

孔融十岁时,随父亲到洛阳。当时,李膺享有很高声望,任司隶校尉,只有才子、名流、亲属才让通报登门。孔融来到他家,对掌门官说:"我是李府君的亲戚。"经通报后,入门就座。

---

1 孔文举:孔融。
2 诣(yì):到。
3 清称:有清高声誉之人。
4 通:通报。
5 李府君:李膺曾为河南尹,故称。
6 仆:谦称自己。
7 先君:祖先,与下文"先人"同。
8 仲尼:孔子,名丘,字仲尼。
9 伯阳:老子,姓李,名耳,字伯阳。

李膺问道:"您和我有什么亲戚关系?"孔融回答:"古时,我的祖先仲尼曾经拜您的祖先伯阳有师生之谊,这样看来,我和您就是老世交了。"李膺和宾客们听了孔融的话无不感到惊奇。太中大夫陈韪来得晚一些,别人就把孔融的答话告诉他。陈韪说:"小时候聪明伶俐,长大了未必出众。"孔融应声说:"您小时候想必是很聪明的了。"陈韪听了,感到很是尴尬。

包子老师说

本则故事尽显孔融的机敏过人,"建安七子"的名号绝非浪得虚名,最后却也因为多次反对曹操,言辞犀利,被对方借故杀害。李膺是当时的名流,偶像级人物,在前文"德行"篇的"身登龙门"中有所介绍。本则故事中,孔融才思敏捷,历史典故引用得恰到好处,将语言艺术驾驭得无懈可击。对于不怀好意想让自己下不来台的陈韪,他"以彼之道还施彼身",进行了有力的还击,新鲜有趣。

10 师资之尊:这里指孔子曾向老子请教过礼制的事。故老子是孔子的老师。

11 奕世:累世,世世代代。

12 奇:认为……特殊、不寻常。

13 太中大夫:官名,掌管议论的官。

14 以其语语(yù)之:把孔融的话告诉陈韪。后面的"语"作动词用,告诉。

15 了了:聪明。

16 踧踖(cù jí):局促不安的样子。

下篇 "世说"传世,"新语"新解

有种"清醒"叫覆巢完卵

孔融被收[1],中外[2]惶怖。时融儿大者九岁,小者八岁,二儿故琢钉戏[3],了[4]无遽容[5]。融谓使者曰:"冀[6]罪止于身,二儿可得全不[7]?"儿徐进曰:"大人[8]岂见覆巢之下,复有完[9]卵乎?"寻[10]亦收至。

1 孔融被收:这里指孔融被曹操逮捕一事。
2 中外:朝廷内外。
3 琢钉戏:古时一种小孩玩的游戏。
4 了:完全。
5 遽(jù)容:惊恐的神色。
6 冀:希望。
7 不:同"否"。
8 大人:对父亲的敬称。
9 完:完整。
10 寻:不久。

译　文

　　孔融被捕，朝廷内外都很惊恐。当时，孔融的儿子大的才九岁，小的八岁，两个孩子依旧在玩琢钉戏，一点也没有恐惧的样子。孔融对前来逮捕他的差使说："希望惩罚只限于我自己，两个孩子能不能保全性命呢？"这时，两个儿子从容地上前说："父亲难道看见过打翻的鸟巢下面还有完整的蛋吗？"不久，两个孩子也被捕了。

包子老师说

　　聪慧如孔融不可能不知道"覆巢之下无完卵"的道理，但为什么还要说出"冀罪止于身，二儿可得全不"这样略显"幼稚"的话呢？可怜天下父母心。此言体现了一个父亲对孩子最后的照顾。孔融深谙不切实际，但还是要试一试，想为孩子争取一线生机。孔融二子继承了父亲的气度和智慧，清醒得让人心疼。他们对自己的结局很清楚，因而可以做到"故琢钉戏，了无遽容"。成语"覆巢之下，焉有完卵"即出于此。

有种"问题"叫府君何如

颍川太守髡[1]陈仲弓。客有问元方:"府君何如?"元方曰:"高明之君也。""足下家君何如?"曰:"忠臣孝子也。"客曰:"《易》称:'二人同心,其利断金;同心之言,其臭如兰。'[2]何有高明之君而刑忠臣孝子者乎?"元方曰:"足下言何其[3]谬也!故不相答。"客曰:"足下但因伛[4]为恭,而不能答。"元方曰:"昔高宗放孝子孝己[5],尹吉甫放孝子伯奇[6],董仲舒放孝子符起[7]。唯此三君,高明之君;唯此三子,忠臣孝子。"客惭而退。

---

1 髡(kūn):古时剃去男子头发的刑罚。
2 "二人同心"四句:出自《周易·系辞上》。臭(xiù),香味。
3 何其:怎么这么,表示程度很深。
4 伛(yǔ):驼背。
5 高宗放孝子孝己:孝己是商代君主高宗武丁的儿子,他侍奉父母最孝顺,后来高宗受后妻的迷惑,把孝己放逐致死。
6 尹吉甫放孝子伯奇:周代卿士(王朝执政官)尹吉甫之子,侍奉后母孝顺,却受到后母诬陷,被父亲放逐。
7 符起:人名,其事不详。

译　文

颍川太守把陈寔判了髡刑。有位客人问陈寔的儿子陈纪:"太守这个人怎么样?"陈纪说:"是个高明的府君。"又问:"您父亲怎么样?"陈纪说:"是个忠臣孝子。"客人说:"《易经》上说:'两个人同一条心,就像一把钢刀,锋利的刀刃能斩断金属;同一个心思的话,它的气味像兰花一样芬芳。'那么,怎么会有高尚明智的人惩罚忠臣孝子的事呢?"陈纪说:"您的话怎么这样荒谬啊!因此我不予作答。"客人说:"您不过是拿驼背当作恭敬,其实是不能回答。"陈纪说:"从前商代高宗放逐了孝子孝己,尹吉甫放逐了孝子伯奇,董仲舒放逐了孝子符起。这三位为人父者恰恰都是高尚明智之人,这三个做儿子的,恰恰都是忠臣孝子。"客人听后感到很羞愧,就走了。

包子老师说

本则中,有人质疑高尚明智的人怎会惩罚忠臣孝子,这个问题本身就具有主观性:他们认为好人不会犯错,忠臣不会被惩罚或亏待。事实上,"金无足赤,人无完人",事情没有绝对的,好人也会犯错,忠臣也会被误解。陈纪对答的高明之处就是引经据典,连举三例充分证明父亲陈寔这样的忠臣孝子被处以髡刑,也不是不可能的。事实胜于雄辩。当秀才遇到兵有理说不清的时候,简单举几个典型例子,或许是最有效"搞定"对方的办法。

有种"反问"叫依据何经

荀慈明[1]与汝南袁阆相见,问颍川人士,慈明先及诸兄。阆笑曰:"士但可因[2]亲旧而已乎?"慈明曰:"足下相难[3],依据者何经[4]?"阆曰:"方[5]问国士,而及诸兄,是以尤[6]之耳!"慈明曰:"昔者祁奚内举不失其子,外举不失其仇[7],以为至公。公旦《文王》之诗[8],不论尧、舜之德而颂文、武者,亲亲[9]之义也。《春秋》[10]之义,内其国而外诸夏[11]。且不爱其亲而爱他人者,不为悖德[12]乎?"

译 文

荀爽和汝南郡袁阆见面时,袁阆问起颍川郡有哪些才德之士,荀爽先提到自己的几位兄长。袁阆讥笑他说:"才德之士只

1 荀慈明:荀爽,字慈明,颍川颍阴(今属河南)人。博通群经,一生对经学多有著述,是东汉著名的古文经学大师。

2 因:依靠。

3 难:责问。

4 经:常规,原则。

5 方:方才。

6 尤:责问。

7 "昔者祁奚"两句:祁奚是春秋时代晋国人,任中军尉(掌管军政的长官)。祁奚告老退休,晋悼公问他接班人的人选,他推荐了自己的仇人解狐。刚要任命,解狐却死了。晋悼公又问,祁奚推荐了自己的儿子祁午。大家称赞祁奚能公正客观地推荐有才德之人。

能靠亲朋故旧来扬名吗?"荀爽说:"您责备我,依据什么原则?"袁阆说:"我刚才问才德之士,你却谈自己的诸位兄长,因此我才责问你呀!"荀爽说:"从前祁奚推荐人才时,对内不忽略自己的儿子,对外不忽略自己的仇人,人们认为他是最公正无私的。周公旦作《文王》时,不去叙说远古帝王尧和舜的德政,却歌颂周文王、周武王,这是符合热爱亲人这一大义的。《春秋》记事的原则是:把本国看成亲的,把诸侯国看成疏的。再说不爱自己的亲人而爱别人,岂不是违反了道德准则吗?"

包子老师说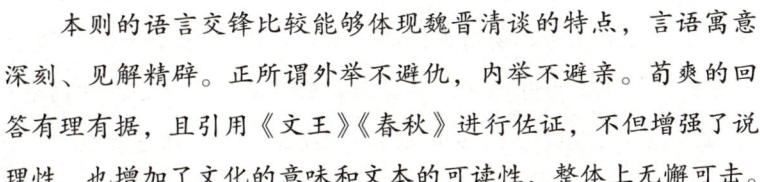

本则的语言交锋比较能够体现魏晋清谈的特点,言语寓意深刻、见解精辟。正所谓外举不避仇,内举不避亲。荀爽的回答有理有据,且引用《文王》《春秋》进行佐证,不但增强了说理性,也增加了文化的意味和文本的可读性,整体上无懈可击。

8 公旦《文王》之诗:指《诗经·大雅·文王之什》,包括《文王》《大明》等十篇,分别歌颂文王、武王之德。作者无考,《文王》一篇,有以为周公所作。周公旦,即周公,姓姬,名旦,是周武王之弟,周成王的叔父,辅助周成王。

9 亲亲:热爱亲人。

10《春秋》:春秋时代鲁国的史书,也是我国第一本编年体史书,儒家经典之一。

11 诸夏:古时指属于汉民族的各诸侯国。

有种"搭档"叫钟氏二子

钟毓、钟会[1]少有令誉[2],年十三,魏文帝闻之,语其父钟繇曰:"可令二子来!"于是敕[3]见。毓面有汗,帝问:"卿面何以汗?"毓对曰:"战战惶惶[4],汗出如浆[5]。"复问会:"卿何以不汗?"对曰:"战战栗栗,汗不敢出。"

译 文

钟毓、钟会两兄弟少时就有好名声。钟毓十三岁时,魏文帝曹丕听说这对兄弟,便对他们的父亲钟繇说:"可以叫两个孩子来见我!"于是下令赐见。晋见时,钟毓脸上有汗,文帝问道:"你脸上为什么出汗?"钟毓回答:"战战惶惶,汗出如浆。"文帝又问钟会:"你为什么不出汗?"钟会回答:"战战栗栗,汗不敢出。"

---

1 钟毓、钟会:兄弟俩。钟毓(yù),字稚叔,小时候就很机灵,十四岁任散骑侍郎,后升至车骑将军。钟会,字士季,少小聪颖,被看成是非常人物,后累迁镇西将军、司徒,因谋划反帝室被杀。
2 令誉:美好的声誉。
3 敕(chì):皇帝的诏令。
4 战战惶惶:害怕得发抖。同后文"战战栗栗"。
5 浆:凡较浓的液体都可称之为浆。

 包子老师说

　　本则中,面对魏文帝,钟毓、钟会这对兄弟的回答得体到位,配合默契,可见其娴于辞令。

　　按说,面圣这回事,轮到谁都会紧张。钟毓估计是表里如一,脸上出汗便据实答道:"战战惶惶,汗出如浆。"此言仿用了《诗经·小雅·小旻》中"战战兢兢,如临深渊,如履薄冰"的句式,显得很有文化底蕴,也不乏自嘲精神,相当得体。钟会的性格可能更开朗,心胸也更宽广,对面圣一事似不太在意,所以不很紧张,也没出汗。但兄长都说紧张了,如果自己照实说不紧张,一来显得兄长格局不高,二来似乎对皇帝不够敬畏,就要变通作答,于是有了这句"战战栗栗,汗不敢出",句式上与哥哥保持一致。而且,这句也是有出处的,化用了《韩非子·初见秦》中的"战战栗栗,日慎一日"。钟会的这个答案,既与兄长共进退,有情有义;又顾全了皇帝的尊严,可谓两全其美。由此可见,钟会话里所透露的机智幽默在兄长之上。

　　言语反映的往往是人的思维与个性。《世说新语》中还记载了钟氏兄弟的另一个故事。两兄弟偷喝父亲泡的药酒,钟毓是"拜而后饮",钟会则"饮而不拜"。父亲问其缘故,钟毓说:"酒以成礼,不敢不拜。"钟会说:"偷本非礼,所以不拜。"哥哥保守实诚,弟弟潇洒通透,可与本则故事对照着来看,倒也别有趣味。

有种"快乐"叫何晏服散

何平叔云:"服五石散[1],非唯治病,亦觉神明开朗。"

译 文

何晏说:"服食五石散,不但可以治病,还能让人神清气爽。"

 包子老师说

　　五石散是从何晏开始带头服用的,后来士大夫都跟着吃,一时间,蔚然成风。五石散与魏晋风度紧密相连,也是理解魏晋风度的重要媒介。从药理上说,五石散本身是具有毒性的,副作用不小。《晋书·皇甫谧传》载:"隆冬裸袒食冰,当暑烦闷,加以咳逆,或若温疟,或类伤寒,浮气流肿,四肢酸重。"从这里可以看出,严重时,皇甫谧甚至要引刀自尽,可见五石散的毒性之大。历史学家余嘉锡称五石散"杀人之烈,较鸦片尤为

---

[1] 五石散:古代养生方剂名。因服此方后身体发热,喜好凉物,故又称"寒食散"。本方系用矿物原料炼制的一种内服散剂,组成说法不一。如《抱朴子》载为丹砂、雄黄、白矾、曾青、磁石;而《诸病源候论》则认为当由石钟乳、硫黄、白石英、紫石英、赤石脂烧炼而成。魏晋时,道流名士为求长生,多服食此散,成为风行一时的时髦之举,以致演化成当时社会的一种奇特现象。

过之"。据他估算，从魏正始年（240—249年），到唐天宝年间（742—756年），"五百年间以散发致死者，无虑数十百万人矣"。

就是这样的有毒之物，为什么会让贵族名士趋之若鹜？

首先，它具有提神致幻的作用。正如何晏所言："服五石散，非唯治病，亦觉神明开朗。"这飘飘欲仙的快感让人欲罢不能。但这是饮鸩止渴的行为，对身体健康的损害很大。其次，它具有速效美容之功。魏晋是重视颜值的时代，何晏肤色白皙，号称"傅粉何郎"，服药后面色红润、精神焕发，远远看去，就像神仙下凡。当然，长期服食反会毁容。管辰在《管辂（lù）别传》中记述了何晏长期服散后的体貌特征："魂不守宅，血不华色，精爽烟浮，容若槁木，谓之鬼幽……鬼幽者，为火所烧。"鲁迅也在《魏晋风度及文章与药及酒之关系》中提及服散对肤质的影响："吃药之后，因皮肤易于磨破，穿鞋也不方便，故不穿鞋袜而穿屐。所以我们看晋人的画像和那时的文章，见他衣服宽大，不鞋而屐，以为他一定是很舒服，很飘逸的了，其实他心里都是很苦的。更因皮肤易破，不能穿新的而宜于穿旧的，衣服便不能常洗。因不洗，便多虱。所以在文章上，虱子的地位很高，'扪虱而谈'，当时竟传为美事。"魏晋人着装上的轻裘缓带、宽袍大袖，原来其背后还有这样的原因。

当然，名士服食五石散，不只是为了迷幻和美容，究其根本理由，著名学者王瑶以为是魏晋文人对生死问题的忧虑和消解，以谋求增加生命的长度与密度。换言之，人生太痛苦，服食五石散是饮酒之外的解脱之道。何晏虽贵为曹操养子和驸马，但寄人篱下的感受终归不好。

魏晋风度的背后，原来深藏着这般痛苦。或许，他们才是真正的迷惘一代。

有种"洞察"叫何必在大

嵇中散语赵景真[1]:"卿瞳子白黑分明,有白起[2]之风,恨[3]量小狭。"赵云:"尺表[4]能审玑衡[5]之度,寸管[6]能测往复之气[7]。何必在大,但问识如何耳。"

译 文

中散大夫嵇康对赵至说:"你的眼睛黑白分明,有白起那样的风度,遗憾的是眼睛狭小些。"赵至说:"一尺长的表尺就能审定北斗七星运行的度数,一寸长的竹管就能测量出季候的循环更替。因此,不要在乎一个人的器量大不大,只看他的见识如何就好了。"

1 赵景真:赵至,字景真,代郡(今河北蔚县)人。有口才,曾任辽东郡从事,主持司法工作,以清廉公正见称。

2 白起:战国时秦国的名将,封武安君。据说他瞳子白黑分明,人们认为这样的人一定见解高明。

3 恨:遗憾。

4 表:古时天文仪器圭表的组成部分,为直立的标竿,用以测量日影的长度。

5 玑衡:璇玑玉衡,北斗七星的泛称。

6 管:指定音的仪器律管。

7 往复之气:节气,气候。

 包子老师说

算起来,赵至是嵇康的学生。嵇康对赵至评价说他的眼睛有点小,在那个颜值当道的时代,估计以后会很吃亏。赵至的回答属于用实例来反驳对方的观点,有理有据。除了得体回应,这句话本身亦很通透,也很能洞察一些东西:有些东西不在于体量大小,看人也一样,外貌并不重要,关键是见识如何、心态怎样。一如住在大房子里未必感到幸福,家财万贯也不一定心态平和。

此外,这句话也有要在关键之处发力的意思,与"秤砣虽小,能压千斤"的意思差不多。赵至也是在暗示老师,自己要在学问和德行上孜孜不倦地追求,而非纠结于眼睛大小这样的琐事。他也把这句"何必在大,但问识如何耳"作为自己的志向和行为准则。嵇康去世后,赵至步入仕途,先后在魏兴、江夏、辽西等地为官。由于他擅长议论、精于断案,逐渐成为有名的良吏,太康初年被推荐到京城洛阳述职。这时,他才得知母亲已经去世的消息,因极度悲痛,吐血身亡,年仅三十七岁。赵至在文学史上也有一席之地,《与嵇茂齐书》被收入《昭明文选》,被刘勰推为书记类的佳作,与司马迁《报任安书》、杨恽《报孙会宗书》、嵇康《与山巨源绝交书》并列。

有种"口才"叫期期艾艾

邓艾[1]口吃,语称"艾艾"[2]。晋文王戏之曰:"卿云'艾艾',定是几艾?"对曰:"'凤兮凤兮'[3],故是一凤。"

译 文

邓艾说话结巴,自称时常重复说"艾……艾……"。司马昭和他开玩笑说:"你说艾……艾……到底是几个艾?"邓艾回答:"所谓'凤兮凤兮',依旧只是一只凤。"

1 邓艾:字士载,魏棘阳(今河南省新野东北)人。三国时期曹魏名将。其人文武双全,深谙兵法,对内政也颇有建树。

2 艾艾:古时和别人说话时,多自称名。邓艾因口吃,自称时就会连说"艾……艾……"。

3 凤兮凤兮:语出《论语·微子》。楚国的接舆走过孔子身旁的时候,唱道:"凤兮凤兮,何而德之衰也!"(凤啊凤啊,为什么德行这么衰微)以凤比喻孔子,说他不能避世退隐,是德行衰败的表现。

 包子老师说

一个成语自本则浮出水面——"期期艾艾",最初指西汉人周昌口吃,讲起话来常重复说"期期";三国魏的邓艾也口吃,多重复说"艾艾"。该成语多用于形容人口吃,吐词重复,说话不流利。"期期艾艾"的修辞方式为飞白,即明知其错而故意仿效,使语言获得滑稽幽默的效果。如《红楼梦》中,湘云咬字不准,称呼宝玉"二哥哥"为"爱哥哥",同样属于语音飞白。现在,飞白的手法在网络上有很多,如用"开森"代替"开心"、"公举"代替"公主"、"集美"代替"姐妹"等,为人们喜闻乐见。

本则中,晋文王司马昭确实有点"讨厌"。俗话说"骂人不揭短",他偏偏拿捏着邓艾的软肋戏弄他。但是作为臣子,邓艾却不能恼,要是回应不好,还有可能被处罚。于是就说:"'凤兮凤兮',依旧只是一只凤。"这个回答简直是神来之笔。他以接舆的"凤兮凤兮"来比喻"艾艾",引经据典,有理有据,而且在不经意间还抬高了自己的格局,与凤凰相提并论。邓艾的随机应变,既化解了皇帝的调侃,又维护了自己的尊严,相当得体。不过,令人更加钦佩的是,邓艾强大的内心和乐观的精神。一般来说,口吃结巴的人都会有点自卑,但邓艾却没有这个负担,这个巧答令他大放异彩。据说司马昭听后,也很满意,重赏了邓艾。可见,口吃不要紧,重要的是肚子里有真才实学,思维要跟上。

有种"配合"叫向秀入洛

嵇中散既被诛,向子期举郡计[1]入洛。文王[2]引进[3],问曰:"闻君有箕山之志[4],何以在此?"对曰:"巢、许狷介[5]之士,不足多慕[6]!"王大咨嗟[7]。

译 文

嵇康被杀后,向秀被郡守举荐,随上计簿使到达洛阳。晋文王接见他时,问道:"听说您不肯出仕,有归隐之志,怎么在这里呢?"向秀回答:"巢父、许由是洁身自好、有所不为之人,不值得称赞、仰慕。"司马昭听了,大为叹赏。

1 计:计簿、账簿。
2 文王:司马昭。
3 引进:推荐。
4 箕山之志:箕山,山名,在今河南省登封县东南。相传尧时巢父、许由隐居于此。箕山之志,即指归隐之志。
5 狷(juàn)介:孤高,洁身自好。
6 多慕:称赞,仰慕。
7 咨嗟:赞叹。

 包子老师说

嵇康、向秀同为竹林七贤，感情非常深厚。嵇康因不肯与朝廷合作，最终被杀害，《广陵散》遂成绝响。向秀迫于压力，不得已入朝为官。司马昭站在"胜利者"的角度，揶揄向秀道"听说您有归隐之志，为何到此呢？"其实为何到此，司马昭比谁都清楚，这是典型的明知故问。而向秀也只好投其所好道："巢父、许由这样的隐士，属于走极端的狷介之士，不值得仰慕。"向秀的这种"配合"，这番言不由衷的话，深得司马昭之心。

向秀进入仕途，也属情非得已。此前，向秀特拜访了嵇康的山阳旧居，写下了《思旧赋》，怀念故人。在《为了忘却的记念》中，鲁迅说过："青年时期读向子期《思旧赋》，很怪他为什么只有寥寥的几行，刚开头却又煞了尾，然而，现在我懂了。"要知道，向秀在那个时代写下怀念嵇康的《思旧赋》，是需要极大勇气的，弄不好就会掉脑袋。向秀不像嵇康那么决绝，所以只能忍受痛苦，在仕途上漂浮避祸，《晋书》说他"在朝不任职，容迹而已"。为了反抗那个时代，嵇康付出了生命，向秀则交出了灵魂。

有种"对比"叫五男一女

乐令女适大将军成都王颖[1]。王兄长沙王[2]执权于洛,遂构兵相图[3]。长沙王亲近小人,远外君子,凡在朝者,人怀危惧。乐令既允[4]朝望[5],加有婚亲,群小谗于长沙。长沙尝问乐令,乐令神色自若,徐答曰:"岂以五男易[6]一女?"由是释然,无复疑虑。

译 文

乐广的女儿嫁给大将军成都王司马颖。司马颖的哥哥长沙王司马乂正在洛阳掌管朝政,双方起兵都想图谋取代对方。司马乂平素亲近小人,疏远君子,凡是在朝为官的都感到不安和恐惧。乐广在朝廷中既有很高的威望,又和司马颖有姻亲关系,一些小人就在司马乂跟前说他的坏话。司马乂为这事曾经查问过乐广,乐广神态自若,从容地回答:"我难道会用五个儿子去换一个女

---

1 成都王颖:司马颖,晋武帝第十六子,封成都王,后进位大将军。
2 长沙王:司马乂(yì),字士度,晋武帝司马炎第六子。八王之乱中,他于301年入京都,拜抚军大将军。303年8月,司马颖等以其专权为由,起兵讨伐。本则所述就是这一时期内的事。
3 构兵相图:指太安二年(303)司马颖和司马颙合谋攻长沙王司马乂。构兵,出兵交战。图,图谋,设法对付。
4 允:使人信服,受人尊敬。
5 朝望:在朝廷中有声望。
6 易:交换。

儿？"（按：乐广的五个儿子都在洛阳，如果他倾向成都王，岂不是为了一个女儿牺牲五个儿子？）司马乂心里的石头落了地，不再怀疑和顾虑他。

 包子老师说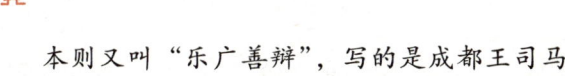

　　本则又叫"乐广善辩"，写的是成都王司马颖与长沙王司马乂厮杀之际，朝廷重臣乐广与司马乂的一次智慧较量，也可以说是决定乐广生死的较量。

　　司马乂对乐广的猜忌不是完全没有道理。乐广是司马颖的岳父，加之乐广本人在朝廷中也有威望，万一翁婿里应外合，确实会给司马乂造成不小的冲击。再加上小人不断进谗言，乐广的处境确实不容乐观。司马乂决定试探下乐广。乐广的表现则完全站在一个成熟的政治家高度。他没有表决心、发毒誓，并深谙这些都不足以让对方消除猜忌。毕竟，司马乂连亲兄弟都信不过，何况别人？他的眼中只有权力和地位。老谋深算的乐广正是看清了这一点，才不动声色地对司马乂说："岂以五男易一女？"意思是，我怎么会那么傻呢？我要帮助司马颖，你不是要杀害我在京城的五个儿子吗？我怎么会用五个儿子的性命去换一个女儿呢？听了这番话，司马乂"由是释然，无复疑虑"，从此对乐广不再猜忌、防范。

　　为什么乐广看似轻飘飘的一句话，就让司马乂打消了所有顾虑？因为他主动亮出了软肋，让司马乂知道他乐广属于可以随时被"拿捏"的人。他还从人之常情的角度去阐释这件事情，有谁会拿五个儿子的性命去换一个嫁出去的女儿的，这不是开玩笑吗？这种对比足够强烈，正是打动、说服司马乂的地方。

有种"特产"叫千里莼羹

陆机诣王武子,武子前置数斛[1]羊酪[2],指以示陆曰:"卿江东[3]何以敌[4]此?"陆云:"有千里[5]莼羹[6],但未下盐豉[7]耳!"

译 文

陆机去拜访王济,正好王济面前摆着几斛羊奶酪,他指着给陆机看,问道:"你们江南有什么名菜能和这个相比呢?"陆机说:"我们那里有千里湖出产的莼羹可以媲美,只是还没加上豆豉罢了!"

1 斛(hú):古代量器名,一斛是十斗,后以五斗为一斛。
2 酪(lào):乳酪。
3 江东:长江下游南岸地区。
4 敌:匹敌,相当。
5 千里:千里湖,有说在今江苏溧阳。
6 莼(chún)羹:用莼菜、鲤鱼做主料,煮熟后加上盐豉制成的一种名菜。莼,莼菜,一种水草,嫩叶可以做汤。
7 豉(chǐ):豆豉。

 包子老师说

本则故事的背景是西晋时期，东吴大将陆抗的儿子陆机在老家隐居读书多年，后到首都洛阳去拜访当时很有权势的驸马王济。于是就有了两人的这段对话。其实就是突出了陆机对家乡千里湖出产的莼羹的赞美和喜爱之意，也有思念故乡之情，还有面对权贵时不卑不亢的态度刻画。

"千里莼羹"现为成语，是指产于千里湖的莼菜做的汤，味道鲜美，不必用豆豉做调味品，泛指有地方风味的土特产。与莼羹这个意象有关的，还有成语"莼羹鲈脍"，意为味道鲜美的莼菜羹、鲈鱼脍，比喻思乡的心情，典出《晋书·张翰传》：翰因见秋风起，乃思吴中菰（gū）菜、莼羹、鲈鱼脍，曰："人生贵得适志，何能羁宦数千里以要名爵乎！"遂命驾而归。该成语也有赞美不追逐名利的意思。

有种"爱国"叫对泣新亭

过江诸人[1],每至美日[2],辄相邀新亭[3],籍卉[4]饮宴。周侯[5]中坐而叹曰:"风景不殊,正自有山河之异[6]!"皆相视流泪。唯王丞相愀然[7]变色曰:"当共戮力[8]王室,克复[9]神州,何至作楚囚[10]相对!"

1 过江诸人:从北方南渡到建康来的士人。
2 美日:风和日丽的日子。
3 新亭:亭名。故址在今江苏省江宁县南。三国吴建,名临沧观。晋安帝隆安中丹阳尹司马恢之重修,名新亭。东晋时为京师名士周𫖮、王导等游宴之所,此亭遂大知名。
4 籍卉(jiè huì):坐卧在草地上。籍,坐卧其上。卉,草的总名。
5 周侯:周𫖮,袭父爵武城侯,故称。
6 正自有山河之异:指北方广大领土已被各族占领。正自,只是。
7 愀(qiǎo)然:形容脸色变得不愉快。
8 戮力:合力,协力。
9 神州:此处指沦陷的中原地区。
10 楚囚:楚国的囚犯。据《左传·成公九年》载:一个楚囚弹琴时奏南方乐调,表示不忘故旧。后借指处境窘迫的人。

译　文

到江南避难的那些人，每逢风和日丽的日子，总是互相邀约到新亭去，坐在草地上喝酒作乐。一次，武城侯周颢在饮宴的中途，叹着气说："这里的风景和中原没有什么不同，只是山河不一样了！"大家面面相觑（qù），凄然泪下。只有丞相王导变色道："大家应该协助朝廷齐心合力，收复中原，哪里至于像囚犯似的相对流泪呢！"

 包子老师说

"衣冠南渡"后也就有了文中的"过江诸人"。新亭位于建业的西南，当时是饯送、迎宾、宴集的地方。所以刚刚渡江南来的一些大臣，每遇好日子，就相约到新亭，喝酒聚会。有一次喝酒，武城侯周颢想到中原沦落，不禁发出了"风景不殊，正自有山河之异"的感叹。这话勾起了众人的国破之痛，大伙睹物思情，都开始相对泪流。但王导看到他们的样子，立即变了脸色教训他们，越是这样的时候，越应该为朝廷分忧，收复失地，而不是像这样哭哭啼啼、无计可施。

是的，与其哭泣，不如抗争；与其触景生情，不如振奋实干。要有"待从头、收拾旧山河，朝天阙"的志气和行动，这才是正解。后来，这个典故被称为"新亭对泣""新亭堕泪""新亭挥泪"，也作"新亭泪""新亭泣"，可以表达两方面的意思：一是表示遭遇国难或其他变故，束手无策、徒然悲伤

的情形。如宋人松洲的《念奴娇》："堪叹挥泪新亭，算兴亡莫补、万分之一。"南社❶发起人柳亚子的《三月二十六日夜集双清阁》诗："新亭对泣惭名士，悄喜娇雏脸晕酡（tuó）。"二是用来表示怀念故国或忧国时的悲愤心情。如宋代陆游的《初寒病中有感》诗："新亭对泣犹稀见，况觅夷吾一辈人。"刘克庄的《贺新郎·送陈真州子华》："多少新亭挥泪客，谁梦中原块土。"以及明人夏完淳的《大哀赋》："楚囚无新亭之泪，越绝非石室之音。"

---

❶ 南社：一个曾经在中国近现代史上产生过重要影响的资产阶级革命文化团体，1909成立于苏州，其发起人是柳亚子、高旭和陈去病等。南社受孙中山先生领导的同盟会的影响，取"操南音，不忘本也"之意，支持资产阶级民主革命，提倡民族气节，反对清王朝的腐朽统治，为辛亥革命做了非常重要的舆论准备。

有种"巧妙"叫夫子家禽

梁国[1]杨氏子九岁,甚聪惠[2]。孔君平[3]诣[4]其父,父不在,乃[5]呼儿出。为设果[2],果有杨梅。孔指以示儿曰:"此是君家果。"儿应声答曰:"未闻孔雀是夫子[6]家禽。"

译 文

梁国某杨姓人家有个儿子才九岁,很聪明。一次,孔坦去拜访孩子的父亲,对方不在,这家便叫儿子出来,给客人摆上果品。果品里头有杨梅,孔坦指着杨梅给孩子看,说道:"这是你家的果子。"孩子应声答道:"没听说过孔雀是夫子家的鸟。"

1 梁国:郡国名,治所睢(suī)阳(今河南商丘南)。
2 聪惠:聪慧、聪明。惠,通"慧"。
3 孔君平:孔坦,字君平,会稽山阴(今浙江绍兴)人,东晋官吏、文学家。
4 诣:拜见。
5 乃:于是,就。
6 夫子:对长者的尊称。

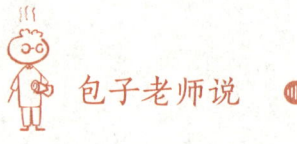
包子老师说

本则故事和谐音有关。孔坦看到孩子端出来的果子里有杨梅,联想到其姓氏,就故意逗他:"这是你家的家果。"意思是,这是杨梅,你也姓杨,你们是一家的啊!这本是句玩笑话,信手拈来,并无恶意。孩子则应声答道:"没听说孔雀是先生您家的鸟。"此处的"家禽"与现代意义上的"家禽"不同,"家"和"禽"各自独立表达相应的意思。这个回答非常巧妙,杨氏之子的"甚聪惠"可见一斑。

有多巧妙呢?你孔坦以姓氏做文章,那我也以姓氏"回礼",由你姓"孔"想到孔雀。孩子没有直接说"那孔雀还是夫子家禽呢",而是换成否定句式"未闻孔雀是夫子家禽",语气委婉,包含着与长辈对话时应有的礼貌,还传达了"既然孔雀不是您家的鸟,杨梅岂是我家的果"这层意思。杨氏之子的随机应变既没有伤到两家的和气,又能让人一笑而过。

有种"感慨"叫人何以堪

桓公北征[1],经金城[2],见前为琅邪[3]时种柳,皆已十围[4],慨然曰:"木犹如此,人何以堪[5]!"攀枝执条,泫然[6]流泪。

译 文

桓温北伐时,经过金城,见自己从前任琅邪内史时所种的柳树,都已经十围那么粗了,感慨地叹道:"树木尚且这样,人怎么经受得起岁月的消磨呢!"攀着树枝,抓住柳条,泪流不止。

---

1 桓公北征:指桓温在东晋太和四年(369年)北伐前燕。桓公,恒温,字元子,谯国龙亢(今安徽省怀远西)人。东晋政治家、军事家、书法家、权臣。

2 金城:地名。在今江苏句容北。

3 前为琅邪(láng yá):桓温于咸康七年(341年)任琅邪国内史,镇守金城。至伐燕时已过近三十年。

4 围:计量圆周的约略单位,两手拇指和食指合拢的长度,亦指两臂合抱的长度。

5 堪:忍受,能支持。

6 泫(xuàn)然:流泪的样子。

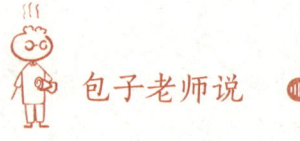
包子老师说

这是一则很有画面感的故事。桓温将人比物、以物抒怀,感慨时光飞逝。此时的桓温已进入晚年,尚有壮志未酬,可眼见着属于自己的时间越来越少,面对亲手植下的柳树,不由得抚今追昔,直抒胸臆,发自内心地感叹岁月无情,催人衰老。这是符合人性的正常情感展现,所以千载之后依旧能唤起读者的共情,这就是情感的力量、经典的魅力。

本则也被称作"柳老悲桓"。宋人姜夔在《永遇乐·次韵辛克清先生》中写道:"柳老悲桓,松高对阮,未办为邻地。"后来,"木犹如此"多被用作"树犹如此",成了感叹时光流逝、感慨年华易老的典故。运用举例——宋代辛弃疾《水龙吟》:"可惜流年,忧愁风雨,树犹如此!倩何人唤取红巾翠袖,揾英雄泪!"宋代贺铸《楼下柳》:"秋霁重来淮上,几换新蟾。楼下会看细柳,正摇落清霜拂画檐。树犹如此,人何以堪。"宋代欧阳修《去思堂手植双柳今已成阴因而有感》:"人昔共游今孰在,树犹如此我何堪。"宋代陈亮《贺新郎》:"二十五弦多少恨,算世间、那有平分月。胡妇弄,汉宫瑟。树犹如此堪重别。"

由于桓温曾任东晋大司马,所以也有用"司马树"或"金城柳"来暗指一典故的。

有种"经典"叫咏絮之才

谢太傅寒雪日内集[1]，与儿女讲论文义[2]。俄而雪骤[3]，公欣然曰："白雪纷纷何所似？"兄子胡儿[4]曰："撒盐空中差[5]可拟[6]。"兄女曰："未若柳絮因风起。"公大笑乐。即公大兄无奕女[7]，左将军王凝之妻也。

译文

谢安在一个寒冷的雪天把家人聚在一起，和儿女们讲解谈论文章。一会儿，雪下得又大又急，谢安兴致勃勃地问道："白雪纷飞像什么呢？"侄子谢朗说："好比把盐撒到空中。"侄女谢道韫说："还不如说是柳絮凭借风势在空中起舞。"谢安听后大笑，非常满意开心。这位侄女就是谢安兄长谢奕的女儿，左将军王凝之的妻子。

1 内集：家里人聚会。
2 文义：文章的义理。
3 雪骤：雪下得又大又急。
4 胡儿：谢朗，谢安侄子。
5 差：尚，略。
6 拟：相比。"撒盐"句：大意是，往天上撒盐满可以用来一比。差：甚；很。
7 大兄无奕女：谢安兄长谢弈之女谢道蕴，字令姜，又名韬元，东晋女诗人。

《谢家咏絮图》（清·钱慧安 绘）

 **包子老师说**

前文我们讲过谢安的言传身教，本则也是一个验证：谢太傅的家庭聚会开心愉快，还颇具文化意味。他们谈论诗文，吟诗作赋。这样的家庭氛围，让人心生神往。在东晋，谢家赫赫有名，讲究诗书礼仪，对教育很是重视。本则记载的是谢道韫"咏絮才"的由来。

谢道韫的这句"未若柳絮因风起"确比"撒盐空中差可拟"高明不少。用"柳絮因风起"的形象来描写大雪，形神兼备。其妙处在于一是雪花飞舞，飘飘洒洒，确与柳絮飞扬有神似之处；二是以春末才有的柳絮来比喻冬天的飘雪，显示了谢道韫的才情和生活态度；三是体现了谢才女的才思敏捷和洞察力之强，成就了文学史上的不朽经典，也是这个故事流传不息的原因所在。谢安对此也是极为赞许的——"公大笑乐"，这是发自内心的愉悦，是对侄女生动鲜活文采的肯定。"即公大兄无奕女，左将军王凝之妻也"一句，也颇有所指，暗示了谢道韫嫁得不错，日子过得有滋有味——只有成就更好的自己，才能成就更好的生活。

还有人从语言学角度分析谢安"公大笑乐"的原因。"撒盐空中差可拟"和"未若柳絮因风起"两句有个非常有趣的地方：前句是谢安侄子吟的，每个字都是开口音；后句是侄女谢道韫吟的，每个字都是闭口音。男孩子感情外露、有豪迈之情，女孩子感情含蓄、有委婉之意，男女两性的心理特点在这两句诗里体现得淋漓尽致。谢安可能也是发现了这一点，才开怀大笑，这是属于他的一个无比放松的瞬间。这也说明，分析看待事物，从不同角度出发，或许就有不一样的收获。

有种"放手"叫支公好鹤

支公[1]好鹤,住剡[2]东岇山[3]。有人遗[4]其双鹤,少时翅长欲飞,支意惜之,乃铩[5]其翮[6]。鹤轩翥[7]不复能飞,乃反顾翅垂头,视之如有懊丧意。林曰:"既有凌霄之姿,何肯为人作耳目近玩[8]?"养令翮成,置使飞去。

译 文

支道林喜欢养鹤,住在剡县东面岇山上。有人送给他一对小鹤。不久,小鹤翅膀长成,将要飞了,支遁心里舍不得它们,就剪短了它们的翅膀。鹤高举翅膀却不能飞,便回头看看翅膀,然后低下头来,看上去好像有懊丧之意。支遁说:"既然有直冲云霄的资质,又怎么肯给人做就近观赏的玩物呢?"于是,他把鹤喂养到翅膀再长起来,就放了它们,令其飞走。

---

1 支公:支遁,字道林,晋时和尚。
2 剡(shàn):剡县,属会稽郡。
3 岇(áng)山:山名。
4 遗(wèi):赠送。
5 铩(shā):摧残。
6 翮(hé):鸟羽的茎状部分,这里指翅膀毛。
7 轩翥(zhù):高飞的样子。
8 近玩:亲近的玩物或宠物。

 包子老师说

支遁在二十五岁时出家为僧。他既是著名僧人，也是名士，属于跨界的名流，与谢安、王羲之等交往甚密。

后世将本则故事总结为"支公好鹤"，其深意要给所喜欢的事物一个自由的空间，这一点至今有值得借鉴和参考意义。仔细来看，支道林在对待鹤的态度上，是有一个转变过程的：一开始，他因为舍不得小鹤，担心小鹤飞走，就剪短了它们的翅膀；后来观察鹤的情形，换位思考，感同身受，最终选择"放手"，给鹤一片自由自在的天空，去过它们想要和该有的生活。

是的，有一种爱叫放手，或许，放飞才是真正的爱；不要打着爱的名义给本应自由的精神意志套上无形的枷锁。

通览全文，支道林不是附庸风雅，也不是惺惺作态，他确实有过人之处。他不但养鹤还养马。《世说新语·言语》中有这样一则，说的是支道林经常养着几匹马。有人说："和尚养马并不风雅。"支道林说："我是看重马的神采姿态。"

《支遁爱马图》
（近代·任颐 绘）

和尚养马确实不够风雅，但支道林关注的重点很风雅：他看中马的神采姿态，是对美、力量、野性、风姿的追求和欣赏，与这一则"放手"可以对比着看。

叁　政事·选篇赏读

有种"定论"叫其罪莫大

陈仲弓为太丘[1]长，时吏有诈称母病求假，事觉，收[2]之，令吏杀焉。主簿请付狱考[3]众奸[4]，仲弓曰："欺君不忠，病母[5]不孝；不忠不孝，其罪莫大。考求众奸，岂复过此！"

译　文

陈仲弓任太丘县县令，当时有个小官吏假称母亲有病请假，事情败露，陈仲弓就逮捕了他，并命令狱吏将之处死。主簿请求

1　太丘：今河南永城西北。
2　收：逮捕。
3　考：考问，查究。
4　众奸：指诸多犯法的事。
5　病母：母亲生病。病，生病，名词动用。

交给法庭审讯，查究是否还有其他犯罪事实，陈仲弓说："欺骗君主就是不忠，诅咒母亲生病就是不孝；不忠不孝，没有比这个罪状更大的了。查究其他罪状，难道还能超得过这件吗！"

包子老师说

　　《世说新语》中的"政事"指的是行政事务，具体也指处理政务的才能以及可以借鉴效法的手段。政事在任何时代都很重要，事关人心的向背、社会的稳定发展。

　　通读《世说新语·政事》，就能体会到本篇其实是贯穿和提倡"以德治国"的，开篇的这一则"其罪莫大"和紧邻的一则"回车往治"都能说明这一点。

　　本则中，陈仲弓把欺骗君主、诅咒母亲看作不忠不孝，是极大的罪行，必须杀无赦。之前我们提过，当时人们认为孝不仅是一种美德，而且能给自身带来福祉。历史学家余嘉锡认为："伦常赖以维系，道德由之不亡。故虽江左偏安，五朝递嬗，犹能支柱二百七十余年，不为胡羯所吞噬。"孝道甚至成为维系五朝存在的支柱，触犯了孝，就是触犯了统治的根基，难怪陈仲弓会有此表现。将历史人物放到历史环境背景下考虑，其许多在今天看似不合理的行为，就有了合理的解释。

有种"结果"叫久而益敬

陈元方[1]年十一时,候袁公[2]。袁公问曰:"贤家君[3]在太丘,远近称之,何所履行[4]?"元方曰:"老父在太丘,强者绥[5]之以德,弱者抚之以仁,恣[6]其所安,久而益敬。"袁公曰:"孤[7]往者尝为邺[8]令,正行此事。不知卿家君法[9]孤,孤法卿父?"元方曰:"周公、孔子,异世而出,周旋动静[10],万里如一。周公不师[11]孔子,孔子亦不师周公。"

译 文

陈元方十一岁时,有一次去问候袁公。袁公问他:"令尊在

1 陈元方:陈仲弓的儿子。
2 袁公:未知指何人,一说指袁绍。
3 贤家君:对对方父亲的尊称。
4 何所履行:主谓倒装疑问句式,"所"字词组用作主语,"何"字用作谓语,即"所履何行",执行的是什么。
5 绥:安抚。
6 恣:听任。
7 孤:古时王侯的自称。
8 邺:今河北临漳西南。
9 法:效法。
10 周旋:指应酬、揖让一类礼节活动。动静:行止;行动。
11 师:效法。

太丘县任职时，远近的人都称颂他，他是怎么治理的呢？"元方说："老父在太丘时，对强者就用恩德来安抚他，对弱者就用仁爱来抚慰他，放手让他们安居乐业，时间久了就更加受到敬重。"袁公说："我过去曾经做过邺县县令，正是用的这种办法。不知道是你父亲效法我呢，还是我效法你父亲？"元方说："周公、孔子生在两个不同的时代，他们的礼仪举止虽然相隔很远也如出一辙；周公没有效法孔子，孔子也没有效法周公。"

 **包子老师说**

仔细品读本则，可以分出两个层次：一层是陈元方回答袁公关于自己父亲治理方略的问题，属"政事"；一层是陈元方回答袁公关于谁学习谁的问题，更像是"言语"篇的风格。

第一层，其实是能够体现出以德治国的政治主张和方略的。其中这句"强者绥之以德；弱者抚之以仁，恣其所安，久而益敬"就很能说明问题。提出要宽厚待民，给百姓恩惠，使其休养生息、安居乐业。能真正做的这一点，百姓的生活必定会有极大的改善。

第二层，袁公的问题其实不好回答，他的真正用意并非想知道是谁学了谁，而是有意为难陈元方。而陈元方机智应变，回答很得体。用周公和孔子为例来作答，既照顾了袁公的尊严，也保全了自家的体面，有点类似于"你和父亲都是贤德之人，不好互相效仿，你们各有特色"的意思，袁公自然听得出来。这个回答不卑不亢、落落大方，相信袁公对此回答也是很满意的。

有种"手段"叫贺邵为官

贺太傅[1]作吴郡,初不出门。吴中[2]诸强族[3]轻之,乃题府门云:"会稽鸡,不能啼[4]。"贺闻,故出行,至门反顾,索笔足[5]之曰:"不可啼,杀吴儿。"于是至诸屯邸[6],检校[7]诸顾、陆[8]役使官兵及藏逋亡[9],悉以事言上,罪者甚众。陆抗[10]时为江陵都督,故下[11]请孙皓[12],然后得释。

1 贺太傅:贺邵,字兴伯,会稽郡山阴县人,三国时吴国人,任吴郡太守,后升任太子太傅。

2 吴中:吴郡的政府机关所在地在吴,即今江苏省吴县,也称吴中。

3 强族:豪门大族。

4 会稽鸡,不能啼:因贺邵为会稽人,故蔑称会稽鸡,讥讽他徒有其貌而已。

5 足:使动用法,使……充足,意译为"补充"。

6 屯邸:庄园。

7 检校:查核。

8 顾、陆:顾雍、陆逊家族,都是江东的世家大族。

9 逋(bū)亡:逃亡。战乱之时,赋役繁重,贫民多逃亡到士族大家中藏匿,给他们做苦工,官府也不敢查处。

10 陆抗:吴郡人,丞相陆逊之子,孙策外孙。

11 下:当时陆抗所在的江陵居上游,孙皓所在的建业居下游,故说"下"。

12 孙皓:三国时吴国的亡国君主,公元280年晋兵攻陷建业,孙皓投降,吴亡。孙皓和陆抗有亲戚关系。

译　文

太子太傅贺邵任吴郡太守,到任之初,足不出府门。吴中所有豪门士族都轻视他,竟在官府大门写上"会稽鸡,不能啼"的字样。贺邵听说后,故意外出,走出门口,回过头来看,并且要来笔在句下补上一句:"不可啼,杀吴儿。"于是到各大族的庄园,查核顾姓、陆姓家族奴役官兵和窝藏逃亡户口的情况,然后把事情本末全部报告给朝廷,获罪的人非常多。当时陆抗正任江陵都督,也受到牵连,特意从江陵顺流而下,前往建业请求孙皓帮助,这才得以了结。

包子老师说

注意看,对于目无法纪的豪强,贺邵不是毫无章法地镇压,而是有一套组合拳,这也显示了他高超的政治手段:先示弱,不出门,估计是在查底细,做功课;功课做足之后,"挑逗"豪门世族上门挑衅,采用霹雳手段,毫不手软彻查,问题得以查清,许多人获罪;直到陆抗出面请求孙皓帮助,这才得以了结。贺邵的目的得以完全达成,而且懂得见好就收,非常老练。

下篇　"世说"传世,"新语"新解　　207

有种"大度"叫鱼何足惜

王安期[1]为东海郡,小吏盗池中鱼,纲纪[2]推[3]之。王曰:"文王之囿,与众共之[4]。池鱼复何足惜!"

译 文

王安期任东海郡内史时,有个小吏偷了池塘中的鱼,主簿要追查这件事。王安期说:"从前周文王的猎场是和百姓共同使用的。池塘中的几条鱼又有什么值得吝惜的呢!"

1 王安期:王承(275—320年),字安期,太原晋阳(今山西太原)人,王述之父。西晋时为东海王司马越记室参军、东海太守。

2 纲纪:即主簿(主管府中事务的官)。

3 推:推究,查究。

4 文王之囿,与众共之:语出《孟子·梁惠王下》,孟子回答齐宣王有关文王之囿的问题,阐述侯王之囿不在大小,应与民同享的道理。囿,古代帝王畜育禽兽的园子。共,共同使用。

 包子老师说

　　从上一则"贺邵为官"中可以看到，对待目无法纪的豪强，官员采取的是霹雳手段，杀伐决断，毫不留情。但在本则中，我们看到了另外一种政事的处理方式：对于个别小偷小摸、无伤大雅的行为，可以宽厚处理，以示宽政。

　　王安期对待小吏偷鱼的行为就是这样处理的，还引用了周文王的典故，处理得很有水平，富有人情味，令人称赞。能妥善处理事务、实行仁政，达到比实行严刑峻法还好的效果，这也是一种高超的治世才能。

有种"节俭"叫木屑竹头

陶公[1]性检厉[2],勤于事。作荆州时,敕船官悉录[3]锯木屑,不限多少。咸不解此意。后正会[4],值积雪始晴,听事[5]前除[6]雪后犹湿,于是悉用木屑覆之,都无所妨。官用竹,皆令录厚头[7],积之如山[2]。后桓宣武伐蜀[8],装船,悉以作钉。又云:尝发[9]所在竹篙,有一官长连根取之,仍当足[10],乃超[11]两阶[12]用之。

---

1 陶公:陶侃,东晋时期名将。

2 检厉:方正严肃。

3 录:采集。

4 正(zhēng)会:正月初一皇帝朝会群臣,接受朝贺的礼仪;封疆大臣也在这一天会见僚属。

5 听事:处理政事的大堂。

6 除:台阶。

7 厚头:靠近根部的竹头。

8 桓宣武伐蜀:晋惠帝司马衷太安元年,李特起兵,占领蜀地,前后六世,四十余年,到东晋的晋穆帝司马聃(dān)永和初年,桓温率军伐蜀,李势归降,国灭。

9 发:征调。

10 仍当足:在撑船舷的竹篙头部包上铁制的部件,就是铁足。这个官长用竹根代替铁足,既善于取材,又节省了铁足。

11 超:越级提升官职。

12 两阶:两个等级。

译 文

陶侃本性检点认真,工作勤恳。担任荆州刺史时,吩咐负责建造船只的官员把木屑全都收藏起来,多少不限,大家都不明白这是什么用意。后来到正月初一贺年时,正碰上连日下雪刚刚转晴,正堂前的台阶雪后还是湿漉漉的,于是全用木屑铺上,就一点也不妨碍出入了。官府用的竹子,都叫把竹头收集起来,堆积如山。后来桓温讨伐后蜀,要组装战船,这些竹头就都用来做了钉子。又听说陶侃曾经征调过当地的竹篙,有一个主管官员把竹子连根砍下,就用根部当作铁足,陶侃便将他的官职连升两级来任用。

检点认真的陶侃

 **包子老师说**

读本则我们可以品味出以下几层意思:第一层,要学会节俭,懂得爱惜物力,须知"一粥一饭,当思来之不易;半丝半缕,恒念物力维艰";第二层,要学会废物利用,陶侃不是单纯的节俭,而是把看似废物的东西合理地利用到了紧缺的地方,起到了效果。不像有些人,可能存了很多东西,最终都是扔掉或处理掉。

《资治通鉴》也有"陶侃惜谷"的故事。陶侃外出游玩，看到一个人拿着一把没熟的稻穗，便问："你拿这些东西干什么？"那人说："我走在路上看见，随便就取来玩玩了。"陶侃非常生气地对他说："你自己不努力种田也就罢了，还为了玩乐而祸害农民的庄稼！"说完就把那人抓起来鞭打。这件事传开以后，老百姓都勤恳耕种，家家生活宽裕，人人丰衣足食。这也是陶侃爱惜物力、注重节俭的证明。

肆 文学·选篇赏读

有种"成全"叫郑玄赠注

郑玄欲注《春秋传》[1],尚未成。时行与服子慎[2]遇,宿客舍。先未相识[2],服在外车上与人说己注《传》意,玄听之良久,多与己同。玄就车与语曰:"吾久欲注,尚未了。听君向[3]言,多与吾同,今当尽以所注与君。"遂为《服氏注》。

1《春秋传》:《春秋左氏传》,即《左传》。
2 服子慎:服虔,字子慎,任九江太守,作《春秋左氏传解谊》。
3 向:刚才。

译 文

郑玄想要注释《春秋传》，还没有完成。这时有事到外地去，和服子慎相遇，住在同一个客店里，起初两人并不认识。服子慎在店外的车子上，和别人谈到自己注《春秋传》的想法，大意如何。郑玄听了很久，听出服子慎的见解多数和自己相同。郑玄就走到车前对服子慎说道："我早就想要注《春秋传》，还没有完成。听了您刚才的谈论，大多和我相同，现在应该把我作的注全部送给您。"终于成了服氏注。

 包子老师说

《世说新语·文学》中的"文学"指文章博学，包括辞章修养、学识渊博等内容，与我们现在提的"文学"概念有一定的出入。本篇所载多是有关清谈活动，编纂者将此视为文学活动记述下来。

魏晋时代，清谈的名士们不但高谈老庄（即老子和庄子），还有一些人留心佛教经义，跟佛教徒关系密切，这已经形成一种文学风气，也是"文学"篇的一大特色。

郑玄在当时的学术界特别是经学领域，是当之无愧的领军人

郑玄

物。他治学以古文经学为主,兼顾今文经学;广泛批注儒家经典,以毕生精力整理古代文化遗产,为汉代经学的集大成者;著有《天文七政论》《中侯》等书,共百万余言,世称"郑学"。

郑玄作为经学的大师,在听了许久服虔和别人谈到自己注《左传》的想法、观点后,没有嫉妒对方,也没想抓紧完善关于《左传》的注解尽快"出版",以免被对方抢了风头。他是怎么做的呢?主动走上前去,将自己的"学术成果"让给素不相识的服虔,铸就了一段学术史上的"成人之美",有种"宝剑赠英雄"的惺惺相惜。这确实是相当有风度的一件事。郑玄不但在别人的学术方面提供帮助,更凸显了自己的人品。这是绝对的真大师、真君子。

有种"求学"叫窃听户壁

服虔既善《春秋》[1],将为注,欲参考[2]同异。闻崔烈[3]集门生讲传,遂匿姓名,为烈门人赁[4]作食。每当至讲时,辄窃听户壁间[5]。既知不能逾己,稍共诸生叙其短长。烈闻,不测何人,然素闻虔名,意疑之。明蚤[6]往,及未寤[7],便呼:"子慎!子慎!"虔不觉惊应,遂相与友善。

译 文

服虔对《春秋左氏传》很有研究,将要给它做注释,想参考各家的异同。他听说崔烈召集学生讲授《左传》,便隐姓埋名,去给崔烈的学生当佣工做饭。每当讲授的时候,他就躲在门外偷听。等他了解到崔烈所说并没有超过自己的地方,便渐渐和那些学生谈论崔烈的长处与短处。崔烈听说后,猜不出是什么人,可

---

1 《春秋》:《春秋》是鲁国一部编年体史书,这里指《春秋左氏传》。
2 参考:查阅、考察、比较等。
3 崔烈:字成考,汉灵帝时官至司徒、太尉,封阳平亭侯。
4 赁(lìn):做佣工。
5 户壁间:门外。
6 蚤:通"早"。
7 寤:睡醒。

他素来听闻服虔的名声,猜想是他。第二天一大早,崔烈就去拜访,趁服虔还没睡醒的时候,便突然叫:"子慎!子慎!"服虔不觉惊醒答应,从此两人就结为好友。

包子老师说

在前一则"郑玄赠注"中提到过服虔,在郑玄的帮助下,他最终完成了《左传》的注释。本则讲述的是他偷师崔烈的故事,细细品读,可以得到以下一些启发或思考:

其一,要想治学成功,必须博采众长,取长补短,不能闭门造车、自以为是。从"服虔既善《春秋》"来看,此时的他对《春秋左氏传》已经很有研究了,可他并没有满足,马上动手做注,而是想着还要参考下各家的看法,让自己的观点更科学、全面、完善,这种治学态度是值得称赞的。

其二,要想有所成就,就要敢于放下身段、放低姿态,不能犹豫不前、太好面子。从本则来看,服虔为了能够听崔烈讲授《春秋左氏传》,不惜隐姓埋名,去给崔烈的学生当佣人做饭,然后找机会躲在门外偷听。从后文崔烈"素闻虔名"来看,服虔此时在研究和讲授《左传》这个领域已经很有名气了,跟崔烈是"同行",却能够放下身段来"蹭课",其治学精神令人钦佩。

其三,要正确理解"既知不能逾己,稍共诸生叙其短长"的用意,用今人的眼光看,服虔了解到崔烈所说并没有超过自己的地方,便渐渐和那些学生谈论崔烈的长处与短处。细品不难发现，服虔并不是来"踢场子"的，而是出于"技痒"，忍不住讲出自己的观点，是纯粹的学术行为，也是为了引起崔烈的注意，为后续的学术探讨做铺垫。

　　其四，本则中崔烈的做法更具风度。按说，服虔欺骗自己来"蹭课"，还在背后评说自己的学术得失，多多少少是有些不礼貌的。但崔烈对此没有生气，而是非常理解，还亲自上门拜访，最后和服虔成了好朋友。崔烈这种治学与为人的宽广胸怀，也是非常值得肯定的。

有种"请教"叫户外遥掷

钟会撰《四本论》[1]始毕,甚欲使嵇公一见。置怀中,既定,畏其难[2],怀不敢出,于户外遥掷,便回急走。

译 文

钟会刚刚完成《四本论》的撰著,很想让嵇康看一看。便揣在怀里,揣好以后,又怕嵇康质疑问难,不敢拿出,走到门外远远地扔进去,便转身急急忙忙地跑了。

 包子老师说

钟会一直对玄学颇有研究,年轻时还专门写了一本书,叫《四本论》,这是他呕心沥血的得意之作。就好比很多并没有多大才华的人写了点东西后,总以为进步很大,恨不得让全天下人都知道,尤其是想和高手较量一下,钟会大概就是这样子

---

[1]《四本论》:才能与人性善恶的问题是魏晋时期清谈的重要内容之一。钟会撰《四本论》,专门论述了人的才能与善恶之间的同、异、合、离的关系。

[2] 难(nàn):问难,质疑。

的。不过这种心情也可以理解，谁不希望得到别人的肯定和赞赏呢？

钟会肯定很想让自己的偶像点评一番，就兴冲冲地到嵇康家里拜会。结果到了嵇康住的地方，想到嵇康的才情和风度，他居然忐忑了，紧张坏了，小时候面圣都没这么紧张。当时他是进去吧，为难，一走了之，又不甘，干脆直接把书扔进院子，掉头就跑。试想一下这个场景，钟会倒也挺可爱的。

钟会和嵇康的故事还没完。通读《世说新语》，会发现他们后来还有过面对面的交往。其实嵇康被处以极刑，跟钟会还有很大关系。这个留在以后讲。这本是一个很好的求学故事，最后居然染上了悲凉的底色，忍不住长叹一声。

有种"选择"叫遂不复注

何晏注《老子》未毕,见王弼自说注《老子》旨。何意多所短[1],不复得作声,但应诺诺[2]。遂不复注,因作《道德论》。

译 文

何晏注释《老子》还没完成时,一次听王弼谈起自己注释《老子》的要旨,对比之下,何晏觉得自己的见解有很多欠缺的地方,便不敢再开口,只是连声答应"是是"。于是他不再注释下去,便另写《道德论》。

包子老师说

王弼与何晏、钟会等人是好友。可在本则中,王弼偏要跟何晏"抢生意",他也要注释《老子》。当何晏看见这部书的时候,自觉与王弼的巨大差距。王弼的注释具有划时代的意义,他用一个"无"的理论把老子和儒家贯通了起来,完成了本体

---

1 短:不足,欠缺。
2 诺诺:连声答应,表示同意。

论和可感世界的联系,这是极富创造性的贡献,何晏自愧不如。

然而,作为吏部尚书、当朝权贵,何晏的表现很有风度,他没有想到将王弼的理论成果据为己有,也没有想到打压对方,而是选择改弦更张、另起炉灶,写了属于自己的《道德论》。何晏只愿把最好的东西署上自己的名字,如果作品注定"先天不足"是个次品,他宁愿放弃,宁愿没人见过它。尊重学术和文友,是何晏的操守,是何晏的信仰,也是当时全体魏晋士人的操守和信仰。

自尊也是尊重别人,何晏就是这样做的。无论和他进行学术辩论的是名不见经传的王弼,还是早已天下扬名的夏侯玄,对何晏来说,大家都是平等的。无论对方的论点怎样挑衅了他,都属于学术辩论的范畴,只能以理服人,别的手段连想也不该想。

由此可见,何晏不但长得美,学术行为和操守也很美。

有种"戏谑"叫未得牙慧

殷中军[1]云:"康伯[2]未得我牙后慧[3]。"

译 文

中军将军殷浩说:"康伯还没有学到我牙缝里的一点聪明。"

包子老师说

本则中,殷浩留下了一个成语,叫"拾人牙慧",现在多用于比喻抄袭或套用别人说过的话。牙慧即牙后慧,意即蹈袭别人的言论。

韩伯是殷浩的外甥,要叫殷浩舅父,殷浩很喜欢他。看得出来,在本则中,殷浩对韩伯这个外甥的"不开窍"有些着急,才说了这句略带"戏谑"成分的话,也是希望韩伯尽快领悟到清谈的真谛,尽快开悟,有一种长辈督促的味道在其中。

---

1 殷中军:殷浩。
2 康伯:韩伯,殷浩的外甥,殷浩很喜欢他。
3 牙后慧:指言外的义理情趣。殷浩善清谈,这里是说康伯还不善谈玄。

有种"坦然"叫夷然不屑

有北来道人好才理[1],与林公[2]相遇于瓦官寺[3],讲《小品》[4]。于时竺法深[5]、孙兴公[6]悉共听。此道人语,屡设疑难,林公辩答清析,辞气俱爽,此道人每辄摧屈[7]。孙问深公:"上人[8]当是逆风家,向来何以都不言?"深公笑而不答。林公曰:"白旃檀[9]非不馥[10],焉能逆风!"深公得此义,夷然不屑[11]。

译 文

有位从北方来的和尚喜欢谈论玄理,与支道林在瓦官寺相遇,讲解《小品经》。当时竺法深和尚、孙兴公等人都去听讲了。

---

1 才理:指玄理。
2 林公:东晋僧人支遁,字道林。
3 瓦官寺:东晋名寺,在今南京西南。
4《小品》:指佛教经典《小品般若波罗蜜经》,这是略本,称小品。另有详本,是大品。
5 竺法深:竺潜,字法深,俗姓王,少年时出家。他学艺渊博,人称深公。
6 孙兴公:孙绰,字兴公。
7 摧屈:受挫屈服。
8 上人:上人是佛教用语,称有上德的人,也用来尊称僧人。
9 白旃(zhān)檀:白檀香树,极香,原产印度、非洲等地。
10 馥:香。
11 夷然不屑:泰然自若,毫不在意的样子。

这位和尚的言谈中,屡次都设下疑难问题,支道林的答辩分析透彻,言辞气概都很爽朗。这位和尚总是被驳倒。孙兴公就问竺法深说:"上人应该是逆风而进的人士,刚才为什么一句话也不说?"竺法深笑笑,没有回答。支道林接口说:"白檀香并不是不香,但逆风怎能闻到香呢!"竺法深听后,坦然自若,毫不在意。

包子老师说

故事中没有特意赞扬支道林如何高深,但从北来和尚受挫的经历已衬托出谁是高手。这样的写作手法相当高妙。

当时,竺法深、孙兴公等人是听众。支道林和和尚谈话结束后,孙兴公质问竺法深,你刚才为啥不说话,你一向是"逆风专家"。竺法深笑而不语。支道林接了这句话:"白檀香并非不香,但是逆风怎能闻到其馥郁的芳香呢!"三人一问一答之间已经看出各人脾性。孙兴公是个急性子,很快发问;竺法深笑而不答,定力深厚;支道林即问即答,洒脱随性。

至于竺法深为何没有说话,推测应该是自认赶不上支道林的见识,不如不说;或者感觉支道林的见解与自己相同,说有何用?所以选择坦然自若、置之不理。

看来,选择沉默,有时候也是一种风度,也是一种不错的处事方式。

有种"问题"叫何句最佳

谢公因[1]子弟集聚,问:"《毛诗》[2]何句最佳?"遏[3]称曰:"昔我往矣,杨柳依依;今我来思,雨雪霏霏。"[4]公曰:"訏谟定命,远猷辰告[5]。"谓此句偏[6]有雅人[7]深致[8]。

译 文

谢安趁子侄们聚会在一起的时候,问道:"《诗经》里面哪一句最好?"谢玄称赞说:"最好的是'昔我往矣,杨柳依依;今我来思,雨雪霏霏'。"谢安说:"应该是'訏谟定命,远猷辰告'最好。"他认为这一句特别有高雅之士的深远意趣。

1 因:趁。
2 《毛诗》:即《诗经》,周代的一部诗歌总集,现在流传下来的是由毛亨和毛苌作传的,又称毛诗。
3 遏:谢玄,小字遏,谢安的侄儿。
4 "昔我往矣"四句:出自《诗经·小雅·采薇》,大意是:想起我离家出征的时光,杨柳轻轻摆荡;如今我回到家乡啊,雪花漫天飘扬。(按:谢玄是从艺术性层面称赞这两句的)
5 "訏(xū)谟定命,远猷辰告"句:出自《诗经·大雅·抑》,大意是:国家大计一定要号召,重大方针政策要及时宣告。(按:谢安是从政治角度肯定这一句的)
6 偏:特别,偏偏。
7 雅人:高尚文雅的人。
8 深致:深远的意趣。

 包子老师说

按照"诗言志"的诗教传统,谢安的本次谈话恐怕也是为了借机考察子侄们的志向。和小辈们谈天说地,是他教育、考察后代的一种方法,亦是身教,一种很不错的教育方式。

本则中,谢玄以为"昔我往矣,杨柳依依;今我来思,雨雪霏霏"最好。谢安则认为"訏谟定命,远猷辰告"才具深远的高雅情致。至于谁的艺术眼光更高,就见仁见智了,文艺作品的欣赏本就是极富个性化的思维活动,同一个人的学养、才干、性格、气质都有极大的关系。

文艺鉴赏论一类的著作虽然可以说出许多道理,总结出一些规律,但它无法也无须为鉴赏规定固定的模式。同一作品对不同读者,甚至在同一读者的不同时期,都可能产生不同的影响,这是一个动态过程,也正是文艺鉴赏的魅力所在。

有种"才华"叫七步成诗

文帝[1]尝令东阿王[2]七步中作诗,不成者行大法[3]。应声便为诗曰:"煮豆持作羹,漉菽以为汁。[4]萁在釜下然[5],豆在釜中泣[6]。本自同根生,相煎何太急[7]!"帝深有惭色。

1 文帝:魏文帝曹丕,曹操之子,逼迫汉献帝让位,自立为帝。
2 东阿王:曹植,字子建,曹丕的同母弟,天资聪敏,是当时的杰出诗人,深得曹操宠爱。曹丕登帝位后,他很受压迫,一再贬爵徙封,后封为东阿王。
3 大法:指死刑。
4 "煮豆"句:大意是,煮熟豆子做成豆羹,滤去豆渣做成豆汁。羹,有浓汁的食品;漉(lù),过滤;菽(shū),豆类总称。
5 然:同"燃"。
6 "萁在"句:大意是,豆秸在锅下烧,豆子在锅中哭。然,通"燃",烧。
7 "本自"句:大意是,我们(豆子和豆秸)本来是同根所生,你煎熬我怎么这样急迫!(按:曹植借豆子的哭诉,讽喻胞兄曹丕对自己的无理迫害)

译　文

魏文帝曹丕曾经命令东阿王曹植在七步之内作成一首诗,作不出的话,就要动用死刑。曹植应声便作成一诗:"煮豆持作羹,漉菽以为汁。萁在釜下燃,豆在釜中泣。本自同根生,相煎何太急!"魏文帝听了深感惭愧。

包子老师说

"本是同根生,相煎何太急",千百年来已成为人们劝诫避免兄弟阋墙、自相残杀的普遍用语,流传极广。

曹植以萁豆相煎为喻控诉了曹丕对自己和其他众兄弟的残酷迫害,口吻深沉委婉,讥讽中有提醒和规劝,一方面反映了诗人的聪明才智,另一方面也反映了曹丕迫害手足的残忍。当然,此诗属于急就而成,谈不上意象的精巧、语言的锤炼,与曹植其他诗作的风格也不一致,但它的比喻贴切而生动、寓意浅显却深刻,由此赢得了千百年来读者的欣赏。

曹植吟完此诗,正好走了七步。曹丕听后,羞愧难当,免去了他的死罪,将之贬为安乡侯。曹植七步成诗的事很快就传开了,人们也因此而称赞他有"七步之才"。

有种"感受"叫览之凄然

孙子荆[1]除妇服[2],作诗以示王武子。王曰:"未知文生于情,情生于文[3]?览之凄然[4],增伉俪[5]之重。"

译 文

孙子荆为妻子服丧期满后,作了一首悼亡诗,拿给王武子看。王武子看后说:"真不知是文由情生,还是情由文生!看了你的诗感到悲伤,也增加了我对夫妻情义的珍重。"

1 孙子荆:孙楚(220—293年),字子荆,太原中都(今山西平遥)人,西晋官员、文学家。曹魏骠骑将军孙资之孙,南阳太守孙宏之子。

2 除妇服:按照礼俗为妻子服丧期满,脱去丧服。妇,指孙楚之亡妻。

3 "未知"句:"文"指文章,"情"指思想感情。这句是说:情文相生,文与情交融在一起了,分不出哪是情、哪是文,即情文并茂。

4 凄然:悲伤。

5 伉俪(kàng lì):夫妻。

 **包子老师说**

这则故事给我们最大的感受就是——最是真情能感人。正是因为孙子荆的诗作融合了真情实感,才会让王武子有这样的感慨。可见,发自肺腑的情愫比华丽的修辞要有力量得多。

关于孙子荆和王武子的故事,《世说新语》中还有几则,来欣赏一下:

他们之间有诉说心志的交谈。孙子荆年轻时想要隐居,告诉王武子说"就要枕石漱流",口误说成"漱石枕流"。王武子说:"流水可以枕,石头可以漱口吗?"孙子荆说:"枕流水是想要洗干净自己的耳朵,漱石头是想要磨炼自己的牙齿。"倒也机智有趣。

两人各自谈论自己家乡风土人情的出色之处。王武子说:"我们那里的土地坦而平,水淡而清,人廉洁又公正。"孙子荆说:"我们那里的山险峻巍峨,水浩荡扬波,人才杰出而众多。"是不是很有画面感?

孙子荆自恃才高,很少敬服他人,独推崇王武子。武子死了,当时的名士没有不来吊丧的,子荆随后才到,临近遗体痛哭极哀,客人无不泪下。子荆哭完,朝着武子灵座道:"你往常喜欢我学驴叫,现在我再为您学一次。"孙子荆学得惟妙惟肖,众客都笑了。孙子荆抬头道:"老天还让你们这些人活着,而如此难得的人才竟然死了。"可见,孙、王二人感情之深厚,也可见不拘俗礼、洒脱随意的魏晋风度。

有种"失落"叫从此怏旨

习凿齿史才[1]不常,宣武[2]甚器之,未三十,便用为荆州治中[3]。凿齿谢笺[4]亦云:"不遇[5]明公[6],荆州老从事[7]耳!"后至都见简文,返命[8],宣武问:"见相王[9]何如?"答云:"一生不曾见此人。"从此怏旨,出[10]为衡阳郡,性理[11]遂错。于病中犹作《汉晋春秋》,品评卓逸。

---

1 史才:编撰史书的才学。

2 宣武:桓温的谥号。桓温在东晋时代权势很大,累迁荆州刺史,后任大司马、大将军,逐渐总揽大权,久怀篡夺之志,故有下文所叙之事。

3 治中:官名,是州郡的佐官,并主管文书。

4 谢笺:答谢的信。笺是一种文体,是写给尊贵者的信。

5 遇:遇合,指得到权贵的赏识。

6 明公:对尊贵者的敬称,这里指桓温。

7 从事:官名,州郡长官的下属。(按:桓温在一年内把习凿齿提升三次,最后升为治中)

8 返命:复命,执行命令后回来报告。

9 相王:简文帝司马昱(yù)当时已会稽王的身份担任丞相,故称。

10 出:指调出荆州。

11 性理:性情理智。

译 文

习凿齿治史的才学很不寻常,桓温非常看重他,还没到三十岁,就任用他为荆州治中。凿齿在给桓温的答谢信里也说:"如果不是受到阁下的赏识,我只是荆州的一个老从事罢了!"后来桓温派他到京都见丞相,回来报告的时候,桓温问:"你见了相王,觉得他怎么样?"凿齿回答:"从来不曾见过这样的人。"由此触犯了桓温,被降职出任衡阳郡太守,从此神志就错乱了。他在病中还坚持写《汉晋春秋》,品评人物、史实,见解卓越。

包子老师说

通过阅读本则可以知道,习凿齿的职业生涯与桓温的大力提拔是分不开的,可以说,习凿齿是在桓温的帮助下才有"未三十,便用为荆州治中"这样成就的,习凿齿也表达了自己对桓温的感激之情。

然而在桓温有篡夺之心这件事上,习凿齿选择了"背叛",他是不同意的,触犯了桓温,由此失宠。习凿齿坚守自己的原则,没有搞"小团伙"那一套,是个有原则、有底线的人。即便被降职、神智错乱,在病中还写了《汉晋春秋》,想以此裁定正逆,达到节制桓温的目的。这本书记载的历史起于汉光武帝,终于晋愍帝。写三国鼎立之事,西蜀作为汉朝宗室为正统,魏武帝虽然接过了汉皇位后又禅让于晋,仍为篡逆。至晋文帝平定西蜀,才算汉朝覆亡而晋朝兴起。引证晋世祖司马炎有炎兴之义，后主刘禅有禅让之兆，阐明天帝旨意不容许以势力强夺皇位。

　　关于习凿齿，还留下这样一则文学趣事。当时有个僧人释道安俊逸善辩，有高才，从北方到荆州，与习凿齿初次会见。释道安道："弥天释道安。"习凿齿应声道："四海习凿齿。"成就了佳对。

伍 方正·选篇赏读

有种"失礼"叫过中不至

陈太丘与友期行[1],期日中[2]。过中不至,太丘舍去[3],去后乃至。元方时年七岁,门外戏。客问元方:"尊君[4]在不?"答曰:"待君久不至,已去。"友人便怒,曰:"非人哉!与人期行,相委[5]而去!"元方曰:"君与家君期日中。日中不至,则是无信;对子骂父,则是无礼。"友人惭,下车引[6]之,元方入门不顾。

1 期行:约定时间同行。
2 日中:日到中天,中午。
3 舍去:不顾而自行离开。
4 尊君:尊称对方父亲。
5 委:舍弃,抛弃。
6 引:拉。

译　文

　　太丘长陈寔和朋友约好一同外出,定在中午出发。过了中午,朋友还没有来,陈寔不管他,自己走了,之后,那位朋友才到。当时陈纪才七岁,正在门外玩耍。来客问他:"令尊在家吗?"陈纪回答说:"家父等了您很久,见您不来,已经走了。"那位友人便生起气来,说道:"真不是人呀!和别人约好一起走,却扔下别人不管,自己走了!"陈纪说:"您是跟家父约定中午见面的,到了中午还不来,这就是失信;当着人家儿子的面骂他的父亲,这是无礼。"友人听了很惭愧,下车来拉他的手。陈纪却跑进大门,不回头看他一眼。

 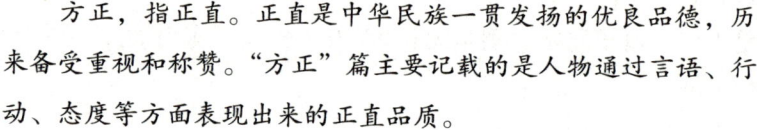

包子老师说

　　方正,指正直。正直是中华民族一贯发扬的优良品德,历来备受重视和称赞。"方正"篇主要记载的是人物通过言语、行动、态度等方面表现出来的正直品质。

　　本则是《世说新语》中的名篇,也叫"陈太丘与友期行"。出色之处在于:其一,道理深刻。它告诉我们做人要讲求诚信,为人要方正。言而有信、恪守约定,是美德,也是原则。陈寔的朋友"过中不至",显然是理亏的一方;还当着陈寔儿子的面数落其父,不但指责本身站不住脚,还有失礼节。这位友人活脱脱一副无理取闹的模样,也难怪年幼的陈纪不想理他了。尊重是双向的。你尊重对方,对方才有可能尊重你;如果不把别人放在眼里,对方估计也不会把你摆在什么尊贵的位置上。有时候,我们会感慨别人对自己冷漠、无礼,是否也要多反思一下自己的态度和做法?己所不欲,勿施于人。

其二,语言精练,画面感强。本则仅百余字,却叙述了一个完整的故事,刻画了三个人物形象,交代了时间、人物、情节,言简意赅。开头用"期日中""过中""去后"三个时间概念,说明陈寔确实等了友人很久;结尾处,客人的"惭""下""引",写尽了其心理变化引发的举止,活灵活现;陈纪的"入门""不顾"则表现了一种坚决的态度。

有种"操守"叫松柏之志

南阳¹宗世林²,魏武³同时,而甚薄⁴其为人,不与之交。及魏武作司空⁵,总朝政,从容问宗曰:"可以交未?"答曰:"松柏之志⁶犹存。"世林既以忤旨见疏⁷,位不配德³。文帝兄弟⁸每造⁹其门,皆独拜床¹⁰下。其见礼如此。

译文

南阳郡人宗世林和曹操是同时代人,很是瞧不起曹操的为人,不肯与之结交。曹操做了司空总揽朝廷大权的时候,曾委婉地问宗世林:"现在可不可以结交呢?"宗世林回答:"我松柏一

---

1 南阳:郡名,治宛县(今河南南阳)。
2 宗世林:宗承,字世林,三国时期魏南阳安众(今河南镇平)人。以德行为世所重。曹操年轻时,想和他结交,遭到拒绝。
3 魏武:曹操,死后追尊为魏武帝,故称。
4 薄:轻视。
5 司空:官名,三公之一,参议国事。曹操在汉献帝建安元年(196年)为司空,总揽朝政。
6 松柏之志:以松柏常青比喻清高、不屈的性格和意志。
7 见疏:被疏远。
8 文帝兄弟:指曹操的儿子曹丕、曹植等。
9 造:前往,到。
10 床:坐榻。

样的意志还没有变。"因为不合曹操的心意，宗世林被疏远，官职很低，和他的德行不相配。曹丕兄弟每次都是以晚辈的身份登门拜访，特别在他的坐榻前行拜见礼。他就是这样地受到尊敬。

包子老师说

  本则塑造了不畏权贵、不事谄媚的耿直形象——宗世林。他与人交往坚持原则，并不因为对方的地位有所变化而动摇，用他自己的话就是"松柏之志犹存"。能够做到这一点，不论在什么时代，都是非常可贵的。

  松柏之志，指坚贞不移的志节，形容为人内心清廉，不攀附权贵，不阿谀奉承。诗仙李白的"松柏本孤直，难为桃李颜"句就生动地阐释了"松柏之志"的内涵。正因这种比松柏、钢铁更不易改变的操守，宗世林赢得了曹家的尊敬。虽然曹操在职场上打压宗世林，但在礼节上还是厚待他的。特别是曹丕兄弟拜访，都要以晚辈的身份行礼，这既是对宗世林青眼有加，又何尝不是曹家的一种风度？

有种"从容"叫颜色不异

夏侯玄[1]既被桎梏[2],时钟毓为廷尉[3],钟会先不与玄相知,因便狎[4]之。玄曰:"虽复刑余之人[5],未敢闻命[6]!"考掠[7]初[8]无一言,临刑东市[9],颜色不异。

译文

夏侯玄被逮,戴上了手铐脚镣,当时钟毓任廷尉,其弟钟会先前和夏侯玄没什么交情,这时趁机戏辱夏侯玄。夏侯玄说:"我虽然是罪人,也不敢遵命。"经受严刑拷打,他始终不出一声,临到解赴法场行刑,依然面不改色。

1 夏侯玄(209—254年):字太初,三国时期曹魏大臣、思想家、文学家,征南大将军夏侯尚之子,大将军曹爽的表弟。
2 桎梏(zhì gù):脚镣和手铐,此处意指拘捕。
3 廷尉:官名,九卿之一,掌管诉讼刑狱之事。
4 狎(xiá):亲近而不庄重。
5 刑余之人:受过刑的人。
6 未敢闻命:婉辞,意指不愿听由你的摆布。
7 考掠:拷问。
8 初:从来,根本。
9 东市:汉代在长安东市处死犯人,后指法场。

 **包子老师说**

夏侯玄是当时的名士,当之无愧的真名士自风流!本则中,夏侯玄不但拒绝钟会的示好,坚持自己的交友原则,而且在经受严刑拷打的时候,不出一声。最难得的是,面对死亡尚能做到"颜色不异",坦然赴死。至今读来,仍然令人感佩。

夏侯玄有雅量。"雅量"篇中载"夏侯太初尝倚柱作书,时大雨,霹雳破所倚柱,衣服焦然,神色无变,书亦如故。宾客左右皆跌荡不得住"。夏侯玄曾经靠着柱子写字,当时大雨滂沱,雷电击中了他所倚靠的柱子,连衣服都被烧焦了,他却泰然自若,依然写字。其余宾客和手下都吓得不轻,站都站不稳了。这种"泰山崩于前而色不变"的气度,凸显其沉着冷静的本色。"容止"篇中还有关于夏侯玄的两则,不妨来拓展看一下。

其一,魏明帝使后弟毛曾与夏侯玄共坐,时人谓"蒹葭倚玉树"。

夏侯玄初任散骑黄门侍郎,年轻时就很出名。魏明帝曹叡命他和皇后的弟弟毛曾并排坐在一起,夏侯玄却认为这是耻辱,因为太不相称。魏明帝很不高兴,就把他降为羽林监。蒹葭倚玉树,蒹是荻(dí),葭是芦苇,比喻微贱、貌丑。玉树指传说中的仙树或珍宝制作的树,比喻品貌之美。此处指两个品貌极不相称的人在一起。

其二,时人目夏侯太初"朗朗如日月之入怀",李安国"颓唐如玉山之将崩"。

时人评论夏侯太初好像怀里揣着日月一样光彩照人,李安国精神不振,像玉山将要崩塌一样。李安国,李丰,字安国,任中书令,后被杀。

有种"回答"叫圣质如初

和峤为武帝所亲重,语峤曰:"东宫[1]顷似更成进,卿试往看。"还,问:"何如?"答云:"皇太子圣质[2]如初。"

译 文

和峤是晋武帝司马炎所亲近、器重之人。武帝对和峤说:"太子近来似乎更加成熟、长进了,你试着去看看。"和峤看了回来,武帝问他怎么样,和峤答道:"太子的资质同以往一样。"

1 东宫:太子居住的宫室,代指太子。太子司马衷,也即后来的晋惠帝,史载痴呆不任事。
2 圣质:圣是敬辞,指太子的资质。

 **包子老师说**

　　本则讲述了一个"揣着明白装糊涂"的故事。晋武帝司马炎知道儿子生性愚笨，和峤也知道太子生性愚笨。司马炎担心儿子能否继承王位，和峤也深谙司马炎的顾虑，更明白圣上让自己去看太子是否有长进，完全是想让自己给他一些心理上的安慰和支持。知子莫若父，武帝当然知道太子并无改观，但他希望和峤能给他一个太子已经变好的消息。和峤明明知道"标准答案"，偏偏选择实话实说，给武帝兜头一盆冷水。

　　实际上，和峤的表现是符合"方正"内涵的，在皇帝面前敢于坚持自己的观点和看法，坚持说真话，足以证明他是一个有气节、肯坚守之人，这种品质难能可贵。此外，和峤的说话艺术也值得玩味。对于太子是否有长进这个问题，他的回答是"皇太子圣质如初"，并未直白表示太子愚笨，而是委婉地标明其资质和以前一样，不多做任何评判，没有让圣上难堪，正是其高明之处。太子资质如何武帝心知肚明，和峤的回答不留任何把柄、破绽，武帝自然也就无从苛责了。

　　生活中，确实要坚持自己的主张和观点，但这并不意味着要为此与人针锋相对，完全可以采用艺术的语言以及迂回而间接的方式，委婉而坚定地表达自己的主张。

有种"复仇"叫吞炭漆身

诸葛靓[1]后入晋,除[2]大司马[3],召不起[4]。以与晋室有仇,常背洛水而坐[5]。与武帝有旧[6],帝欲见之而无由,乃请诸葛妃[7]呼靓。既来,帝就太妃间相见。礼毕,酒酣,帝曰:"卿故复忆竹马之好[8]不?"靓曰:"臣不能吞炭漆身[9],今日复睹圣颜。"因涕泗百行。帝于是惭悔而出。

---

1 诸葛靓(jìng):三国时在吴国做官;吴亡后,到了晋国首都洛阳。

2 除:授官,任命。

3 大司马:官名,上公之一,位在三公之上。

4 起:出任。

5 常背洛水而坐:诸葛靓之父诸葛诞原为魏将,后为吴臣。257年,诸葛诞以寿春叛,被司马昭所杀,所以诸葛靓与晋有杀父之仇,遂不肯在晋室做官。回乡后,他终身不向朝廷所在的方向坐着。

6 旧:交情。

7 诸葛妃:司马懿之子琅邪王司马伷(zhòu)的王妃,晋武帝的叔母,亦是诸葛靓之姊。后文"太妃"也指诸葛妃。

8 竹马之好:儿童时代的交情。竹马,儿童玩具,用来当马骑的竹竿。

9 吞炭漆身:据《战国策·赵策》载,战国时,韩、魏、赵三国合力杀智伯,智伯的家臣豫让用漆涂身,使身上长了癞疮,以改变形貌;吞炭弄坏嗓子,使声音沙哑。他毁容变音,使人不识,再去刺杀仇人,为智伯报仇,事败而死。后喻指矢志复仇,此处指替父报仇。

译 文

　　诸葛靓在吴亡国后到晋朝首都洛阳，被任命为大司马，却不肯应召赴任。因为和晋室有仇，常常背对洛河的方向坐着。他和晋武帝有旧交情，武帝很想见他，却又找不到缘由，就请叔母诸葛太妃招呼诸葛靓来。来后，武帝到太妃那里和他见面。行礼后就喝酒，喝到痛快的时候，武帝问："你还记得我们小时候的交情吗？"诸葛靓说："臣不能（像豫让那样）吞炭漆身（来报父仇），今天又看到了圣上的尊容。"说完便涕泪交流。武帝于是既惭愧又懊悔地退了出去。

包子老师说

　　豫让是古代有名的侠士，春秋时期晋国人，是晋国正卿智伯瑶的家臣。智伯瑶兵败身亡后，豫让为了给其报仇，多次刺杀赵襄子，甚至用漆涂满全身使自己面目全非，吞炭使自己的声音改变，最后暗伏桥下谋刺未遂，为其所捕。临死时，豫让求得赵襄子的衣服，拔剑击斩其衣，以示为主复仇，留下成语"斩衣三跃"；随后伏剑自杀，留下"士为知己者死，女为悦己者容"的典故。

　　诸葛靓始终不忘杀父之仇，不肯入晋廷为官。虽然与晋武帝见面，依旧选择不原谅、不合作。尽管他没有豫让"吞炭漆身"的行为举止，也彰显了自己的原则和血性，符合"方正"的内涵。正因如此，晋武帝才"惭悔而出"。

有种"预判"叫恐不可屈

武帝语和峤曰:"我欲先痛骂王武子,然后爵之[1]。"峤曰:"武子俊爽,恐不可屈。"帝遂召武子,苦责之,因曰:"知愧不?"武子曰:"尺布斗粟之谣[2],常为陛下耻之!它人能令疏亲,臣不能使亲疏[3],以此愧陛下。"

译 文

晋武帝告诉和峤:"我要先痛骂王济,然后才封给他爵位。"和峤说:"王济才智出众,性情直爽,恐怕不能使他屈服。"武帝就召见王济,狠狠地责骂了他,然后问道:"知道羞愧了吗?"王济说:"想起'尺布斗粟'的民谣,经常替陛下感到羞愧。别人能让关系疏远的人亲近起来,臣却不能使亲近的变得疏远。为此我对陛下有愧。"

1 爵之:名词用作动词,给其爵位。
2 尺布斗粟之谣:比喻兄弟不和。据《史记·淮南衡山列传》载,汉文帝之弟淮南王刘长谋反,文帝将其流放至蜀郡,途中绝食而死。后有民歌唱道:"一尺布,尚可缝;一斗粟,尚可舂(chōng)。兄弟二人,不能相容。"汉文帝和淮南王是兄弟,晋武帝和齐王也是兄弟,所以王济借用此民谣来讽刺他。
3 它人能令疏亲,臣不能使亲疏:《晋书·王济传》作"他人能令亲疏,臣不能使亲亲",是从正面说,这里却是反话,指未能顺从武帝意旨变亲为疏,所以有愧,讽刺武帝不听劝谏,疏远手足兄弟。

 **包子老师说**

晋武帝本想"打一巴掌给个甜枣",先骂王济一顿再给个爵位,就找和峤商量。和峤出于对小舅子脾气秉性的了解,准确地预判了晋武帝这样做的结果——"武子俊爽,恐不可屈。"晋武帝不信这个邪,结果被王济用"尺布斗粟之谣"给讽刺了,恼羞成怒,王济被降职为国子祭酒。

不屈服于权贵,敢于说出自己最真实的想法,哪怕对方是当朝皇帝——这就是对"方正"最好的注解吧!不妨回头再看,王济和姐夫和峤之间的故事。《世说新语·俭啬》中有这样一则故事。和峤生性极为吝啬,自家有良种李树,王济求他给些李子,却只给了不过几十个。王济趁姐夫去值班,带着一班喜欢吃李子的小伙子拿着斧子到果园去,大家一起尽情地吃饱以后,把李树砍掉了,给和峤送去一车树枝,并且问道:"比你家的李树好不好?"和峤收下树枝,只是笑一笑罢了。有这样淘气又爱玩的小舅子,除了一笑,还能怎样?

有种"拒绝"叫儿不肯行

山公[1]大儿[2]著短帢[3],车中倚。武帝欲见之,山公不敢辞,问儿,儿不肯行。时论乃云胜山公。

译 文

山涛的长子戴着一顶轻便小帽,靠在车中。晋武帝想召见他,山涛不敢替他推辞,就出来问儿子的意见,儿子不肯去。当时的舆论就说这个儿子胜过山涛。

1 山公:山涛。
2 大儿:山涛的长子山允。
3 短帢(qià):古时的一种轻便小帽。

 **包子老师说**

山允不去见晋武帝，倒不是因为孤傲，而是出于礼节。他知道戴着轻便小帽去谒见皇帝是失礼的行为，可山涛却没有坚持这个礼节，不敢跟皇帝直说，所以舆论界认为儿子胜过父亲。

山允的这一行为，虽然赢得了名声，后续的问题还是要父亲出面处理。山允拒绝面圣，山涛知道后果必定很严重，所以谎称儿子患有疾病，不方便觐见，才使山允"逃过一劫"。山允虽有自己的坚守，但毕竟年轻，这种不顾后果的处事方式值得商榷。山涛并非没有正骨和傲气，只是懂得以合理的方式保全自己，人需要坚守自己的原则，但也需要智慧和通达。

本则给我们的印象是山涛似乎没什么出色之处，有些唯唯诺诺。《世说新语·政事》中却记载了这样一个故事："山司徒前后选，殆周遍百官，举无失才，凡所题目，皆如其言。唯用陆亮，是诏所用，与公意异，争之，不从。亮亦寻为贿败。"山涛曾前后两次担任选官，几乎考察遍了朝廷内外的百官，选用者无一人不是适当的，凡是他品评过的人物都名副其实。唯有陆亮是皇帝直接下诏选用的，山涛曾有过异议，还为此力争过，皇帝没有听从。不久之后，陆亮因受贿而被撤职，验证了山涛的预判。

山涛看人很准，选拔出来的都是人才，他觉得不合适的后来也都出了事。可见，山涛是有真才实学的。

有种"结果"叫亦已幸甚

向雄[1]为河内[2]主簿，有公事不及雄，而太守刘淮[3]横怒[4]，遂与杖遣之。雄后为黄门郎[5]，刘为侍中，初不交言。武帝闻之，敕[6]雄复君臣之好。雄不得已，诣刘，再拜曰："向受诏而来，而君臣之义绝，何如？"于是即去。武帝闻尚不和，乃怒问雄曰："我令卿复君臣之好，何以犹绝？"雄曰："古之君子，进人以礼，退人以礼；今之君子，进人若将加诸膝，退人若将坠诸渊。臣于刘河内，不为戎首[7]，亦已幸甚，安复为君臣之好？"武帝从之。

---

1 向雄：字茂伯，晋河内山阳（今河南修武西北）人。初仕魏为郡主簿，事奉太守王经。后因固谏忤旨，忧愤而死。

2 河内：河内郡在今河南沁阳。

3 刘淮：字君平，西晋时人，历官河内太守、侍中、尚书仆射等。后文刘河内亦指刘淮。

4 横怒：暴怒。

5 黄门郎：官名，也称黄门侍郎，职责为侍从皇帝，传达诏命。与后文的"侍中"同为宫内近侍官，不过侍中是加官，无定员。侍中和黄门郎俱管门下省众事。

6 敕：命令。

7 戎首：指挑起争端的人。

译　文

向雄任河内郡的主簿，有件公事本来和他没关系，可郡太守刘淮为这事大为震怒，便对他动了杖刑，并且打发他走了。向雄后来调任黄门郎，刘淮任侍中，两人虽在同一衙门，却从不交谈。晋武帝听说这件事，便命令向雄要恢复两人原有的上下级和睦关系。向雄不得已就到刘淮那里，行再拜礼后说："刚才奉皇上的命令而来，可是我们之间的上下级恩义已经断绝了，怎么办？"说完，马上就走了。武帝后来听说两人还是不和，就生气地问向雄："我命令你恢复旧时的和睦关系，为什么还要绝交？"向雄说："古时候的君子，按礼法举荐官员，也按礼法贬黜（chù）官员；现在的君子，举荐人时就像要把他放到膝上那么亲，贬黜人时就像要推下深渊那样狠。臣下对刘河内如果不去挑起争端，那就幸运得很了，怎么还能修复旧有的上下级关系呢！"晋武帝听后，便不再勉强他了。

包子老师说

向雄坚持自己的做法，即便是皇帝出面也不改初衷，还能列入"方正"行列，自然有他的道理。或许，观察一个人的最佳方式，就是看他怎样对待一个于自己而言，已经没有利益瓜葛的人，失去关键利益的纠缠，一个人就不再需要掩饰什么。此时，最能看清人的本性和真情。

有种"表情"叫神意自若

王含[1]作庐江郡[2],贪浊狼籍[3]。王敦护其兄,故于众坐称:"家兄在郡定佳,庐江人士咸称之。"时何充为敦主簿,在坐,正色曰:"充即庐江人,所闻异于此。"敦默然。旁人为之反侧[4],充晏然[5]神意自若。

译 文

王含任庐江郡太守,贪赃枉法。王敦袒护其兄,特意在大家面前赞扬道:"我哥哥在郡内一定政绩很好,庐江知名人士都称颂他。"当时何充在王敦手下任主簿,也在座,严肃地说:"我就是庐江人,所听到的和你说的不一样。"王敦哑口无言。旁人都替何充捏了一把汗,何充却十分坦然、神态自若。

1 王含:字处弘,王敦之兄。
2 庐江郡:治所在舒县(今安徽庐江西南)。
3 狼籍:散乱,也作狼藉。此处指行为不检点,名声不好。
4 反侧:惶恐不安。
5 晏(yàn)然:心情平静,没有顾虑。

 **包子老师说**

　　这个故事画面感很强。王敦手下的主簿何充当场拆穿了王敦的谎言，真相当前，王敦哑口无言。当时的气氛必定很紧张，也很尴尬，旁人也都替何充捏了一把汗，何充却神态自若、十分坦然。

　　何充并非哗众取宠，是出于对事实的尊重，才这样做的。所谓方正，其内涵包括实事求是地对待和处理问题，坚持事实真相，反对弄虚作假，不因对方的权势和地位而放弃原则，选择退步，违心地随声附和。即便面对君主或者顶头上司的错误言行，也毫不让步，因为直言极谏正是德行方正的表现。难怪东晋的阮裕评价何充"卿志大宇宙，勇迈终古"。

有种"找茬"叫王敦既下

王敦既下[1],住船石头[2],欲有废明帝[3]意。宾客盈坐,敦知帝聪明,欲以不孝废之。每言帝不孝之状,而皆云:"温太真[4]所说。温尝为东宫率[5],后为吾司马,甚悉之。"须臾[6],温来,敦便奋其威容,问温曰:"皇太子作人何似?"温曰:"小人无以测君子。"敦声色并厉,欲以威力使从己,乃重问温:"太子何以称佳?"温曰:"钩深致远[7],盖非浅识所测。然以礼侍亲,可称为孝。"

---

1 下:指王敦于永昌元年(322年)举兵东下。
2 石头:石头城,东晋军事重镇,今江苏南京清凉山。
3 明帝:司马绍。
4 温太真:温峤,字太真,曾任太子中庶子(太子的近侍官),得到司马绍的宠遇。司马绍即位为明帝后,调任中书令。王敦畏惧晋明帝倚重他,便请他出任左司马。
5 东宫率:官名,卫率,是太子属官,主管门卫。
6 须臾:片刻,极短的时间。
7 钩深致远:意谓探究深奥的义理,搜索隐秘的事迹,钩求深远之术,获致远大的前途。

译　文

王敦领兵东下以后,把船停在石头城,有想要废黜明帝的意图。宾客满座时,王敦知道明帝聪敏明慧,就想借不孝的罪名废掉他。每次说到明帝不孝的情况,都说:"这是温峤说的。他曾经做过东宫的卫率,后来在我手下担任司马,非常了解太子的情况。"一会儿,温峤来了,王敦便摆出威严的神色,问太真:"皇太子为人怎么样?"温峤回答:"小人没法儿估量君子。"王敦声色俱厉,想靠威力迫使对方顺从自己,重新问道:"根据什么称太子好?"温峤说:"太子钩求深远之术,获致远大的前途,可不是我这种认识肤浅之人所能估量的。但是他能按照礼法来侍奉双亲,这可以称得上是恪守孝道了。"

 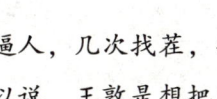

本则中,王敦咄咄逼人,几次找茬,想借温峤之口达到自己废掉明帝的目的。可以说,王敦是想把废帝这个责任甩锅给温峤。读懂了这一点,后续的理解就不难了。温峤之所以选择不配合王敦,其一是因为这必定是口"黑锅",他不想也没必要背;其二是他看不惯王敦的所作所为。温峤据理力争,毫无破绽,王敦对此也是毫无办法。温峤不惧权势的威胁,也是有方正之气的。

有种"实话"叫非臣之力

何次道[1]、庾季坚[2]二人并为元辅[3]。成帝初崩,于时嗣君[4]未定。何欲立嗣子[5],庾及朝议以外寇方强,嗣子冲幼,乃立康帝[6]。康帝登阼[7],会群臣,谓何曰:"朕今所以承大业,为谁之议?"何答曰:"陛下龙飞[8],此是庾冰之功,非臣之力。于时用微臣之议,今不睹盛明之世。"帝有惭色。

1 何次道:何充,字次道,晋成帝司马衍时任丹阳尹、中书令。成帝死后,他主张由成帝的儿子继位,认为父子相传是先王旧典,不得改变,遭到庾冰的反对。

2 庾季坚:庾冰,字季坚,曾任中书监、扬州刺史,成帝的舅舅。成帝死后,他认为国有强敌,宜立年长的君主,主张由成帝的弟弟继位。

3 元辅:辅政的大臣。成帝死时,何充、庾冰同受命辅佐王室。

4 嗣君:继位的君主。

5 嗣子:嫡长子。

6 康帝:成帝的同母弟、琅邪王司马岳。

7 登阼(zuò):即位。

8 龙飞:典出《周易·乾卦》:"九五,飞龙在天,利见大人。"喻指君主即位。

译 文

何充、庾冰一起受命为辅政大臣。晋成帝刚驾崩,由谁继位尚未确定下来。何冲主张立皇长子,庾冰及朝臣的议论认为外来之敌正强大,皇子年幼,于是就立了康帝。康帝即位后,会见群臣时问何充:"朕今天能继承国家大业,是谁的主张?"何充回答:"陛下登帝位,这是庾冰的功劳,不是我的力量。当时如果采纳了小臣的主张,那么就看不到今天的太平盛世了。"康帝面有愧色。

包子老师说

本则中,何充是诚实的,是非功过任人评说,我自坦荡无欺。康帝本想令其难堪,让他说出当初不拥立自己为帝的理由。何充并不掩饰,也不辩驳,将事情的真相一五一十地告诉康帝,反令康帝有点自惭于得势不饶人了,高明地化解了自己的尴尬处境。

言辞立其诚,一个人的言辞应该建立在诚信的基础上,所谓"人而无信,不知其可也"。不讲诚信的人可能会一时掩盖真相,却很难欺人一世,一旦被识破和戳穿,就很难立足,因为没有人愿意和虚伪狡诈者相处。

有种"担当"叫何为复让

王述[1]转[2]尚书令,事行[3]便拜[4]。文度[5]曰:"故[6]应让杜、许[7]。"蓝田云:"汝谓我堪此不?"文度曰:"何为不堪[8]!但克让[9]自是美事,恐不可阙[10]。"蓝田慨然曰:"既云堪,何为复让?人言汝胜我,定不如我。"

1 王述:袭父爵为蓝田侯,故下文又称"蓝田"。
2 转:调动官职,指升官。
3 事行:事情实现,指诏命下达。
4 拜:接受官职。
5 文度:王坦之,字文度,王述之子。
6 故:固,毕竟。
7 杜、许:不详。
8 堪:胜任。
9 克让:能谦让。
10 阙:同"缺"。

译　文

王述升任尚书令时,诏命下达了就去受职。儿子王坦之说:"本来应该让给杜、许吧!"王述说:"你认为我能否胜任这个职务?"王坦之说:"怎么不胜任!不过能谦让一下总是好事,礼节上恐怕不可缺少。"王述感慨地说:"既然说能胜任,为什么又要谦让呢?人家说你胜过我,据我看终究不如我。"

 包子老师说

我们从小受到的教育是要学会谦虚,懂得谦让。的确,谦让是美德,但不能事事退让,还要懂得该出手时就出手的道理。这是自信的表现,也是敢于担当、勇于接受挑战的体现。一件事情,如果坚信自己能够做好,就无须退让,这是对自己负责,也是对即将做的事情负责。或许就是这样的"担当",才会让人逐渐成长、脱颖而出。

有种"离场"叫拂衣而去

王子敬[1]数岁时,尝看诸门生樗蒲[2],见有胜负,因曰:"南风不竞[3]。"门生辈轻其小儿,乃曰:"此郎[4]亦管中窥豹,时见一斑。"子敬瞋[5]目曰:"远惭荀奉倩[6],近愧刘真长[7]。"遂拂衣而去。

1 王子敬:王献之,字子敬。
2 门生:依附于士族权贵的寒士、门客。樗(chū)蒲:古时一种赌博游戏。
3 南风不竞:典出《左传·襄公十八年》,谓师旷能从乐声中测出楚师士气不足,缺乏战斗力。南风,南方的音乐。不竞,乐声低微。这里比喻竞赛的一方力量薄弱。
4 郎:指王献之。古时将青少年称之为郎,门生、僮仆也称主人之子为郎。
5 瞋(chēn):发怒时瞪大眼睛。
6 荀奉倩:荀粲(càn),字奉倩,三国魏人。
7 刘真长:刘惔(dàn),字真长,东晋大臣、清谈家。

译　文

王献之只有几岁的时候,曾经观看一些门客赌博,见到有胜有负,便说:"南风不竞。"门客们轻视他是小孩子,就说:"这位小郎也是用管子窥豹,只见一点斑点而已。"王献之气得瞪大眼睛说:"比远的,我只愧对荀粲;比近的,我只愧对刘惔。"语毕拂袖而去。

包子老师说

据载,荀粲"简贵不与常人交接,所交皆一时俊杰",而刘惔"门无杂宾"。王献之的言下之意,自己结识了一些目中无人的朋友,因此愧对荀粲、刘惔二人。此时,王献之年龄虽小,却一身正气,他的拂袖而去令人侧目。本则说明在评判一件事情或一个人时,应保持客观公正的视角和立场,决不能自以为是。

另外,本则还产生了一个成语——"管中窥豹"。意思是从竹管里看豹,也只能看见豹身上的一块斑纹。后常与"可见一斑"连用,比喻可以从观察到的一部分推测全貌,也比喻看不到事物的全貌,只是片面的了解。

陆　雅量·选篇赏读

有种"看开"叫豁情散哀

豫章太守顾劭[1]，是雍[2]之子。劭在郡卒，雍盛集僚属，自围棋。外启信至，而无儿书，虽神气不变，而心了[3]其故，以爪掐掌，血流沾褥。宾客既散，方叹曰："已无延陵[4]之高，岂可有丧明[5]之责！"于是豁情[6]散哀，颜色自若。

1　顾劭（shào）：字孝则，吴郡吴县（今江苏省苏州市）人。汉末三国时期吴国大臣，丞相顾雍长子。

2　雍：顾雍，字元叹，累迁尚书令，位至丞相。

3　了：明白。

4　延陵：地名，指延陵季子。春秋时代，吴国的季札受封于此，称延陵季子，他最熟悉礼制，其子死后，葬丧都合乎礼，并且说："骨肉归复于土，命也。若魂气，则无不之也。"

5　丧明：《礼记·檀弓上》载，孔子弟子子夏死了儿子就哭瞎了眼睛。孔子的另一弟子曾子为此责备他，认为这是子夏的罪过之一。

6　豁情：敞开胸怀，心情开朗。

译 文

豫章太守顾劭系顾雍之子。顾劭死在任内,当时顾雍正大聚下属饮酒作乐,下着围棋。外面禀报说豫章有送信人到,却没有他儿子的书信。顾雍虽神态不变,心里已明白其中缘故。他悲痛得用指甲紧掐手掌,血流出来沾湿了座褥。直到宾客散去以后,才叹气说:"已经不可能有延陵季子那么高尚,难道可以哭瞎眼睛而受人责备吗!"于是就放开胸怀,驱散哀痛之情,神色自若。

包子老师说

"雅量"指宽宏的气量。魏晋时代讲究名士风度,即不管内心活动怎样,都应该表现出宽容、平和、若无其事的姿态,做到见喜不喜,临危不惧,处变不惊,遇事不改常态,这才不失名士风流。

在本则中,顾雍遭受了丧子之痛,其内心的悲伤可想而知。但他没有选择痛哭流涕,而是神态不变,用指甲紧掐手掌,血流出来沾湿了座褥,以此来冲淡内心的痛楚。并且,在宾客散去之后,他也能很快想得开、看得开,与自己和解,驱散哀痛之情。他知道,事情已经发生了,再哀伤也无济于事,"死者长已矣",不如看淡看开,继续好好生活。这种看似无情的表现,却需要强大的心理素质和高超的生活智慧。

有种"遗憾"叫广陵散绝

嵇中散临刑东市,神气不变,索琴弹之,奏《广陵散》。曲终,曰:"袁孝[1]尼尝请学此散,吾靳固[2]不与,《广陵散》于今绝矣!"太学生[3]三千人上书,请以为师,不许。文王[4]亦寻悔焉。

译 文

中散大夫嵇康在法场处决时,神态不变,要来琴弹奏了一曲《广陵散》。弹完后,说:"袁孝尼曾经请求学这支曲子,我吝惜固执,不肯传给他,《广陵散》从今以后要失传了!"当时,三千名太学生曾上书请求拜他为师,朝廷不准许。嵇康被杀后,文王司马昭随即也后悔了。

1 袁孝尼:袁准,为人忠信居正,因仕途多险,故恬退不敢求进。
2 靳固:吝惜固执。
3 太学生:朝廷所设最高学府的学生。
4 文王:司马昭,谥文王。

 **包子老师说**

　　点评本则前,不妨先把在"文学"篇"户外遥掷"中留下的后续讲完。钟会后来做了高官,带着朋友去拜访嵇康,嵇康却表现得冷漠,在大树下自顾自打铁,过了好一会儿也不和钟会说一句话。钟会估计也有点无聊了,准备打道回府。就在这时,嵇康默默说了一句:"何所闻而来?何所见而去?"钟会又不傻,当时就听出其中的冷嘲热讽,回了一句"闻所闻而来,见所见而去",拂袖而去。(具体见《世说新语·简傲》)最后,钟会只能愤然离开。后来嵇康的好友吕安被其兄吕巽诬告,牵连到嵇康。嵇康挺身而为,为吕安辩白。钟会乘机向司马昭进谗言,给嵇康安上的众多罪名中有"言论放荡,非毁典谟"一条。此外,嵇康的政治立场是拥曹的,司马昭自然不会放过他。嵇、吕于是就一同被杀。

　　嵇康年轻时傲世,对礼法之士不屑一顾。名士向秀曾叙述其与嵇康的友谊:"余与嵇康、吕安,居止接近。其人并有不羁之才。然嵇志远而疏,吕心旷而放。"嵇康这样的性格,后来的人生结局可以预见。

　　嵇康是魏晋名士中的代表人物,他不汲汲于富贵,不戚戚于贫贱,死亡本是人生之巨痛,面对死亡惊恐失措亦屡见不鲜,然而嵇康在临刑之际,神色依旧,还潇洒地要过琴来,弹奏了一曲《广陵散》。作者以此表现了嵇康无所畏惧的气概,描绘了潇洒飘逸的名士风度。

　　本则还衍生出一个成语——广陵散绝,比喻优良传统断绝或后继无人。

有种"自夸"叫出牛背上

王夷甫尝属[1]族人事,经时[2]未行。遇于一处饮燕[3],因语之曰:"近属尊事,那得不行?"族人大怒,便举㮚[4]掷其面。夷甫都无言,盥洗毕,牵王丞相臂,与共载去。在车中照镜语丞相曰:"汝看我眼光,乃出牛背上。"[5]

译 文

王夷甫曾经托族人办事,过了一段时间,族人还没给办。后来两人碰到一起吃喝,王夷甫便问那位族人:"原先托您办的事,怎么还不去办呢?"族人非常生气,举起食盒扔到他脸上。王夷甫对此一言不发,洗干净后,挽着丞相王导的手,和他一起坐牛车走了。王夷甫在车里照着镜子,对王导说:"你看我的眼光,竟然超出牛背之上。"

---

1 属(zhǔ):同"嘱",嘱托,请托。
2 经时:很多时间。
3 饮燕:同"饮宴"。
4 㮚(lěi):食盒。
5 "汝看"句:王衍将自己受掷的脸比作被鞭打的牛背,以嘲戏的口吻表现自己的风度高雅,不屑于庸俗之辈计较。后人用为典实。

 包子老师说

在现在看来,王夷甫的做法有点窝囊。但在讲究风度的魏晋时代,这是很值得称赞的。如果他也发怒,与族人当场撕打起来,不但家族的面子难看,自己的面子也难看,有失风度,影响就会很不好。

这也告诉我们,情绪管理很重要。愤怒是情绪的一种,在与他人相处时,一定要学会控制情绪,尽量不要发怒,因为发怒常会让人口无遮拦,会最大程度地暴露出一个人的阴暗面;更不要和愤怒的人动气,与其和愤怒的人较真,不如退一步海阔天空,以一种幽默自嘲的方式来自嘲。王夷甫的处理方式很值得借鉴和学习。

拓展一下,为什么人们把"钱"叫作"阿堵物"?这也与王夷甫有关。《世说新语·规箴》中载,王夷甫自诩清高,口中从不说"钱"字。一天,他的夫人跟他开了个玩笑,趁他睡觉时,把很多钱堆在床边。王夷甫醒来后没法下床,只好叫人把钱移开,但他还是不说"钱"字,而说:"举阿堵物。""阿堵"是当时的口语,意思是"这个"。"举阿堵物"即"把这个东西拿走"。从此,"阿堵物"就成了钱的代称。

有种"硬撑"叫复戏如故

裴遐[1]在周馥[2]所，馥设主人[3]。遐与人围棋，馥司马[4]行酒[5]。遐正戏，不时[6]为饮，司马恚[7]，因曳[8]遐坠地。遐还坐，举止如常，颜色不变，复戏如故。王夷甫问遐："当时何得颜色不异？"答曰："直[9]是暗[10]当故耳！"

1 裴遐：裴绰子，司隶河东郡闻喜（山西运城市闻喜）人。善言玄理，曾与郭象谈论，满座叹服。太傅司马越引为主簿。后为司马越的儿子司马毗所杀。

2 周馥（fù）：字祖宣，汝南郡安成县（今河南省汝南县）人。晋朝时期大臣，安平太守周蕤（ruí）的儿子。

3 设主人：以主人身份备办酒食。

4 馥司马：周馥手下的司马。周馥任平东将军，将军府下有司马，管一府之事。

5 行酒：依次斟酒。

6 时：按时，及时。

7 恚（huì）：恨，怒。

8 曳：拉，拖。

9 直：正。

10 暗：愚昧。

译 文

裴遐在周馥家,周馥以主人身份宴请大家。裴遐和人下围棋,周馥的司马负责劝酒。裴遐正在下棋,时时要酒喝,司马很生气,便把他拽倒在地上。裴遐爬起来回到座位上,举动如常,脸色不变,照样下棋。后来王夷甫问他:"当时怎么能做到面不改色呢?"他回答说:"只不过是暗地忍受着罢了!"

包子老师说

裴遐在周馥家做客,玩得很开心,下棋,还不时要酒喝,可能都要喝醉了。估计当时周馥的司马对其这样的举止很反感,所以才会把裴遐拽倒在地。要是换了别人,当着这么多人的面让自己下不来台,肯定免不了争吵,裴遐的口才是很厉害的,那么聚会的氛围就破坏了。那么裴遐的风度就体现出来了——"遐还坐,举止如常,颜色不变,复戏如故",值得称赞。

同样值得称赞的,还有后来裴遐回答王夷甫提问的态度。他没做更多的夸张或者渲染,而是照实说,当时只不过是暗地忍受着罢了,属于"硬撑"。这样的回答诚实可爱,风度尽显。

有种"慷慨"叫随公所取

刘庆孙[1]在太傅[2]府,于时人士多为所构[3],唯庾子嵩[4]纵心[5]事外,无迹可间[6]。后以其性俭[7]家富,说[8]太傅令换[9]千万,冀其有吝,于此可乘。太傅于众坐中问庾,庾时颓然[10]已醉,帻[11]堕几[12]上,以头就穿取,徐答云:"下官家故可有两娑千万[13],随公所取。"于是乃服。后有人向庾道此,庾曰:"可谓以小人之虑,度君子之心。"

1 刘庆孙:刘玙(yú),一作刘舆,字庆孙,在太傅司马越的官府中任长史。
2 太傅:东海王司马越,字元超,讨杨骏有功,封东海王。
3 构:罗织罪状陷害人。
4 庾子嵩:庾敳(ái),字子嵩,名士、清谈家。
5 纵心:放开心思,不关心事情。
6 间(jiàn):空隙,裂缝。
7 俭:吝啬。
8 说:劝说。
9 换:借。
10 颓然:形容精神不振的样子。
11 帻(zé):头巾。
12 几:坐时靠着或放物品的小桌子。
13 两娑千万:两三千万。娑,当时口语,即"三"之重读。

译 文

刘庆孙在太傅府任职期间,名人多被他构陷,只有庾子嵩不把心思放在世事上,使他没有空子可钻。后来他就抓住庾子嵩生性吝啬而家境富裕这点,怂恿太傅向庾子嵩借千万钱,希望他能因吝啬而不借,然后在这里找到可乘之机。于是太傅就在大庭广众下向庾子嵩借钱,此时庾子嵩已经醉醺醺的了,头巾颠落在小桌上,他便把头凑进头巾里戴上,慢吞吞地回答:"下官家里原来有两三千万,随您取用多少。"刘庆孙这才是真的服了。后来有人向庾子嵩谈起此时,庾子嵩说:"这就是以小人之心,度君子之腹。"

包子老师说

本则中,小人刘庆孙、无耻太傅与真君子庾子嵩形成了鲜明的对比,更突显出庾子嵩的襟怀坦荡、处变不惊。

庾子嵩生性简朴、不问世事,刘庆孙抓不到任何破绽,就希望用吝惜钱财这个"污点"来构陷他。结果太傅当众向庾子嵩索要巨额钱财时,庾子嵩却毫无保留地自报"家底",淡定从容地表示要用多少随意取用。能在钱财上做到这一点,是非常不容易的,就连刘庆孙也表示服气了。由此可见,庾子嵩不把世俗的私欲等放在心上,别人要构陷他,也难。

有种"磊落"叫状如不觉

褚公[1]于章安令迁太尉记室参军[2],名字已显而位微,人未多识。公东出,乘估客船[3],送故吏数人投钱唐[4]亭[5]住。尔时吴兴[6]沈充为县令,当送客过浙江[7],客出,亭吏驱公移牛屋[8]下。潮水至,沈令起彷徨[9],问:"牛屋下是何物[10]?"吏云:"昨有一伧父[11]来寄亭中,有尊贵客,权[12]移之。"令有酒色,因遥问:"伧父欲食饼不?姓何等?可共语。"褚因举手答曰:"河南褚季野。"远近久承[13]公名,令于是大遽[14]。不敢移公,便于牛屋下修刺[15]诣公,更宰杀为馔[16],具[17]于公前,鞭挞亭吏,欲以谢惭。公与之酌宴,言色无异。状如不觉。令送公至界。

1 褚公:褚裒,字季野。
2 记室参军:官名,将军府的重要幕僚,掌管文书。
3 估(gù)客船:商贩船。估客,商贩。
4 钱唐:钱塘,旧县名,治在今浙江杭州西。
5 亭:驿亭,古时供行旅途中歇宿的处所。
6 吴兴:郡名,治所在今浙江湖州。
7 浙江:指钱塘江。住送故:长官离任或殁于任所,属吏赠钱远送或护送灵柩回故乡,这叫送故,是当时风气。钱唐亭:钱唐县的驿亭,驿亭是供旅客留宿的公家客店。
8 牛屋:牛棚子。晋人多以牛驾车,所以客店也有牛棚子。
9 彷徨:来回徘徊。

译 文

　　褚季野从章安县令升任太尉郗（xī）鉴的记室参军，当时名声已经很大，可是官位低，很多人还不认识他。褚季野坐着商船往东去，和几位送旧官的属吏到钱唐亭投宿。这时，吴兴人沈充任钱唐县令，正好要送客过浙江，客人到来，亭吏就赶出褚季野，把他移到牛屋里。夜晚江水涨潮，沈县令起来在亭外徘徊，问牛屋里是什么人，亭吏说："昨天有个北方佬来亭中寄宿，因为有尊贵客人，就姑且把他挪到这里。"县令已有几分酒意，便远远地问道："北方佬想吃饼吗？你姓什么？可以出来交谈交谈。"褚季野便拱手回答道："河南褚季野。"远近的人久仰褚季野的大名，县令于是大为惶恐，又不敢让他换地方，便在牛屋里呈上名片拜谒他，并且另外宰杀牲畜，整治酒食；还当着褚季野的面鞭责亭吏，想以此来道歉，表示愧意。褚季野和县令对饮，言谈、脸色没有什么异样表现，好像对这一切都没在意似的。后来县令把他一直送到县界。

10 何物：轻蔑语，哪一个，什么人。

11 伧父（cāng fǔ）：南人对北人的蔑称，意为粗鄙的人。吴人称中州人为伧人。

12 权：暂且。

13 承：闻知。

14 遽（jù）：惶恐。

15 修刺：写好名帖。刺，名帖，名片。

16 馔：酒食。

17 具：摆设。

 **包子老师说**

　　褚季野久负盛名却地位不高，许多人都不认识他，所以才会有旅居驿亭时被亭吏驱移牛屋下住宿的遭遇。后来县令了解了事情的原委，"于公前鞭挞亭吏"。对这前后两种态度，褚季野表现得襟怀磊落，"言色无异，状如不觉"，被亏待也好，被高看也罢，都能处变不惊，保持沉稳，做到了不为外部事物而影响自己，这一点很难得。

有种"无心"叫东床坦腹

郗太傅在京口,遣门生与王丞相[2]书,求女婿。丞相语郗信[3]:"君往东厢,任意选之。"门生归,白郗曰:"王家诸郎,亦皆可嘉,闻来觅婿,咸自矜持[4]。唯有一郎在东床上坦腹[5]卧,如不闻。"郗公云:"正[6]此好!"访之,乃是逸少[7],因嫁女与焉。

译 文

太傅郗鉴在京口的时候,派门生送信给丞相王导,想在他家挑个女婿。王导告诉来人说:"您到东厢房去,随意挑选吧。"门生回去禀告郗鉴说:"王家的那些公子还都值得夸奖,听说来挑女婿就都拘谨起来,只有一位公子在东边床上袒胸露腹地躺着,好像没有听见一样。"郗鉴说:"正是这个好!"一查访,原来是王逸少,便把女儿嫁给了他。

1 郗太傅:郗鉴,曾兼徐州刺史,镇守京口。
2 王丞相:王导。
3 信:使者,即上文送信的门生。
4 矜持:拘谨。
5 坦腹:敞开上衣,露出腹部。
6 正:恰,表情态之词。
7 逸少:王羲之,字逸少,是王导的侄儿。

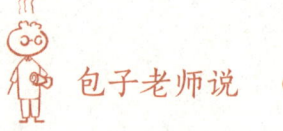

包子老师说

这则故事脍炙人口，成语"东床快婿""东床坦腹"就出于此，指为人豁达、才能出众的女婿，是女婿的美称。

与王家诸郎的"闻来觅婿，咸自矜持"比起来，王羲之的"在东床上坦腹卧"更洒脱随意，有点"无心插柳柳成荫"的意思。王羲之的这种表现，直率、不掩盖、不做作，显示了魏晋名士那种潇洒不羁、心无旁骛的气度。郗鉴也是慧眼识人，一听就认定了他，这表现也很有名士的风度了。

有种"讽刺"叫入幕之宾

桓宣武[1]与郗超[2]议芟夷[3]朝臣,条牒[4]既定,其夜同宿。明晨起,呼谢安、王坦之入,掷疏[5]示之,郗犹在帐内。谢都无言,王直掷还,云:"多[6]。"宣武取笔欲除,郗不觉,窃从帐中与宣武言。谢含笑曰:"郗生[7]可谓入幕宾[8]也。"

译 文

桓温和郗超商议撤换朝廷大臣的事,上报名单拟定后,当晚两人同一处安歇。第二天桓温一早起来,就传呼谢安和王坦之进来,把拟好的奏疏扔给他们看。当时郗超还在帐子里没起床。谢安看了奏疏,一句话也没说,王坦之径直扔回给桓温,说:"太

1 桓宣武:桓温。
2 郗超:字嘉宾,任大司马桓温的参军,接着调任散骑侍郎,为桓温所器重。
3 芟(shān)夷:铲除,消灭。
4 条牒:条款文书。
5 疏:给皇帝的奏议。
6 多:指铲除得太多了。
7 生:先生的省称。
8 入幕宾:古代将帅办公的地方称幕府,幕府中的属官是幕僚或幕宾。幕,有帐幕之意。郗超正在帐中,所以谢安这样嘲讽他。

多了！"桓温拿起笔想删去一些，这时郗超不自觉地偷偷从帐子里和桓温说话。谢安含笑说："郗生可以说是入幕之宾呀。"

 **包子老师说**

郗超早年就享有盛誉，与王坦之齐名，时人称赞道："盛德绝伦郗嘉宾，江东独步王文度。"

桓温心怀不轨，一直想篡夺帝位，郗超则是桓温的谋主。桓温便是在郗超的建议下，废黜了司马奕，改立司马昱为帝。

这则故事中，谢安和王坦之是不同意更换那么多朝廷大臣的。谢安的那句"郗生可谓入幕宾也"一语双关（郗超，字嘉宾），表达了对郗超行为的讽刺，而且没撕破脸面。

在《世说新语·雅量》中，还有一则关于谢安、王坦之和郗超的故事。说的是太傅谢安和王坦之一起去拜望郗超，一直等到天色晚了还不能上前会见。王坦之就想走，谢安说："你就不能为了性命再忍耐一会儿？"因为郗超得到桓温的器重，掌握了生杀大权，谢安因而这样说。可见，谢安是有勇有谋、能屈能伸的杰出政治家。

有种"掌舵"叫镇安朝野

谢太傅盘桓[1]东山时,与孙兴公诸人泛海戏[2]。风起浪涌,孙、王[3]诸人色并遽[4],便唱[5]使还。太傅神情方王[6],吟啸[7]不言。舟人以公貌闲[8]意说[9],犹去不止。既风转急,浪猛,诸人皆喧动不坐。公徐云:"如此,将无[10]归!"众人即承响[11]而回。于是审[12]其量[13],足以镇安朝野。

1 盘桓:徘徊,逗留。
2 泛海戏:坐船出海游玩。
3 孙、王:孙兴公、王羲之。
4 遽:惊恐。
5 唱:高呼。
6 王:通"旺",指兴致高。
7 吟啸:吟诗和啸呼。啸,撮口发出长而清脆的声音。
8 闲:闲静。
9 说(yuè):通"悦",愉快。
10 将无:大概,恐怕。
11 承响:应声。响,声音。
12 审:知悉。
13 量:气量。

译 文

太傅谢安在东山居留期间,时常和孙兴公等人坐船到海上游玩。有一次起了风,浪涛汹涌,孙兴公、王羲之等人一齐惊恐失色,便提议掉转船头回去。谢安此时精神振奋、兴致正高,又朗吟又吹口哨,不发一言。船夫见谢安神态安闲、心情舒畅,便仍摇船向前。一会儿,风势更急,浪更猛了,大家都叫嚷骚动起来,坐不住了。谢安慢条斯理地说:"这样看来,恐怕是该回去了吧?"大家立即响应,就回去了。通过此事,人们见识了谢安的气度,认为他完全能够镇抚朝廷内外,安定国家。

 包子老师说

谢安自有其风度。所谓"沧海横流,方显英雄本色"。本则故事中,作者用对比的手法写出了谢安与孙兴公等人面对风浪时的不同态度。谢安的气场非常强大,使得众人不至于慌乱而引起不必要的危险。这种面对困难的从容,使他能够真正适应朝野的风云变幻,尽管虚实之间有所区别,但朝野的风云诡谲更凶险、更莫测,好在谢安的镇定自若一直都在,始终可以保证头脑的清醒,应对万千变化,这也是大家认为他可以"镇安朝野"的原因所在。

有种"结果"叫乃趣解兵

桓公[1]伏甲[2]设馔,广延朝士,因此欲诛谢安、王坦之。王甚遽,问谢曰:"当作何计?"谢神意不变,谓文度曰:"晋祚[3]存亡,在此一行。"相与俱前。王之恐状,转见于色。谢之宽容,愈表于貌。望阶趋席[4],方作[5]洛生咏[6],讽"浩浩洪流"[7]。桓惮其旷远[8],乃趣[9]解兵[10]。王、谢旧齐名,于此始判优劣。

1 桓公:桓温。
2 伏甲:埋伏兵士。
3 祚(zuò):皇位,这里指国家。
4 望阶趋席:到了台阶上就疾行就座。
5 方作:通"仿作",仿效。
6 洛生咏:用洛阳书生读书的语音来吟诗。
7 浩浩洪流:这是嵇康《赠秀才入军五首》第四首的首句,意谓大河浩浩荡荡,奔腾不息。
8 旷远:旷达,心胸宽阔。
9 趣(cù):通"促",急促。
10 解兵:撤走伏兵。

译　文

桓温埋伏好甲士，设宴遍请朝中百官，想趁此机会杀害谢安和王坦之。王坦之非常惊恐，问谢安："应该采取什么办法？"谢安神色不变，对他说："晋朝的存亡取决于我们这一次去的结果。"两人一起前去赴宴，王坦之惊恐的状态越来越明显地表现在脸色上；谢安的宽宏大量也在神态上体现得更加清晰。谢安到台阶上就快步入座，模仿洛阳书生读书的声音，朗诵起"浩浩洪流"的诗篇。桓温害怕他那种旷达的气量，便赶快撤走了埋伏的甲士。原先王坦之和谢安名望相当，通过这件事才分出了高低。

 包子老师说

本则可以与上一则的"镇安朝野"对比阅读，证明谢安确实是有真本事的。本则中，结合注释不难得知，谢安和王坦之非常清楚自己的使命以及处境的凶险，弄不好就会被桓温杀掉。然而，他俩没得选，必须去，因为此去事关晋朝的存亡。谢安在赴宴的时候，依旧保持了镇定从容，与王坦之的惊恐形成了对比。谢安的这种从容旷达的"气场"，使桓温选择撤走埋伏的士兵，二人得以安全脱身。孝武帝即位后，谢安和王坦之尽心尽力地辅佐，朝廷转危为安。确实，通过这件事能够看出，在处理凶险处境、保持镇定风度上，谢安的段位要比王坦之高出很多。

有种"埋怨"叫殆坏我面

支道林还东，时贤并送于征虏亭[1]。蔡子叔[2]前至，坐近林公。谢万石[3]后来，坐小[4]远。蔡暂起，谢移就其处。蔡还，见谢在焉，因合褥[5]举谢掷地，自复坐。谢冠帻[6]倾脱，乃徐起，振衣[7]就席，神意甚平，不觉瞋沮[8]。坐定，谓蔡曰："卿奇人，殆[9]坏我面。"蔡答曰："我本不为卿面作计[10]。"其后二人俱不介意。

1 "还东"句：支道林原在建康，这时要回到东边的会稽郡东山。征虏亭，亭名。太安中征虏将军谢安所立，以后此亭逐渐成为送客之处。

2 蔡子叔：蔡系，字子叔，东晋济阳人，蔡谟的二儿子，官至抚军长史。

3 谢万石：谢万，谢安的弟弟。

4 小：稍微。

5 褥：坐垫。

6 帻（zé）：头巾。

7 振衣：拂拭衣服上的灰尘。

8 瞋沮：生气、颓丧。

9 殆：几乎，差不多。

10 作计：作打算。

译 文

支道林从建康返回余杭山,当时的名士一起到征虏亭给他饯行。蔡子叔先到,就坐到支道林身旁;谢万石后到,坐得稍为远点。蔡子叔走开了一会儿,谢万石就移坐到他的座位上。蔡子叔回来,看见谢万石坐在自己位子上,就连坐垫一起把谢万石掀翻到地上,自己再坐回原处。谢万石头巾都跌掉了,便慢慢地爬起来,拍干净衣服,回到自己座位上去,神色很平静,看不出生气或颓丧。坐好了,他对蔡子叔说:"你真是个怪人,差点儿碰破了我的脸。"蔡子叔回答:"我本来就没有替你的脸打算。"后来两个人都不介意。

包子老师说

受当时社会动乱、人生无常、玄学盛行等多种因素的影响,魏晋人士有了生命意识的觉醒。也就是说,作为人,要肯定自我的存在,要追求精神的自由,要学会以"自我"为中心,敢于表达自己的情绪。

弄懂了这些道理,再看本则就很好理解了。蔡子叔的行为明显地具有自我主义的烙印。他维护自我的利益,表达自我的意愿,毫不虚饰矫情,完全依从自我的个性,显示了任情任性的洒脱风格。而谢万石对于当众被摔倒地上,毫不介意,反而对蔡颇有佳辞,可见他亦是一个以自我为中心之人,因而能显示出大度的襟怀。

有种"佳话"叫谢公弈棋

谢公与人围棋,俄而[1]谢玄淮上[2]信至。看书竟,默然无言,徐[3]向局[4]。客问淮上利害[5],答曰:"小儿辈大破贼。"意色举止,不异于常。

译 文

谢安和客人下围棋,一会儿谢玄从淝水战场上派出的信使到了。谢安看完信,默不作声,又慢慢地下起棋来。客人问他战场上的胜败情况,谢安回答:"孩子们大破贼兵。"说话间,神色、举动和平时没有两样。

1 俄而:不久。
2 淮上:淮水上,这里指淮水战场上。
3 徐:缓缓。
4 局:棋局。
5 利害:胜负。

包子老师说

这是《世说新语》中比较出名的一则,讲的是淝水之战。大战中,谢玄以八万人的兵力打败八十万的前秦军,是我国古代史上著名的一次以少胜多的战役。成语"风声鹤唳""草木皆兵"均出自这场战役。

古人云:"胸有惊雷而面似平湖者,可拜上将军。"谢安对这次大捷,表现得从容淡定,喜怒不形于色,继续与他人下棋,这种修为和气度真的是很难得的。谢安作为东晋名相,运筹帷幄、决胜千里,有着举重若轻的名士风采。

当然,这只是针对本则而言的。实际上,谢安下完棋走回内室,跨越门槛时,因为心里异常兴奋,连木屐齿折断了都不知道。《晋书·谢安传》载:"既罢,还内,过户限,心喜甚,不觉屐齿之折,其矫情镇物如此。"或许这才是最真实的谢安,也会有情绪的波动,只不过他善于掩饰自己的感情,用以律己,进而才能安定众人。

有种"失误"叫见谢失仪

　　王东亭[1]为桓宣武主簿，既承藉[2]，有美誉，公甚欲其人地[3]为一府[4]之望[5]。初，见谢[6]失仪，而神色自若，坐上宾客即相贬笑[7]。公曰："不然，观其情貌，必自不凡，吾当试之。"后因月朝[8]阁下伏，公于内走马直出突之，左右皆宕仆[9]，而王不动。名价[10]于是大重，咸云："是公辅器也。"

译 文

　　东亭侯王珣任桓温的主簿，既受到祖辈的福荫，名声又很好，桓温很希望他在人品和门第上都能成为整个官府所敬仰的榜样。当初，他回答桓温问话时，有失礼之处，可是神色自若，在

---

1 王东亭：王珣，封东亭侯，工于书法，是王导的孙子，年轻时就为桓温所敬重。
2 承藉：继承、凭借祖先的福荫。
3 人地：人才和门第。
4 一府：桓温大司马府。
5 望：有名望的人。
6 谢：见桓温答谢时。
7 贬笑：贬抑嘲笑。
8 月朝：官府属下每月初一按例朝见长官。
9 宕仆：摇摆跌倒。宕，同"荡"。
10 名价：名声身价。公辅器：堪当三公、辅弼大臣的才干。

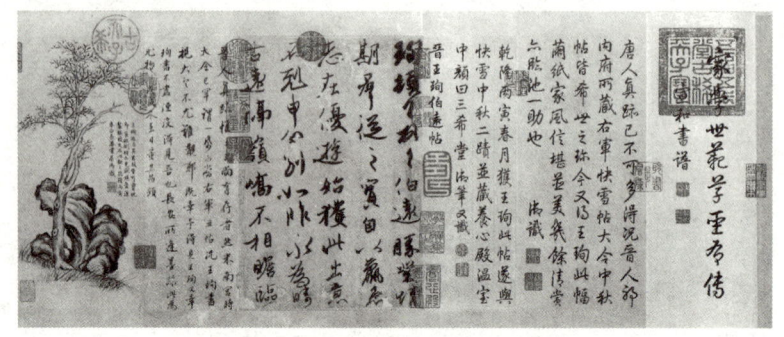

《伯远帖》(晋·王珣 书,北京故宫博物院藏)

座的宾客立刻贬低并且嘲笑他。桓温说:"不是这样的,看他的神情态度,一定不平常。我要试试他。"后来趁着初一僚属进见、王珣正在官厅里的时候,桓温就从后院骑着马直冲出来。手下的人都给吓得跌跌撞撞,王珣却稳坐不动,于是身价大为提高,大家都说:"这是辅弼大臣的人才呀!"

 包子老师说

　　在本则中,王珣两次表现了自己的气量宽宏。第一次是在回答桓温问话时,有失礼之处,亦能做到神色自若,不为别人的贬低和嘲笑而失态,这需要过硬的心理素质才能做到;第二次是面对突发事件,王珣没有惊慌失措,这也是雅量的表现,展现出了自己不凡的气度。同时,桓温也能对王珣的失礼给予了理解,后来还特意考验他,这何尝不是一种雅量呢?

有种"慨叹"叫长星劝汝

太元[1]末,长星[2]见[3],孝武心甚恶之。夜,华林园中饮酒,举杯属[4]星云:"长星!劝尔一杯酒,自古何时有万岁天子?"

译 文

太元末年,长星出现,晋孝武帝心里非常厌恶它。入夜,他在华林园里饮酒,举杯向长星劝酒说:"长星,劝你一杯酒。从古到今,什么时候有过万岁天子?"

1 太元:晋孝武帝司马曜的年号。
2 长星:彗星的一种。据载,太元二十年(395年)九月出现了蓬星,即长星。古人认为出现蓬星是不吉利的,多预示兵灾。这里以为是预示帝王死。
3 见(xiàn):同"现"。
4 属(zhǔ):请托。

包子老师说

本则的言外之意就是,人迟早都会死,这是不可避免的,也是不能更改的自然规律。彗星是不祥之兆,晋孝武帝虽然对其内心厌恶,却表示出一种达观的态度。他很清醒,从古至今,根本没有什么万岁天子。后以此典慨叹人生短暂,须要达观处世,这一点正好与"雅量"吻合。

这则故事被很多文人墨客引用过,留下了不少佳句,如南朝宋刘铄的"华林酒满劝长星,青漆楼高未称情";清代黄遵宪的"长星劝汝酒一杯,一世之雄旷世才",丘逢甲的"长星劝汝惟杯酒,戎马关河扰梦思",赵熙的"记去年此际。海水西流。问长星醉否?中酒看吴钩"等。

晋孝武帝司马曜

柒　自新·选篇赏读

有种"醒悟"叫周处自新

周处[1]年少时，凶强侠气[2]，为乡里所患。又义兴水中有蛟[3]，山中有白额迹虎[4]，并皆暴犯百姓。义兴人谓为"三横[5]"，而处尤剧。或说处杀虎斩蛟，实冀三横唯余其一。处即刺杀虎，又入水击蛟。蛟或浮或没，行数十里。处与之俱，经三日三夜，乡里皆谓已死，更相庆。竟杀蛟而出，闻里人相庆，始知为人

---

1 周处：字子隐，西晋义兴（今江苏宜兴）人。青少年时期胡作非为，横行乡里，后勇于改过，在晋朝任广汉太守、御史中丞。
2 侠气：指意气用事。
3 蛟：鳄鱼。古人神化为蛟龙类动物。
4 邅（zhān）迹虎：跛脚的老虎。
5 横：指残暴的东西。

情所患，有自改意。乃入吴[6]寻二陆[7]，平原不在，正[8]见清河，具以情告[2]，并云："欲自修改[9]，而年已蹉跎，终无所成。"清河曰："古人贵朝闻夕死[10]，况君前途尚可。且人患志之不立，亦何忧令名不彰邪！"处遂改励[11]，终为忠臣孝子。

译　文

周处年轻时，凶狠倔强，意气用事，是乡里的祸害，加上义兴郡河里有蛟龙，山上有跛脚虎，都危害百姓，义兴人把三者合称为"三横"，而周处的危害更大。有人劝周处去杀虎斩蛟，其实是希望"三横"中只剩下一个。周处立刻上山刺杀了老虎，又下河去斩蛟龙。蛟龙时而浮出水面，时而潜入水底，游了几十里，周处始终和蛟龙在一起搏斗。经过三天三夜，乡亲们都认为他已经死了，互相庆贺。没想到周处竟然杀死蛟龙从水里出来了。他听说乡亲互相庆贺，才知道自己才是百姓所痛恨的人，有意改过自新。他到吴郡寻找陆机、陆云兄弟，平原内史陆机不在家，只见到清河内史陆云，就把情况一五一十地告诉了陆云，并

6　入吴：到吴郡。

7　二陆：指陆机、陆云。兄弟齐名，吴人。陆机后来在晋朝曾任平原郡内史，陆云曾任清河郡内史，所以下文直呼为平原、清河。

8　正：只。

9　修改：加强修养，改正错误。

10　朝闻夕死：这是用的是《论语·里仁》"朝闻道，夕死可矣"的意思，大意是：早上听到了真理，就算晚上死去也不算虚度此生。

11　改励：改过自新，努力上进。

且说:"我想加强修养,改正错误,可是岁月已经虚度,恐怕终究不会有什么成就。"陆云说:"古人尚且重视朝闻夕死,何况您的前途还远大着呢。再说,一个人就怕不能立志,又何必担心美名不能显扬呢!"于是周处改正错误,振作起来,终于成了忠臣孝子。

 包子老师说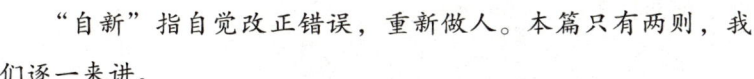

"自新"指自觉改正错误,重新做人。本篇只有两则,我们逐一来讲。

应该说,周处自新这个故事很经典,相信很多同学都有所了解。从这个故事不难得到这样的启发:其一,人都会犯错误,犯错误不可怕,可怕的是认识不到错误。当有人指出或者自己认识到错误后,就要不掩饰,下决心去改正,无论什么时候都不算晚;其二,要知错就改,要对自己有信心,要相信人是可以转变的,只要下定决心,改恶从善,勇于自新,就能有所成就。其三,改正错误或者说做任何事,都要坚持不懈,勇往直前,永不言弃。

陆云对周处的劝慰、理解、教育难能可贵,没有冷嘲热讽,没有"贴标签",也正是这样的包容和指导,才促成了周处后来的成功。这也告诉我们,对犯错误或者有缺点的人,要有所理解和帮助,不能将其一棍子打死,要给对方改正的机会和可能。

有种"回头"叫戴渊投剑

戴渊[1]少时,游侠[2]不治行检[3],尝在江淮间攻掠商旅。陆机赴假[4]还洛,辎重[5]甚盛,渊使少年掠劫,渊在岸上,据胡床[6]指麾[7]左右,皆得其宜。渊既神姿锋颖[8],虽处鄙事,神气犹异。机于船屋上遥谓之曰:"卿才如此,亦复作劫邪?"渊便泣涕,投剑归机,辞厉[9]非常。机弥重之,定交[10],作笔荐焉。过江,仕至征西将军。

---

1 戴渊:即戴俨,字若思,东晋广陵(今江苏淮阴西南)人;聪慧反应快,能言善辩,相貌俊美;官至征西将军。
2 游侠:指好交游,乐助人,重信义、轻生死的人。
3 行检:品行操守。
4 赴假:销假。
5 辎重:行李。
6 胡床:东汉后期传入我国的一种坐具,即现在的折叠椅,可收拢,可打开,可躺可坐。
7 指麾:同"指挥"。
8 锋颖:神情姿态不凡,引人注目。
9 辞厉:言辞激切。
10 定交:结为朋友。

译　文

戴渊年轻时很侠义，不注意品行，曾在长江、淮河间袭击、抢劫商人和旅客。陆机销假后回洛阳，行李很多，戴渊便指使一班年轻人去抢劫。他在岸上坐在胡床上指挥手下的人，安排得头头是道。戴渊原本风度仪态挺拔不凡，虽然是处理抢劫这种事，神气仍旧与众不同。陆机在船舱里远远地对戴渊说："你有这样的才能，还要做强盗吗？"戴渊感悟流泪，便扔掉剑投靠了陆机。他的谈吐非同一般，陆机更加看重他，和他结为朋友，并写信推荐他。过江以后，戴渊做官做到征西将军。

包子老师说

这则故事叫"戴渊投剑"，又名"戴渊弃剑"。作者通过戴渊接受批评、勇于改过自新，终于成为国家有用之才的故事，点明犯了错误的人只要能勇于改正、弃恶从善，同样可以成为有用的人。青少年在成长过程中，难免要犯错误，但只要能知错就改，就能有所成就。同时也说明，只有把聪明才智用到正道上，才会有发展。在这一点上，本则故事与"周处自新"有相同之处。

和周处一样，戴渊也得到了贵人的帮助和鼓励。陆机和他交为朋友后，到了洛阳，将之推荐给了赵王司马伦，还称戴渊"诚东南之遗宝，朝廷之贵璞也"。

戴渊于是拿着信过江投军，在军中作战勇敢，表现突出，其职位一直做到征西将军，都督北方军事，在祖逖之下。后来戴渊为晋元帝所倚重，职位到了至征西将军。王敦起兵反晋后，周颛（yǐ）支持晋帝，反对叛乱，戴渊则还镇京都，守卫建康。永昌元年（322年）初，王敦攻占石头城（今江苏南京清凉山）后，晋帝令公卿百官晋见王敦，王敦击杀戴、周于石头南门之外。戴渊也算是为国尽忠、死得其所了。

捌　任诞·选篇赏读

有种"风度"叫竹林七贤

陈留阮籍、谯国嵇康、河内山涛,三人年皆相比[1],康年少亚[2]之。预[3]此契[4]者,沛国刘伶、陈留阮咸、河内向秀、琅邪王戎[1]。七人常集于竹林之下,肆意酣畅,故世谓"竹林七贤"。

1 比:接近。
2 亚:次于。
3 预:参与。
4 契:聚会,约会。

译　文

陈留（河南开封）人阮籍，谯郡（今安徽亳州）人嵇康，河内（今河南沁阳）人山涛，这三人年纪相仿，嵇康年纪最轻。与他们十分相契要好的还有沛郡（今安徽濉溪）人刘伶，陈留人阮咸，河内人向秀，琅邪（今山东诸城）人王戎。这七人常聚集在竹林之下，放肆纵意，饮酒论诗酣畅淋漓，因而世人称他们为竹林七贤。

包子老师说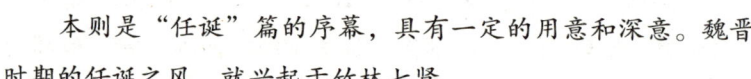

本则是"任诞"篇的序幕，具有一定的用意和深意。魏晋时期的任诞之风，就兴起于竹林七贤。

所谓"任诞"，有任性放纵之意。这是魏晋名士所推崇的生活方式。他们主张言行不必拘泥于礼法，要尊崇自然禀性，不做作，不受世俗的约束，并认为只有这样才能回归自然，找到"最真的自己"，如此才是真正的名士风流。当然，在这种标榜之下，也不乏有人打着"任诞"的旗号，做着不加节制、纵情享乐的事情。《世说新语》其实对任诞也是有批判之意的。

竹林七贤是古代文学史上绕不过去的经典"男团"，必须了解一下。严格意义上来说，它不是一个严密的文学集团或者组织，"七贤"之中，阮籍、嵇康、山涛三人为核心人物，刘伶、阮咸、向秀、王戎四人为加盟者。当然，参加人数也不局限于七人。据史料载，还有吕安、阮侃、赵至、郭遐周、郭遐叔等人,也经常参加聚会。那么为什么偏要说成"七贤"呢?

陈寅恪在《陶渊明之思想与清谈之关系》中认为"七"有标榜之义。追根溯源,可能和汉代枚乘《七发》的铺张扬厉文风或者致敬建安七子的驰骋风骚有关。七贤的林下之游集中在正始中期到正始十年(249年),即高平陵政变之前的四五年时间。他们所畅游徜徉的竹林就在嵇康隐居之地河内郡山阳县,也就是今河南焦作市修武县云台山一带。

七贤中,山涛起到了"黏合剂"和"催化剂"的作用。正始五年(244年),山涛40岁,结识了二十二岁的嵇康,山涛又将阮籍、向秀介绍进来;阮籍引来侄子阮咸和自己的忘年交——十一岁的神童王戎;而刘伶,则是慕名而来。七人一见如故,欣然神往,把臂入林。可谓"把酒临风,其喜洋洋者矣"。

作为后来人,我们对这种纵情山水、饮酒作乐多少是有些羡慕的。但结合当时的社会环境看,这种寄情于酒的行为多少是有些无奈、躲避的成分蕴含其中的。据载,"魏晋之际,天下多故,名士少有全者"。彼时,政治动乱,政权更迭,从曹氏父子篡夺东汉社稷到司马氏家族觊觎魏氏政权,名士稍有不从,就会惨遭屠戮。竹林七贤就生活在这样的时代。他们躲进竹林,饮酒放达,挑战礼法,不过是拒绝合作、躲避祸患,或韬光养晦、伺机而动罢了,他们也有自己的无奈。只有竹林这片净土可以稍稍遮蔽腥风血雨,给他们带来心灵的慰藉。

或许,竹林七贤才是魏晋风度的绝佳注脚,他们也是后世追慕的对象。

有种"违礼"叫阮籍丧母

阮籍遭母丧,在晋文王坐,进酒肉。司隶[1]何曾[2]亦在坐,曰:"明公方以孝治天下,而阮籍以重丧[3],显[4]于公坐饮酒食肉,宜流[5]之海外[6],以正风教[7]。"文王曰:"嗣宗毁顿[8]如此,君不能共忧之,何谓?且有疾而饮酒食肉,固丧礼也[9]。"籍饮啖[10]不辍,神色自若。

1 司隶:官名,司隶校尉。
2 何曾:字颖考,陈国阳夏(今河南太康)人。西晋开国元勋,曹魏太仆何夔之子。
3 重丧:重大的丧事。
4 显:公开。
5 流:流放。
6 海外:边远地区。
7 风教:风俗教化。
8 毁顿:因哀伤过度而损害身体,精神困顿。
9 固丧礼也:见《礼记·曲礼上》:"居丧之礼,头有创则沐,身有痒则浴,有疾则饮酒食肉,疾止复初。不胜丧,乃比于不慈不孝。"可见,饮酒食肉并不违反丧礼。
10 饮啖:喝酒吃肉。

译 文

阮籍为母亲服丧期间,在晋文王的宴席上喝酒吃肉。司隶校尉何曾也在座,对晋文王说:"您正在用孝道治理天下,可是阮籍身居重丧却公然在您的宴席上喝酒吃肉,应该把他流边远地区,以端正风俗教化。"文王说:"嗣宗哀伤劳累到这个样子,您不能和我一道为他担忧,还说什么呢!再说有病而喝酒吃肉,这本来就合乎丧礼啊!"阮籍吃喝不停,神色自若。

包子老师说

《世说新语·任诞》集中体现了魏晋名士的代表性做派,那就是蔑视礼教,不拘礼法。这一点在本篇的第七则中被阮籍一语道破:"礼岂为我辈设也。"

"任诞"篇的第二、九、十一则中,都记载了阮籍在丧母期间喝酒吃肉的故事,甚至连亲友前来吊唁他还醉意朦胧。裴楷只好无奈地说:"阮方外之人,故不崇礼制;我辈俗中人,故以仪轨自居"。

说回本则。要知道丧礼的本来目的是寄托哀思,表达怀念,但这种哀思必须是发自内心,而完全不必依赖于形式,就如同"德行"篇中所讲的"王戎死孝"一样。阮籍作为名士,自然不会拘泥于礼法。"任诞"篇第九则中载,阮籍安葬母亲时,蒸了一只小肥猪,然后去向母亲遗体诀别,只是喊着"完了!"总共才号哭了一声,就开始吐血,身体损伤,衰弱了很久。可见，阮籍居丧是痛彻心扉，而不是痛在表面，他对母亲的去世是悲伤至极的。

　　阮籍坚持自己的做派，我行我素。在当时的时代，他还不理会男女有别，第七、八则记载他不顾"叔嫂不通问"的礼制，与嫂话别；醉后睡在酒家妇旁边的故事。有些事情坚持久了，就会形成风格，起先可能被认为是离经叛道，慢慢也就为人所接受了。可见，待人接物、为人处世，关键是要有自己的原则，不为人所左右，当然，自己要有足够的能力，这是前提。

有种"美谈"叫刘伶病酒

刘伶病酒[1]，渴甚，从[2]妇[3]求酒。妇捐[4]酒毁器，涕泣谏曰："君饮太过，非摄生[5]之道，必宜[6]断之！"伶曰："甚善。我不能自禁，唯当祝[7]鬼神，自誓断之耳。便可具酒肉。"妇曰："敬闻命。"供酒肉于神前，请伶祝誓。伶跪而祝曰："天生刘伶，以酒为名[8]，一饮一斛[9]，五斗解酲[10]。妇人之言，慎不可听。"便引酒进肉，隗然[11]已醉矣。

1 病酒：饮酒过量引起的身体不适。
2 从：向。
3 妇：妻子。
4 捐：舍弃，倒掉。
5 摄生：养生。
6 宜：应当。
7 祝：向鬼神祷告。
8 名：通"命"。
9 一斛：十斗。斗指酒斗，古代的盛酒器。
10 酲（chéng）：酒病，醉酒后神志不清的状态。
11 隗（wěi）然：颓然，醉倒的样子。

译　文

刘伶患酒病，口渴得厉害，就向妻子要酒喝。妻子把酒倒掉，把装酒的家什也毁了，哭着规劝丈夫："您喝得太过分了，这不是保养身体的办法，一定要把酒戒掉！"刘伶说："很好。不过我自己不能戒掉，只有在鬼神面前祷告发誓才能戒掉。你赶快给我准备酒肉。"妻子说："遵命。"于是把酒肉供在神前，请刘伶祷告、发誓。刘伶跪着祷告说："天生我刘伶，靠喝酒出名；一喝就十斗，五斗除酒病。妇人家的话，千万不要听。"说完就拿过酒肉吃喝，一会儿又喝得醉醺醺地倒下了。

 包子老师说

为了饮酒，名士们使出浑身解数。刘伶表面听从妻子劝告戒酒，却将祷告神明的酒肉吃光，让人啼笑皆非。刘伶经常不加节制地喝酒，任性放纵，有时在家里赤身露体，有人看见了就责备他。刘伶说："我把天地当作我的房子，把屋子当作我的衣裤，诸位为什么跑进我裤子里来！"他的名言是"死便埋我"，读来令人豪气顿生，觉得死亡也不过如此。

中国历史上，可能没有哪个朝代像魏晋一样，和酒的联系如此紧密。这是一个对酒当歌的时代。通读"任诞"篇不难发现，酒对当时的名士来说，不仅是慰藉，还是生命，他们是真正的"酒徒"。酒，在名士的口中，有很多作用。王忱说："阮籍胸中垒块，故须酒浇之。"酒，是浇灭胸中不平之气的。光

禄大夫王蕴说："酒，正使人人自远。"酒，是让人忘却自己的，更不必说那个现实中不堪的世界了。卫将军王荟说："酒正引人著胜地。"酒，是将人引入美妙境界的。世界离他们很远，酒离他们很近，酒比人更真实。王恭说："名士不必须奇才，但使常得无事，痛饮酒，熟读《离骚》，便可称名士"。

　　正是因为酒有这么多功效，所以名士们对酒的感情很深。王忱感叹："三日不饮酒，觉形神不复相亲。"毕卓说："一手持蟹螯，一手持酒杯，拍浮酒池中，便足了一生。"张翰纵任不拘，嗜酒放荡，人称"江东步兵"。别人劝他考虑身后名声，张翰说："使我有身后名，不如即时一杯酒！"酒，令人形神相亲，给人带来安慰，甚至抵得过生前身后名。

　　或许，只有真正懂得了酒的含义，才能真正体会到魏晋风度。

有种"让步"叫阮籍求官

步兵校尉[1]缺,厨[2]中有贮酒数百斛,阮籍乃求为步兵校尉。

译 文

步兵校尉的职位空出来了,步兵厨中储存着几百斛酒,阮籍就请求调去做步兵校尉。

包子老师说

读完本则,你是不是以为阮籍是为了混酒喝,才要去做步兵校尉的?非也。其中大有玄机。

根据刘孝标《世说新语》注,阮籍有傲世之情,不愿为官。司马昭对其很欣赏,采取拉拢加不强迫其为官的策略,先接近再说,经常与他谈论。出于司马昭对自己的欣赏,阮籍从

---

1 步兵校尉:官名。汉代京师置屯兵八校尉,步兵校尉掌管上林苑屯兵。
2 厨:指步兵营的厨房,其酒是为犒劳军队而酿造的。

容地说:"平生曾游东平,乐其土风,愿得为东平太守。"司马昭非常开心,立刻答应了他的请求。到任后,阮籍就命令将太守府第的墙壁拆除了,使得内外可以相互望见,为政也只是清静无为。这样干了十来天,他就辞官不做了。后来,就有了这则故事。阮籍听说步兵校尉厨中有酒三百石,又向司马昭求为步兵校尉。到任后,阮籍更加放纵,整日在府第内与刘伶酣饮为乐。

如果单纯从职位上来看,从东平太守到步兵校尉,阮籍的官是越做越小,是在走下坡路。但他这样做其实是委曲求全罢了。在"德行"篇中我们讲过"晋文王称阮嗣宗至慎,每与之言,言皆玄远,未尝臧否人物"的故事,阮籍不像嵇康那样性格刚烈,宁为玉碎,不为瓦全,他更像"言语"篇中提到的向秀。面对司马昭的积极笼络,如果是正面反抗,可能会招来杀身之祸。

阮籍的处世态度,是一种生存智慧,更是无奈的智慧。

有种"要求"叫酒足余年

苏峻[1]乱,诸庾逃散。庾冰[2]时为吴郡,单身奔亡。民吏皆去,唯郡卒独以小船载冰出钱塘口,蘧篨[3]覆之。时峻赏募觅冰,属[4]所在[5]搜检甚急。卒舍船市渚[6],因饮酒醉,还,舞棹向船曰:"何处觅庾吴郡,此中便是!"冰大惶怖,然不敢动。监司[7]见船小装狭,谓卒狂醉,都不[8]复疑。自[9]送过浙江[10],寄山阴魏家,得免。后事平,冰欲报卒,适其所愿。卒曰:"出自厮下[11],不愿名器[12]。少苦执鞭[13],恒患不得快饮酒。使其酒足余年,毕矣。无所复须。"冰为起大舍,市奴婢,使门内有百斛酒,终其身。时谓此卒非唯有智,且亦达生[14]。

1 苏峻:东晋将领、叛臣,安乐相苏模之子。咸和三年(328年),以讨伐庾亮为名,联合祖约起兵反叛,攻入建康(今江苏省南京市),专擅朝政。同年,温峤、陶侃起兵讨伐,苏峻战败被杀。

2 庾冰:庾亮的弟弟,曾任吴国内史,即此处的"为吴郡"。苏峻叛乱时,曾遣兵攻庾冰,庾冰抵挡不住,弃郡奔会稽。后领兵攻苏峻,直达京都。

3 蘧篨(qú chú):粗席子,用竹子或苇子编成。

4 属:通"嘱"。叮嘱,命令。

5 所在:到处,各处。

译 文

苏峻发动叛乱时，庾姓一族的人都逃散了。庾冰当时任吴郡内史，单身逃亡，百姓官吏都离开他跑了，只有郡衙里一个差役独自用只小船载着他逃到钱塘口，用席子遮掩着他。当时苏峻悬赏募集人来搜捕庾冰，要求各处搜查，催得非常紧急。那个差役把船停在市镇码头上走了，后来趁着喝醉了回来，舞着船桨对着船说："还到哪里去找庾吴郡，这里面就是！"庾冰听了，非常恐惧，可是不敢动。监司看见船小舱窄，认为是差役烂醉后胡说，也不再怀疑。过了钱塘江，寄住在山阴县魏家以后，庾冰才得以脱险。后来平定了叛乱，庾冰想要报答那个差役，满足他的要求。差役说："我是差役出身，不羡慕那些官爵器物。只是从小就苦干当奴仆，经常发愁不能痛快地喝酒，如果让我这后半辈子能有足够的酒喝，这就行了，不再需要什么了。"庾冰给他修了一所大房子，买来奴婢，让他家里常有成百石的酒，就这样供养了他一辈子。当时的人认为这个差役不只有智谋，而且对人生也很达观。

6 市渚：到小洲上买东西。市，买。渚，水中小洲。
7 监司：负责监察的官员。
8 都不：完全不，一点不。
9 自：副词，表示已然。
10 淛（zhè）江：浙江的古名。
11 厮下：杂役。
12 名器：官爵和车服等标志名位、等级的器物。
13 执鞭：拿鞭子赶车，喻供人驱使。
14 达生：指看透人生的达观处世态度。

 包子老师说

　　本则在整部《世说新语》中显得别具一格：其一是篇幅比较长，其二是主角不是名士，而是一个不知名的差役。不论是故事情节，还是蕴含道理，都值得一读。

　　患难见真情，差役在庾冰落难之时不离不弃，舍命相救，显示了相当的智慧和担当。后来叛乱平定，庾冰要报答差役，他的回答很有分寸，只要喝酒管够就行，并不企望高官厚禄等。这样的居功不傲，这样的处事有度，这个不知名的差役还真有些名士的风度呢！

有种"无奈"叫无以留之

桓车骑[1]在荆州，张玄为侍中，使至江陵[2]，路经阳岐村，俄见一人持半小笼生鱼，径来造船，云："有鱼欲寄[3]作脍[4]。"张乃维舟[5]而纳之。问其姓字，称是刘遗民[6]。张素闻其名，大相忻[7]待。刘既知张衔命[8]，问："谢安、王文度并佳不？"张甚欲话言，刘了无停意。既进脍，便去，云："向得此鱼，观君船上当有脍具，是故来耳。"于是便去。张乃追至刘家。为设酒，殊不清旨[9]，张高其人，不得已而饮之。方共对饮，刘便先起，云"今正伐荻[10]，不宜久废。"张亦无以留之。

1 桓车骑：桓冲。
2 江陵：晋朝时为荆州治所，在今湖北。
3 寄：委托。
4 脍：细切的鱼肉。
5 维舟：系船。
6 刘遗民：晋代著名佛教居士。
7 忻（xīn）：同"欣"，喜悦。
8 衔命：奉命。
9 清旨：清澈、味美。
10 荻：芦苇一类的植物。

译　文

车骑将军桓冲任荆州刺史时在江陵镇守,当时张玄任侍中,奉命到江陵出差,坐船路经阳歧村,忽然看见一个人拿着半小筐活鱼,一直走到船旁来,说:"有点鱼,想托你们切成生鱼片。"张玄就叫人拴好船让他上来。问他的姓名,他自称是刘遗民。张玄向来听闻他的名声,就非常高兴地接待了他。刘遗民知道张玄是奉命出差以后,问道:"谢安和王文度都好吗?"张玄很想和他谈论一下,刘遗民却完全无意停留。等到把生鱼片拿进来,他就要走,说:"刚才得到这点鱼,估计您的船上一定有刀具切鱼,因此才来呢。"于是就走了。张玄跟着送到刘家。刘遗民摆上酒,酒很浊,酒味也很不好,可是张玄敬重他的为人,勉强喝下去。刚和他一起对饮,刘遗民先就站起来,说:"现在正是割荻的时候,不宜停工太久。"张玄也没有办法留住他。

包子老师说

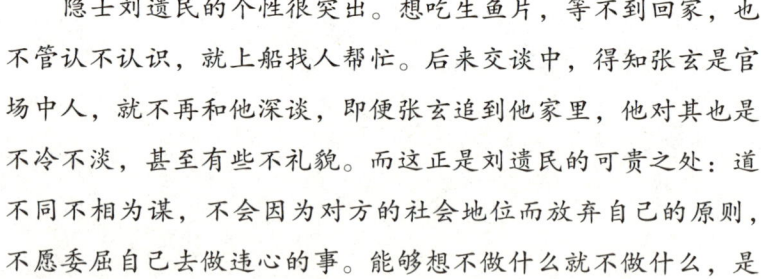

　　隐士刘遗民的个性很突出。想吃生鱼片,等不到回家,也不管认不认识,就上船找人帮忙。后来交谈中,得知张玄是官场中人,就不再和他深谈,即便张玄追到他家里,他对其也是不冷不淡,甚至有些不礼貌。而这正是刘遗民的可贵之处:道不同不相为谋,不会因为对方的社会地位而放弃自己的原则,不愿委屈自己去做违心的事。能够想不做什么就不做什么,是一种难得的自由。

有种"绝唱"叫雪夜访戴

王子猷[1]居山阴[2]。夜大雪,眠觉,开室命酌酒。四望[3]皎然。因起彷徨。咏左思《招隐诗》[4],忽忆戴安道[5]。时戴在剡[6],即便夜乘小船就之[7]。经宿方至,造门不前而返。人问其故,王曰:"吾本乘兴而行,兴尽而返,何必见戴!"

译文

王子猷住在山阴县。有一夜下大雪,他一觉醒来,打开房门,叫家人拿酒来喝。眺望四方,一片皎洁,于是起身徘徊,朗诵左思的《招隐诗》,忽然想起戴安道。当时戴安道住在剡县,他立即连夜坐小船到戴家去。船行了一夜才到,到了戴家门口,没有进去,又原路返回。别人问他什么原因,王子猷说:"我本是趁着一时兴致去的,兴致没有了就回来,为什么一定要见到戴安道呢!"

---

[1] 王子猷:王徽之,字子猷。东晋时期名士、书法家,右军将军王羲之第五子。

[2] 山阴:县名。

[3] 彷徨:同"徘徊"。

[4] 左思《招隐诗》:左思是西晋时的著名诗人,对当时门阀士族专权感到不满。《招隐诗》描写了寻访隐士和对隐居生活的羡慕。

[5] 戴安道:戴逵,东晋时期隐士,史上著名的雕塑家兼画家。

[6] 剡:剡县,今浙江省嵊县。有剡溪可通山阴县。

[7] 就之:到他那里去。

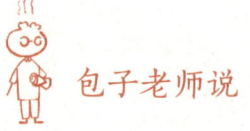
包子老师说

　　这是一则流传千古的经典故事,也是名士风度的绝佳注脚。鲁迅先生曾说《世说新语》就是一部"名士教科书"。这话放到王子猷身上,再合适不过,他简直就是名士的导师。

　　王子猷对后世影响最大的,当属雪夜访戴。此时他已经弃官东归,在山阴故里隐居。一个冬夜,大雪纷飞,王子猷为簌簌的雪声惊醒,于是起身徘徊,他思忖着,辞官归隐原是为了修身养性,聆听山水清音。可是这世上又有几人能甘心放弃仕途,追寻个人心志呢?他不禁想起自己在剡县隐居的老友戴安道,此时他应该也在赏雪吧。

　　王子猷是个行动派。这是一场说走就走的旅行,不必打招呼,不必事先预约,即刻就走。山阴与剡县相去百里,不过这点距离在友情面前算不了什么,何况也不用自己划船。子猷决定连夜乘小舟去拜访老友。

　　他坐了一晚上的船,看了一路的风景,估计一夜也没合眼。都到戴安道家门口了,谁知他却转身回去了。这个举动太突然了,有些让人大跌眼镜。都到了,怎么还回去了呢?别人问他缘故,子猷说出了一句传世的经典名言:"吾本乘兴而行,兴尽而返,何必见戴!"此话一出,竟成魏晋风度绝响。

　　对此事,后人有很多评论。明人凌濛初说道:"读此每令人飘飘欲飞。"确实,后人每每读到此处,都觉得形神超逸,感叹和羡慕王子猷的率性而为。宗白华分外赞赏这种唯美的人生态度,说道:"晋人的美,是这全时代的最高峰……美的价值是寄于过程的本身,不在于外在的目的,所谓'无所为而为'。"在王子猷看来,过程比目的重要,是否见到戴逵倒是次要的。他感悟的、他享受的,正在山程水驿中。这份洒脱,千古之下,仍叫人艳羡。

但是,后人多少替他感到些许遗憾。要是见到戴逵不是更完满吗?可从审美上说,满则没有余味。生命的美好,也许正在于缺憾的存在。

《雪夜访戴图》（元·张渥 绘）